Virginia Woolf

JACOB'S ROOM

ジェイコブの部屋

ヴァージニア・ウルフ
出淵敬子 訳

文遊社

ジェイコブの部屋

1

「ですから、もちろん」と、ベティ・フランダースは踵をやや深く砂の中に踏み入れながら書く。「帰るしか仕方がありませんでした。」

　黄金のペン先から淡いブルーのインキがゆっくりにじみ出し、終止符をぼやかした。ペンがそこでひっかかったからだ。眼がそこに釘づけになり、涙がゆっくりと溢れてくる。湾の全景が震える。燈台が揺れる。コナー氏の小さなヨットの帆柱が、陽にあたった蠟燭のように曲った、こんな幻覚に彼女は襲われた。彼女はすばやく瞬く。事故って怖いわ。もう一度瞬く。帆柱は真直ぐだ。波は規則正しい。燈台も真直ぐだ。でもしみは拡がってしまっている。

「……帰るしか仕方がありませんでした」と彼女は読んだ。

「そうだわ、もしジェイコブが遊びたくないのなら」（長男のアーチャーの影が便箋をよぎり、砂の上に青く見える。彼女はひんやりした肌寒さを感じる――もう九月三日なのだ）、「もしジェイコブが遊びたくないのなら」――ひどいしみだこと！　もう夕暮れ近いにちがいないわ。

「どこに行ったのかしら？　あの困った子は」と彼女は言った。「見えないわ。走って行って、探してきて、すぐに帰るように言って頂戴。」「……でも幸いなことに」と彼女は終止符を無視して、ペンを走らせつづける。「ぜんぶ満足のゆくように手筈がととのえられているようです。もっとも、わたしたちは樽詰のニシン並みにぎっしり詰められ、乳母車まで立てかけなければならない位ですけれど。それさえ貸宿の女主人は当然あまりいい顔をせず……」

これが、ベティ・フランダースの元海軍大佐《キャプテン》バーフットへの手紙である――便箋何枚にもわたっており、涙のしみがついている。スカーバラ（訳注―イングランド北東部ヨークシャーの港市、保養地）はコーンウォール（訳注―イングランド南西端の州、風光明媚で歴史的遺跡に富む）から七百マイルのところにある。キャプテン・バーフットがいるのはスカーバラだ。シーブルックは死んだ。涙のせいで、彼女の庭のダリヤがぜんぶ赤い波となってうねり、温室のガラスが彼女の眼の中できらめき、台所が光ったナイフ類できらきらした。そして教区牧師の妻のジャーヴィス夫人は教会で讃美歌の調べが演奏され、フランダース夫人が子どもたちの頭の上にかがみこんでいるのを見て、考えた。結婚が砦だとすると、未亡人は曠野にひとり彷徨うようなもの。石を拾ったり、残りわずかな黄ばんだ落穂を拾ったりして、誰からも庇護を受けない孤独で哀れな存在なのだわ。フランダース夫人は二年前に未亡人になったのである。

「ジェ――イコ――ブ！　ジェ――イコ――ブ！」アーチャーが叫んだ。

「スカーバラ」とフランダース夫人は封筒に書くと、その下に太線を引く。スカーバラは彼女の故郷の町、つまり世界の中心なのだ。でも切手は？　彼女は手提げの中を探る。それから、それをさかさまにして持ち上げてから、膝の上をごそごそ探す。その動作すべてをとても勢いよくやったので、パナマ帽をかぶったチャールス・スティールは絵筆をとめたほどだ。

いらいらしている昆虫の触角のように、その絵筆はひどく震えている。ほら、あの女が身うごきしている——現に立ち上ろうとしている——いまいましい！　彼はキャンバスに黒みがかった菫色を慌ててひとはけ塗る。そうすることがその風景には必要なのだ。その風景はあまりに淡く——灰色は藤色にとけこみ、星が一つ、あるいは白い鷗が一羽浮んでいる——例の如くあまりに淡く。批評家連中は、色が淡すぎると言うだろう。というのは、彼は人知れず展覧会を開いている無名の男であり、時計の鎖には十字架をつけ、貸宿のおかみさんの子どもたちのお気に入りであり、もしおかみさんたちが自分の絵を気に入ってくれたなら、非常に喜ぶような男だったから——そしておかみさんたちはしばしば、彼の絵が気に入ったのだ。

「ジェ——イコ——ブ！　ジェ——イコ——ブ！」アーチャーが叫んだ。

そのうるさい声にいら立ち、それでも子ども好きのスティールはパレットの上の絵具の黒みがかった小さな渦巻きに神経質に絵筆をつけた。

「君の弟を見かけたよ――君の弟を見かけたよ」と彼はうなずきながら言った。そのとき、アーチャーが鍬をひきずってこの眼鏡をかけた老紳士をにらみつけながら、のろのろと通りすぎたのだ。

「向うの方でね――岩の傍さ」スティールは絵筆を歯でくわえて、黄褐色《ロー・シエンナ》をしぼり出しながら、ベティ・フランダースの背中に眼をじっと注いだまま、呟く。

「ジェ――イコ――ブ！ ジェ――イコ――ブ！」アーチャーが、一瞬のちに、のろのろ歩き続けながら叫んだ。

その声は妙な悲しさを帯びていた。すべての肉体とも無縁のまま、すべての情熱とも無縁のまま、世に生まれ出て、ひとりぼっちで返事もしてもらえず、岩につき当って砕ける――そんなふうに、その声は響いた。

スティールは顔をしかめた。だが、黒の効果が気に入った――まさしくこの色調で、他の色がきりっと引きしまったのだ。「ああ、人は五十歳で絵の描き方を学ぶのかもしれない。ティツィアーノ（訳注―十六世紀、イタリア・ルネサンスの画家）がいる……」そこでぴったりの色が見つかったので、彼は目を上げる、と湾の上にたれこめた雲が見え、ぞっとした。

フランダース夫人は立ち上り、上着をあちこちはたいて砂をはらい落とし、自分の黒いパラソルを拾いあげた。


その岩は、すっかり茶色一色の、というよりは黒一色の岩で、何か太古の時代のもののように砂から顔を出している岩であった。皺のよったかさ貝の殻でざらざらして、乾からびた海藻の房がまばらについているので、小さな男の子なら、岩のてっぺんまで行こうと思えば、両脚を広くひろげて伸ばさなければならず、実際かなり英雄のような気分にならずにはいられない。

しかし、いちばん頂上には、水をいっぱいにたたえた窪みがあり、底には砂がある。側面にはゼリー状の塊がくっつき、いくつかのむらさきい貝もついている。魚が一匹すばやく横切って行く。黄褐色の海藻のふちがひらひらし、オパール色の甲羅をした蟹が出てくる――

「あ、でっかい蟹」ジェイコブは呟いた――

そして底砂の上を弱々しい脚で歩き始める。今だ！ ジェイコブは手を突っ込んだ。蟹はひやりと冷たく、ひどく軽かった。しかし水は砂を含んでどろどろしていたので、岩づたいに降りて行き、バケツを目の前に握りしめたまま跳び下りようとすると、すばらしく大きな男と女が並んで横になり、顔を真っ赤にして、軀をすっかりぴんと伸ばしているのが目に入った。

すばらしく大きな男と女（その日は早終いの日だった）は、海から数フィートのところにハンカチーフを頭の下に敷いて、並んで、じっと動かず軀を伸ばしていた。そうしている間に二羽か三羽の鷗が寄せてくる波のふちを優雅に飛んで、二人の深靴《ブーツ》の近くにとまった。

絞り染めの大型ハンカチーフの上に寝ている大きな赭い顔がジェイコブをじっとにらんだ。ジェイコブは二人をじっと見下ろした。バケツをよく注意して持つと、ジェイコブは慎重にとび下り、初めはまったく無頓着に足早に歩き去って行ったが、波が泡立ちながら彼のところまで押し寄せてきて、それを避けるために曲らねばならなくなると、どんどん速さを増して走り去った。そして鷗たちは彼の目の前で飛びたち、宙に浮び、それからもう少し先の方に行って、またとまった。大柄な黒人の女がひとり砂の上に坐っていた。彼はその女の方へ走って行った。

「ばあや、ばあや！」と彼はあえぎあえぎ、息の波に合わせて泣きじゃくりながら、叫んだ。

波が彼女のまわりに押し寄せてくる。それは岩だった。彼女は海藻におおわれている、押されるとぽんとはじける海藻だ。彼は道に迷ったのだ。

そこで彼は立ち止まった。彼は泣きやんでいた。崖の下の黒い棒切れと藁くずにまじって頭蓋骨——おそらく牛の頭蓋骨で、きっと歯もついている頭蓋骨だ——がまるごとあるのを見たとき、もう少しで大声をあげそうになった。泣きじゃくりながら、しかしぼんやりした放心状態で、どんどん先の方へと走って行き、ついにその頭蓋骨を腕にかかえた。

「あそこにいるわ！」岩をまわって来て、ほんの少しの間に浜辺中をずっと見渡したフランダース夫人が叫んだ。「何をかかえているのかしら？　下におきなさい、ジェイコブ！　今すぐそれを捨てなさい。何か怖いものなんだから。なぜわたしたちと一緒に居なかったの？　いたずらっ子ね！　さあ、それをおきなさい。さあ二人ともおいで」片方の手でアーチャーの手をひき、もう片方の手でジェイコブの腕を手探りでさがしながら、くるりと踵を返した。しかし彼はひょいとかがんで、羊の顎を拾いあげた、顎がはずれていたのだ。

手提げをぶらぶらさせながら、パラソルをもって、アーチャーの手をひき、気の毒にカーノウ氏が失明した火薬爆発の話をしながら、フランダース夫人は急な小道を急いで上って行ったが、その間じゅうずっと心の底ではある隠された不安に気がついていた。

恋人たちからそう遠くないあそこの砂の上に、顎のとれた羊の頭蓋骨が横たわっていた。清潔で白く、風に吹きさらされ、砂にこすられ、これ以上清らかな骨の断片はコーンウォールの海岸にはない。ひごたいさいこ、、、、、（訳注―セリ科の草本）が、その眼窩の中に生えてくるだろう。あれは粉々になってしまうのだろう。それとも或る日ゴルファーがボールを打ちながら、少しばかりの塵をまき散らすのだろうか――いいえ、でもそんなものを宿に持ち帰るのは無理よ、とフランダース夫人は考えた。幼い子どもたちとこんなに遠くまで来るのは、大冒険だわ。乳母車を手伝って押してくれる人もいないし。それにジェイコブはとても手に負えないし、もう大した強情っぱりなんですもの。

「それを捨てなさい、いい子だから、捨てなさい」道路に出たとき、彼女は言った。しかしジェイコブはもがいて彼女から逃れた。すると風が起り、彼女はボンネットのピンをとりだし、海の方を見つめて、新たにピンを留めた。風が起ってきている。波は嵐の前の波のもつあの落ち着きのなさを示している。扱いにくい、鞭を覚悟している何かの生きもののように。魚釣り船が水面の方へと傾いている。淡い黄色の光が紫色の海をよぎって射し、消えた。燈台に灯がともったのだ。「さあ、早く」とフランダース夫人が言った。陽が真向うから照りつけ、アーチャーが通りすがりにもぎとろうとした垣根ごしに揺れている大きないちごを金色に染めた。

「ぐずぐずしないでね、みんな。あなたたちは何にも着替えるものがないのよ」とベティは二人を引っ張って行きながら、言った。そして不安に感じながら、この燃えるような夕焼け、このおどろくべき色彩のうつり変りと生命力を背景にして、あちこちの庭の温室から突然光の反射が閃き、黄色っぽくなったり黒っぽくなったりしながら、大地をたいそう不気味に照らし出しているのを見ていた。この光景はベティ・フランダースを強く揺り動かし、彼女に責任と危険を喚起させた。彼女はアーチャーの手を摑み、丘をとぼとぼと上って行った。

「何を忘れないようにしなさいとわたしは言ったかしら?」と彼女は言った。

「ぼく、知らない」アーチャーが言った。

「やれやれ、わたしにもわからないわ」とベティはおどけて、あっさりと言った。こうしたぼんやりした心が、過剰なまでの豊かさや、本能的な智恵、くどくどしい噂話、奇想天外な振舞い、人の意表をつくような思いがけないことを言う大胆な瞬間、ユーモア、それに感傷、そうしたものと結びついているとしたら――そうであれば、こういう点では、どんな女性だって男性よりはすばらしいということを誰も否定できはしないだろう。

さてまず始めに、このベティ・フランダースから考えてみよう。

彼女は庭の戸口に手をかけた。

「あ、お肉!」と彼女は掛け金をおろしながら叫んだ。

肉のことをすっかり忘れてしまっていたのだ。
窓のところにレベッカがいた。

ピアース夫人の居間の飾りけのなさは、夜十時、テーブルのまん中に強力な石油ランプがおかれた時、すっかりあらわになった。きつい光が庭にさし、芝生を真直ぐに横切り、子どものバケツや紫色のえぞぎくを照らし出して、垣根までとどいた。夫人は縫いかけの物をそのテーブルの上においた。木綿の白糸をまいた大きな糸まきと、鉄ぶち眼鏡があった。それから針入れ、古はがきにまかれた茶色の毛糸、蒲《ブルラッシュ》と雑誌「ストランド」があった。それから少年たちの深靴からこぼれた砂でざらざらのリノリウムの床。一匹のががんぼが、すみからすみへと飛び、ランプの火屋《ほや》にぶつかる。風は窓をよぎって雨を真向うから叩きつけ、雨は光の中を通るとき銀色に閃く。一枚の葉が気ぜわしく、執拗にガラスの上をぱたぱた叩く。ハリケーンで沖合は荒れていた。

アーチャーは眠れなかった。

フランダース夫人は彼の上にかがみこんだ。「妖精たちのことを考えてごらん」とベティ・フランダースは言った。「落ち着いて巣に入っている、可愛い可愛い小鳥たちのことを考えてごらん。さあ目をつぶって、くちばしに虫をくわえているお母さん鳥を見てごらん。さあ、ちゃんと目をつぶりなさい」彼女は呟いた、「目をつぶりなさい」

貸宿は、水がごぼごぼ流れる音や迸る音でいっぱいに思われた。水槽があふれている。水は管をつたわって流れながら、ごぼごぼちょろちょろと音をたて、窓に流れ落ちる。

「あの勢いよく流れこんでいる水の音はなあに?」アーチャーがささやいた。

「あれはお風呂の水が流れ出しているだけよ」フランダース夫人は言った。

何かが戸外で、ぱたんと音を立てた。

「ね、あの汽船は沈まない?」アーチャーが目を開けて言った。

「もちろん沈まないわ」フランダース夫人は言った。「船長はもうとっくに寝ていますよ。目をつぶりなさい、そして妖精たちのことを考えてごらん、花の下でぐっすり眠っている妖精たちのことを。」

「あの子はとても寝つかないだろうと思ったわ――ひどいハリケーンですもの」彼女はレベッカにささやいた。レベッカは隣りの小部屋にあるアルコールランプの上にかがみこんでいた。風が外で吹き荒れていたが、アルコールランプの小さな炎は、静かに燃え、子どものベッドに光があたらぬように本を立てかけてあった。

「ミルクをよく飲んで?」フランダース夫人はささやいた。レベッカはうなずき、ベッドの所へ行って、羽布団を折り返した。フランダース夫人はかがみこんで、眠っているが、顔をしかめている赤ん坊を心配そうに見つめた。窓ガラスが揺れ、レベッカは猫のように忍び足で行って窓にくさびをかけた。二人の女はアルコールランプ越しに小声で話した、風が荒れ狂い、安っぽい締め具を突然ねじ切ろうとしている間じゅう、静寂と清潔なミルクびんをいつまでも続かせようと陰謀をたくらみながら。

二人はふりかえってベッドを見た。彼女たちの口はすぼめられていた。フランダース夫人は部屋を横切ってベッドの方へ行った。

「眠ってますか?」レベッカはベッドの方を見ながらささやいた。

フランダース夫人はうなずいた。

「おやすみ、レベッカ」フランダース夫人は呟き、レベッカは彼女を奥様と呼んだ。もっとも二人は、静寂と清潔なミルクびんをいつまでも続かせようという陰謀をたくらんでいる共謀者なのではあったが。

フランダース夫人は居間にランプの灯をつけ放しにしておいた。彼女の眼鏡、縫いものがおいてある。それからスカーバラの消印のある手紙。彼女はカーテンも引いておかなかった。ランプの光は一区切りの芝生を横切って外をぱっと照らし出していた。まわりに金色の線のついた子ども用の緑色のバケツや、その傍らで激しく揺れているえぞぎくの上を照らしていた。というのは、風は海岸をずたずたに引き裂き、丘にぶちあたり、突風となって自分の背中に跳び上ったからだ。風は窪地にある町をおおうようになんと一面に吹いたことだろう！　風の吹き荒れる中で、光はなんとまたたき震えるように見えたことか、港の灯も、寝室の高い窓の灯も。黒い波を巻きかえしながら、風は、船の頭上の星を左右にぐいぐいと動かしながら大西洋の上を疾走した。

正面の居間でかちっと音がした。ピアース氏がランプを消したのだ。庭は消えた。それはただの暗闇のかけらであった。すみずみまで雨浸しになっている。どの草の葉も雨でうなだれている。

瞼は雨で固く閉じられていることだろう。仰向けに横たわれば、泥だらけの混乱のほかは——闇の中にぐるぐるのたうちまわる雲とほの黄色い硫黄色のもののほかは何も見えないだろう。

正面の寝室にいる男の子たちは、毛布をはいでしまって、シーツの下に寝ていた。暑かった。じめじめと蒸し暑かった。アーチャーは片方の腕を枕の上に投げ出して、大の字になって寝ていた。彼は上気した顔をしている。そして重たいカーテンが風に吹かれて少し動いたとき、彼は寝返りをうって眼を半ば開いた。風がそのとき箪笥の上の掛け布を動かして、少し光を入れたので、箪笥の鋭い角が見え、それがすっと真直ぐ走った。やがて白い形がふくれ上る。すると鏡の中に一本の銀色の縞が見えた。

ドアの傍らのもう一つのベッドで、ジェイコブはぐっすりと眠っている、ふかぶかと無意識に沈みこんで。大きな黄色い歯のある羊の顎が、彼の足もとにころがっている。彼が鉄のベッドの柵に向って、それを蹴とばしたのだ。

外では、朝早いうちに風がやんだので、雨がいっそう叩きつけるように激しい勢いで降りそそいでいた。えぞぎくは地面に叩きつけられている。子どものバケツには雨水が半分ほどたまっている。そしてオパール色の甲羅をした蟹が弱々しい脚でバケツのけわしい壁をよじ上ろうとして、底のまわりでのろのろと輪を描いていた。上ろうとしては落ち、幾度も幾度もくり返し試みながら。

2

「フランダース夫人」――「可哀そうなベティ・フランダース」「――いとしいベティ」――「彼女はまだとてもとても魅力があるわ」――「再婚しないなんておかしいわね」「きっとキャプテン・バーフットよ――毎週水曜日、時計のように規則正しく訪ねて来て、決して自分の奥さんを連れてこないのよ」

「でもあれはエレン・バーフットがわるいのよ」とスカーバラの婦人たちは言った。「彼女は誰のためにも決して出かけないもの。」

「男の人は男の子を欲しがるわ――たしかにね。」

「ある種の腫瘍は切開しなけりゃならないわ、でもわたしの母がかかったような種類の腫瘍は、何年も何年もがまんしなければならないの。そしてお茶の一杯もベッドに運んでもらって飲むなんてことさえしないのよ。」

(バーフット夫人は病弱だった。)

エリザベス・フランダースについては、こういうようなことやもっといろいろなことが言われて来たし、これからも言われるだろうが、彼女はもちろん女ざかりの未亡人だった。彼女は四十歳から五十歳にかけての年ごろだ。その間の悲しみの年月――夫のシーブルックの死、三人の男の子たち、貧しさ、スカーバラ郊外にある家、彼女の兄、可哀そうなモーティの没落と遺言により遺産をもらう可能性――とはいっても彼はどこにいるのだろう。彼は何をしているのだろう。目に手をかざして、彼女はキャプテン・バーフットを探して道路沿いに目をやった――ああ、あそこにいるわ、いつもと同じように時間ぴったりに。キャプテンがこちらを向く――このように目を向けられると、それはベティ・フランダースを成熟させ、彼女の姿を大きくし、顔をよろこびで輝きわたらせる。そしてわけもなく目に涙をためさせる。これはおそらく日に三回は誰もが目にすることだ。

たしかに自分の夫のために涙を流してもわるくはない。それに墓石は簡素だが、ちゃんとしたものだし、夏の日にこの未亡人が男の子たちを連れて行き、そこに立たせると、彼女に対して人はやさしい気持を抱いた。帽子はいつもより高く上げられた。妻たちは夫の腕をひっぱった。シーブルックの遺骸は地下六フィートに横たわっている。この長い年月、三重の内棺の中に納められて。裂け目は鉛で封じられていたので、もしも土と木とがガラスだったら、きっと彼の顔がこのすぐ下に見えることだろう。頬髭を生やし、ととのった若い男の顔が。彼は鴨撃ちに出かけても、深靴をとりかえるのをいやがったっけ。

「当市の商人」と墓石には書いてあった。尤も多くの人がまだ憶えているように、彼は会社づとめを三ヵ月しただけで、それ以前は馬を飼いならし、ひと群れの猟犬を連れて馬で狩りをし、少しばかりの畑を耕し、かなり野放図な生活をしていたのに、なぜベティ・フランダースが彼を商人と呼ぶことを選んだのかわからないけれど――まあ、彼女は彼をひとかどの人間と呼ばねばならなかったのだ。子どもたちへの手本にするためにも。

それでは彼は何者でもなかったのだろうか。答えにくい質問だわ。なぜならたとえ眼を閉じさせることが葬儀屋の習慣でなかったとしても、光はすぐに眼から消えてしまうのだから。初めは彼女自身の一部だったけれど、今では彼は一団の仲間の一人となって、草深い、なだらかな丘の斜面に、おびただしい白い墓石の間に没している。墓石はあるものは傾き、他はまっすぐに立ち、枯れた花輪や安ものの緑のブリキの十字架、狭い黄色っぽい小道、四月には教会の塀ごしに、病人の寝室の匂いのような香りをはなちながらしだれ咲くライラック、こういうものの中に没している。シーブルックは、今ではこういうものすべてなのだわ。そしてスカートをたくり上げて彼女がひよこたちに餌をやっていると、礼拝か葬式の鐘の音がきこえてきた。あれはシーブルックの声——死者たちの声だわ。

雄鶏が彼女の肩に飛びのり、彼女の頸をつつくということがわかっていたので、鶏に餌をやりに行くときは、今では棒切れをもっていくか、子どもたちの一人を一緒に連れて行くことにしていた。

「ぼくのナイフほしくない？　お母さん」アーチャーが言った。

鐘の音と同時にきこえたので、息子の声は生と死を解きがたく、それも陽気に混ぜ合わせた。

「小さい男の子にしては、まあ何と大きなナイフだこと！」と彼女は言った。彼を喜ばせようと、それを受けとる。すると雄鶏が鶏小屋から飛び出して来る。菜園の戸口を閉めなさいとアーチャーに叫んで、フランダース夫人は鶏の餌を下におき、こっこっと声に出してめん鶏を呼び、果樹園を走りまわってさわいでいるその姿を、クランチ夫人が道の向うから見かけた。彼女は壁にマットを叩きつけていたが、ちょっとの間それをぶら下げて手を休め、隣りのページ夫人にフランダース夫人がひよこたちと一緒に果樹園にいますわと言った。

その果樹園はドッズ・ヒルの一部が囲われたものなので、ページ夫人とクランチ夫人とガーフィット夫人は果樹園にいるフランダース夫人を見ることができた。ドッズ・ヒルは村を見おろしている。ドッズ・ヒルの重要性はどんな言葉で言っても言い過ぎることはない。それは大地そのもの、空と対立した世界なのだ。その地平線がどのくらい多くの人々に眺められてきたかは、パイプをくゆらしながら庭の門によりかかっている老いたジョージ・ガーフィットのように、クリミア半島で戦うため村を一度出たきりで、生涯同じ村に住みつづけている人々が、いちばんよく数えることができたろう。太陽の運行はこの丘によってはかられた。一日の色合いもその丘を背景にしてみればわかるのだ。

「今、あの女《ひと》はジョン坊やと丘を上って行ってるわ」クランチ夫人は最後にマットをひとふりし、家の中にせかせかと入って行きながら、ガーフィット夫人に言った。

果樹園の門をあけると、フランダース夫人はドッズ・ヒルの頂上へジョンの手をひきながら上っていく。アーチャーとジェイコブは前を走ったり、後でぐずぐずしたりする。しかし彼女がここまでくると、二人は古代ローマ人の砦の中にいて、湾にはどんな船が見えるか大声でしゃべっていた。というのは、すばらしい眺めがあるからだ――後には荒野、前には海、そしてスカーバラ全体が端から端まで判じ物のように平らに拡がっている。たくましい体つきになってきているフランダース夫人は砦の中に腰をおろし、まわりを見まわす。

移り変る眺めの種類すべてを、彼女は当然知っていなければならないところだろう。その冬景色、春、夏、秋の景色、どのようにして嵐が海からやってくるか、雲が過ぎていくにつれて、荒野はどんなふうにふるえおののいたり明るくなったりするか。別荘が建っている赤い点にも彼女は気づいていなければならない筈なのだ。それから菜園を区切って縦横に交叉している線。陽のあたった小さな温室のダイヤモンドのようにきらりと閃く光。あるいは、もしこのようなこまごました事柄を見逃したとしても、彼女は夕焼けの黄金色の海に空想をかき立てられ、どんなふうに夕焼けが浜辺の小石を金貨でおおったみたいにしたかを考えたことだろう。小さな遊覧船が浜辺をはなれて夕焼けの中へ出て行った。黒く伸びている埠頭が夕焼けを秘蔵していた。市全体がピンクと金色になり、丸屋根でおおわれ、花輪のように霧がとりまき、響き合い、きしっている。へたなバンジョーをかき鳴らす音、踵にくっついたタールの匂いのする遊歩場、突然、群衆の間を車をひいてゆるく駆ける山羊。市当局が花壇をいかにうまく設計したか、よく観てとれる。ときどき麦わら帽が吹きとばされる。太陽に灼けているチューリップ。いくつものチェックのズボンが列をなしてつなで張り渡されている。車椅子にのせた枕の上のおだやかなピンクの不満そうな顔を紫色のボンネットがふちどっている。三角形の広告板が白い上着をきた男たちに車で運ばれて行く。ジョージ・ボアーズ船長が巨大な鮫を捕えた。三角形の広告板の一面には、赤、青、黄色の字でそう書いてある。そして各行の終りには、それぞれ三つのちがった色の感嘆符がついていた。

そういうわけで水族館へ行く気になったのだ。そこでは青白い日除け、塩酸のむっとする臭い、竹の椅子、灰皿のおいてあるテーブル、ぐるぐるまわって泳いでいる魚、六つか七つのチョコレートの箱の向うで編みものをしている案内人（彼女はしばしば一度に何時間もまったく一人ぽっちでその魚と一緒にいるだけだった）が巨大な鮫の一部として記憶に残った。鮫そのものも、たるんだ黄色の袋に過ぎなくて、水槽の中の空っぽの旅行カバンみたいだった。今までに誰もこの水族館に喜んだものはいなかった。だが出てくる人々の顔は、一列に並んでさえいれば桟橋に入れてもらえることに気づくと、ぼんやりした興ざめした表情はすぐ消える。いったん回転木戸を通ると、誰もが一、二ヤードを勇んで歩く。ある人たちはこちらの売店で、他の人たちは向うの売店で足どりをゆるめた。しかし結局、水族館にみんなを引きよせるのは楽隊だった。下の桟橋にいる漁師たちでさえも、楽隊のきこえる所を仕事場に定めた。

楽隊はムーア式のあずまや《キオスク》の中で演奏した。プログラムの第九番が掲示板に出た。ワルツの曲だ。青白い顔の少女たち、夫に先立たれた老貴婦人、同じ下宿に泊っている三人のユダヤ人、伊達男、陸軍少佐、馬商人《あきんど》、暮しの楽な紳士、みんな誰もぼんやりした麻薬に酔ったような顔つきをしている。彼らの足下の板のすき間からは、桟橋の鉄柱のまわりで穏やかにやさしくゆれている夏の緑色の波が見えた。

でもこういうものが何も存在しなかった時代があったのだ（と、手すりによりかかっている若者は考えた）。あの婦人のスカートに目をとめて見るがいい。あの灰色のスカートで結構――ピンクの絹の靴下をはいている。スカートは移り変るのだ。彼女の足首をおおっている――九〇年代だ。それからスカートは大きく拡がる――七〇年代だ。今度は、つやつやした赤で、硬い裏張り《クリノリン》の下スカートに張られてふくらんでいるスカート――六〇年代だ。白い木綿の靴下をつけたちっちゃな黒い足がのぞく。まだそこに坐っている？　そう――彼女はまだ桟橋の上にいる。今の絹は薔薇の花のついた小枝模様だが、どういうわけか、もうそうはっきりとは見えない。ぼくたちの下には桟橋はない。重たげな四輪馬車が有料道路に沿って威勢よく通るかもしれないが、馬車が停まるべき遊歩桟橋はない。十七世紀には、海はなんと灰色で荒れ狂っているのだろう！さあ博物館へ。大砲の弾、矢じり、ローマ時代のガラスと、緑青で緑色のピンセット。それらはジャスパー・フロイド尊師がドッズ・ヒルにある古代ローマ人の野営地跡で、四十年代初めに自費で掘り出したものだ――かすれた文字の残っている小さな切符を見るがいい。

さてそれからスカーバラで次に見るべきものは何かしら？

フランダース夫人は古代ローマ人の野営地跡の円形の盛り土の上に腰をおろして、ジェイコブの半ズボンにつぎをあてていた。そして木綿糸の端をなめる時とか、何かの虫が彼女めがけて飛んで来て、耳にぶーんと音をさせ、行ってしまった時に目を上げるだけだった。

ジョンはちょこちょこ走って来ては彼女の膝に草か枯葉——それを彼は「お茶」と呼んでいたけれど——をぱっと投げつけていった。彼女はその草をきちんと、だがうわの空で、草の花のついた穂先を一緒にして並べた。昨夜アーチャーはなんと幾度も目を覚したのだろうと考えながら。教会の時計は十分か十三分すすんでいる。彼女はガーフィットの畑を買うことができたらいいのに、と思った。

「それは蘭の葉ですよ、ジョニー。小さな茶色の点々を見てごらん。さ、いらっしゃい。家に帰らなくては。アー——チャー！ ジェー——イコ——ブ！」

「アー——チャー——、ジェー——イコ——ブ！」ジョニーは踵でくるりとまわりながら、彼女の後について、きーきー声で呼んだ。そして手にもった草や木の葉をまるで種まきをしているみたいにまき散らしていた。アーチャーとジェイコブは不意に母親の所におどり出てやろうと思って、そっとうずくまっていた小丘の後から跳び出した。みんなはゆっくり家に向って歩き始める。

「あれは誰?」フランダース夫人が小手をかざしながら言った。

「道路にいる、あのおじいさん?」アーチャーは下を見下ろしながら言った。

「あの人はおじいさんじゃないわ」とフランダース夫人が言った。「あの人は——いいえ、そうじゃないわ——バーフットさんかと思ったけど——でもあれはフロイドさんよ。さあ、みんなおいで。」

「ああ、うるさいフロイドさん!」とジェイコブはあざみの花をひねりとりながら言った。彼はフロイドさんが彼らにラテン語を教える予定だということをすでに知っていた。実際に三年前から暇な時に親切心から教えてくれたようにして。なぜかというと、近所にはフランダース夫人がそのようなことを頼める紳士は他にいなかったし、上の子どもたちは彼女の力に余るようになりつつあり、学校への準備をしておかねばならないからだ。そしてお茶のあとにまわって来たり、自分の部屋で彼らを教えたりすることは——彼が予定にくみ入れられるようなやり方で——たいていの牧師がしそうもないことだった。というのは教区は非常に大きなもので、フロイド氏は、彼以前に彼の父親がしたように、荒野の何マイルもはなれた小屋を訪ねたし、年老いた父同様えらい学者だった。だから教えてもらうなんてとてもありそうもないことに思えた——彼女はそんなことは夢にも想わなかった。彼女は考えてみておくべきだったのだろうか。学者であることはもちろんとして、彼は彼女より八歳も年下だった。彼女は彼の母親を知っていた——老いたフロイド夫人を。あそこでお茶を頂いたっけ。そしてあれはフロイド老夫人とお茶を頂いて帰って来た夕方だったわ。玄関に短い手紙を見つけて何か子どもたちについての手紙にちがいないと思いながら、レベッカに魚を渡しに行くとき、その手紙を台所まで持って行ったのは。

「フロイドさんがご自分で手紙を持っていらしたのね？——チーズは玄関にある包みの中にあるはずよ——ええ、玄関に——」というのは彼女は手紙を読んでいたのだ。その手紙は子どもについての手紙ではなかった。

「ええ、たしかに明日の魚肉の揚げだんごには充分だわ——きっと、キャプテン・バーフットは——」彼女は「愛」という言葉のところまで読んだところだった。彼女は庭に出て行って自分を落ち着かせるために胡桃の木によりかかって読んだ。胸がどきどきした。シーブルックの姿が目の前に鮮やかに浮ぶ。彼女は頭を振って涙にくもる黄色い空を背景にひらひら動いている小さな木の葉を見つめた。そのとき三羽の鵞鳥が棒切れをふりまわしているジョニーに追いかけられて半ば走り、半ば飛びながら芝生を横切って逃げて行った。

フランダース夫人は怒って顔を赭くした。

「いったい何度お前に言ったの?」彼女は叫んで、彼をつかまえ、棒切れを彼からもぎとった。

「でも鵞鳥が逃げたんだよ!」彼は自由になろうともがきながら叫んだ。

「大変ないたずらっ子ね。わたしが一度話したら千回話したのと同じよ、鵞鳥を追いかけてはいけないの!」彼女はそう言ってから、フロイド氏の手紙を手の中でくしゃくしゃにしながら、ジョニーをしっかりつかまえて鵞鳥を果樹園に追い戻した。

「どうして結婚のことなんか考えられるかしら」と彼女は一本の針金で門をしばりながら、にがにがしくひとりごちた。その晩、子どもたちが寝静まってから、わたしはいつも男の人の赤毛は嫌いだったわと、フロイド氏の風采を考えながら、彼女は思った。そして針箱を押しやりながら、吸取紙を自分の方へ引き寄せて、フロイド氏の手紙をもう一度読んだ。「愛」という言葉まで読んだとき彼女の胸はどきどきしたが、今度はそれほどひどくはなかった。というのは彼女は鵞鳥を追いかけているジョニーを見て、自分が誰かと結婚するなんて無理だとわかったものだから――自分よりずっと年下のフロイド氏などとんでもない、でもなんてすてきな方――それに大した学者でもあるし。

「親愛なるフロイド様」と彼女は書いた――「私はチーズのこと忘れたかしら?」彼女はペンをおきながら、どうだったかと思った。いいえ、わたしはチーズは玄関にあるとレベッカに言ったわ。「私は大変おどろいて居ります……」彼女は書いた。

しかし翌朝早くフロイド氏が起きたとき、テーブルの上にあった手紙は「私は大変おどろいて居ります」で始まっていなかった。それは非常に母性的で、尊敬の念にみち、矛盾のある、残念な気持を表している手紙だったので、彼はそれを何年間もとっておいた。彼がアンドゥヴァーのウィンブッシュ嬢と結婚したあとも長い間、彼が村を去ってからも長い間。というのは彼はシェフィールドの教区を希望し、希望どおりになったからだ。そして別れを告げるためにアーチャーとジェイコブとジョンを呼びにやって、彼のことを忘れず憶えているように、彼らが書斎の中で何でも好きなものを選ぶように言った。アーチャーは紙切りナイフを選んだ。なぜって、彼はあまりよすぎる物を選びたくなかったから。ジェイコブは一冊本のバイロン全集をえらんだ。適当な選択をするにはまだ小さすぎるジョンはフロイド氏の子猫をえらんだ。彼の兄たちは馬鹿なえらび方だと思ったが、フロイド氏は、「あれは君のような毛を持っているね」と言って彼に賛成した。それからフロイド氏はキングズ・ネーヴィー（訳注—英国海軍）（アーチャーがそこに行こうとしていた）について話し、またラグビー校（訳注—ウォリックシャーのラグビーにあるパブリックスクールの名門）（ジェイコブがそこに行こうとしていた）について話した。そして次の日、彼は銀の盆をもらって去った——初めはシェフィールドへ。そこで彼は叔父を訪ねて来ていたウィンブッシュ嬢に出会ったのだ。それからハックニー（訳注―ロンドンの労働者階級、中流下層階級の住んでいた所）へ――次にメアズフィールドへ、彼はそこの校長になった。そしてついに宗教的偉人伝という有名なシリーズの編者となり、妻と娘と一緒にハムステッド（訳注―ロンドンの北部、金持や知識人が多く住む）に引退した。そして彼が羊の足形の池《レッグ・オヴ・マトン・ポンド》のあひるに餌をやっているのが今ではよく見かけられる。フランダース夫人の手紙はどうなったかといえば――先日彼はそれを探したが、見つけることができず、妻が片づけてしまったのかどうかも、訊いてみたくはなかったのだ。最近彼がピカデリーでジェイコブと出会ったとき、三秒後にジェイコブだとわかった。しかしジェイコブがたいそう立派な若者に成長していたので、フロイド氏は彼を街路で呼びとめたくなかった。

「あらまあ」フランダース夫人は「スカーバラ・ハロゲート新聞」紙上で、かくかくしかじかのアンドルー・フロイド尊師がメアズフィールドの校長になったということを読んだとき、「それはわたしたちの知っているフロイドさんにちがいないわ」と言った。

うっすらとした陰鬱な気分がテーブルにたれこめた。ジェイコブは自分でジャムに手をのばしていた。郵便屋が台所にいるレベッカに話しかけていた。開け放した窓辺で揺れている黄色い花に一匹の蜂がぶんぶんうなっていた。気の毒にフロイドさんがメアズフィールド・ハウスの校長になろうとしているのに、つまり、彼らはみんな元気に生きているのだった。

フランダース夫人は立ち上って炉格子の所へ行き、トパーズの耳の後あたりの頸を撫でてやった。「可哀そうなトパーズ」と彼女は言った（フロイドさんの子猫は今では大変な老猫で、耳の後が少しひぜんにかかっているので、近いうちに死ななければならないだろうから）。「可哀そうな年とったトパーズ」猫が陽なたで身をのばしたとき、フランダース夫人はそう言って、微笑んだ。どうやって猫を去勢して貰ったか、またいかに自分は男の人の赤毛は好きでなかったかを考えながら。笑みを浮べながら、彼女は台所へ入って行った。

ジェイコブはかなり汚れたハンカチで顔を拭いた。彼は自分の部屋に上っていった。

くわがたは、ゆっくり死ぬ（かぶと虫類を集めていたのはジョンだった）。二日目になってさえも、その脚はしなやかだった。しかし蝶は死んでいた。腐った卵の匂いが、うす色の雲模様の黄蝶を圧倒してしまった。その黄蝶はいそいで果樹園を横切ってやって来て、ドッズ・ヒルを上り、荒野の方へ逃げていく。時にははりえにしだの後にかくれ、また時には灼けつくような陽ざしを浴び、あわてふためいて再び姿を隠しながら。一羽のひょうもんちょうが古代ローマ人の野営地跡の白い石の上で陽なたぼっこをしていた。谷間の方から教会の鐘の音がきこえてくる。スカーバラでは、誰も彼もがローストビーフを食べていた。というのはその日は日曜日で、その日ジェイコブは家から八マイルはなれたクローバーの茂った野で、うす色の雲模様の黄蝶を捕えた。

レベッカはめんがたすずめを台所で捕えた。

樟脳のつよい匂いが蝶箱から匂ってきた。

樟脳の匂いに混じってまぎれもない海藻の匂いがする。黄褐色の海藻のリボンがドアにぶら下がっている。太陽はそれらの上に激しく照りつける。

ジェイコブがもっていた蛾の上翅にはたしかに枯葉色のいんげん豆の形をした斑点がしるされていた。しかし後翅には三日月形がなかった。ぼくがその蛾を捕まえた夜、あの木は倒れてしまったんだ。森の奥で突然にピストルの一斉射撃があったんだ。ぼくが遅く帰ったら、お母さんはぼくのことを泥棒とまちがえた。絶対に言うことをきかないのはこの子一人だと彼女は言った。

モリスはその蛾を「湿地あるいは沼地で見られる非常に地方的な昆虫」と述べていた。しかしモリスは時々まちがっている。ジェイコブは、時々、極細のペンで欄外に訂正を書き入れた。

風のない夜だったけれども、その木は倒れ、地面においてあったカンテラが、ぶなのまだ緑色の葉や枯れ葉を照らし出していた。それは乾いた場所だった。ひきがえるが一匹そこにいた。そして赤い後翅に縞模様のある蛾が灯のまわりをまわって、きらりと光って、見えなくなった。その赤い後翅に縞模様のある蛾をジェイコブは待っていたけれど、それは戻ってこなかった。彼が芝生を横切り、明るい部屋の中で母親がトランプ占いをしながら起きているのを見たときは、十二時を過ぎていた。

「何てびっくりさせるの！」彼女は叫んだ。彼女は何か怖ろしいことが起ったのだと思った。そして彼はレベッカの目も覚した。レベッカはたいそう早起きしなければならなかったのに。

彼は深い闇から出て来て、暑い部屋の中で光に目を瞬きながら、青ざめてそこに立っていた。

いや、あれは藁模様で縁どられた後翅に縞模様のある蛾であるはずはない。

草刈り機はいつでも油のさし方が足りない。バーネットがジェイコブの窓の下でそれをまわすと、それはきしみ、きーきー音を立て、芝生をがらがらと横切って、またきーきー音を立てた。

そのとき空がかき曇ってくる。

また太陽が出てきて、まぶしいくらいだ。

陽は眼のようにあぶみに注がれ、それから突然しかもひっそりとベッドの上にさし、目覚まし時計の上に、開けっぱなしの蝶箱の上にあたった。うす色の雲模様の黄蝶は沼地の上を急いで翔んでいってしまったっけ。あの蝶たちは、むらさきつめ草をジグザグと横切って行ってしまった。ひょうもんちょうが生垣に沿ってひらひらと翔んでいった。青色蝶が太陽に照りつけられて芝生の上に横たわっている小さな骨にとまった。ひめあかたてはやくじゃくちょうが鷹のおこぼれの血のしたたる内臓のごちそうを食べていた。家から何マイルもはなれた所で、廃墟の下のおになべなの生えた窪地で、彼はコンマちょうを見つけたのだった。彼は一羽のいちもんじちょうが樫の木のまわりをぐるぐるまわりながらだんだん高く上っていくのを見たけれど、捕まえられなかった。高い所の小屋に一人住まいをしている老婦人が、彼女の庭先に毎夏やってくるむらさきちょうのことを話してくれたっけ。狐の子が朝早くはりえにしだの藪の中で遊んでいた、と彼女は言ったっけ。そして明け方に外を見ると、いつでも二頭のあなぐまが見られるわ、時々あなぐまたちは取っ組み合いをしている二人の子どものように、互いに殴り倒し合うのよと話してくれた。

「今日の午後はあまり遠くへ行かないでね、ジェイコブ」と母が戸口のところで頭をひょいとつき出して言った。「なぜってキャプテンがお別れを言いにいらっしゃる予定ですからね。」その日は復活祭の休暇の最後の日だった。

水曜日はキャプテン・バーフットのくる日だった。彼は青いサージの服をこざっぱりと着て、ゴムの石突きをつけたステッキをもっていた——というのは彼は足が悪く、戦役に服したので左手の指が二本なかった——そしてきっかり午後四時に旗ざおをもって家を出た。

三時に車椅子押しのディケンズ氏がバーフット夫人を誘いに寄った。

「動かしてちょうだいな」彼女は遊歩道に十五分間いた後で、ディケンズ氏に向ってきまって言う。それから再び、「それで結構、ありがとう、ディケンズさん」と。最初の言いつけで彼は陽なたを探し、二番目の言いつけで車椅子を細長く陽のあたった場所におくのがつねだった。

ディケンズ氏自身も昔からの住人で、バーフット夫人——ジェイムス・コパードの娘だったが——と似たところが多かった。ウェスト・ストリートとブロード・ストリートの交叉点にある飲み水用の噴水はジェイムス・コパードの寄附したものだ。彼はヴィクトリア女王の即位五十周年記念祭の時の市長で、コパードの名は市の散水車や店のウィンドーに、また弁護士の相談室の窓のトタン製の日除けにペンキで書かれてあった。しかしエレン・バーフットは決して水族館に行かなかった（彼女は鮫をつかまえたボアーズ船長をとてもよく知ってはいたけれど）。そして広告のビラをもって男たちが通りすぎたとき、彼女はその男たちを横柄に見下した。というのは道化師一座やジーノー兄弟一座、デイジー・バッドとあざらし曲芸の一座を自分は決して見ないだろうということがわかっていたからだ。なぜなら遊歩道で車椅子にのっているエレン・バーフットは、自由のない囚われ人——文明の囚われ人——なのだから。市公会堂や服地店、水泳のプール、記念館などが、地面に影で縞模様を描いている晴れ上った日にも、彼女の檻の柵はすべて遊歩道をよぎって下りているのだ。

自分自身も古くからの住人であるディケンズ氏は、パイプをくゆらしながら、彼女の少し後ろの方に立っているのがつねだった。彼女は彼にいろいろ尋ねる——あの人は誰なの——ジョーンズさんの店はいま誰がやっているの——それから季節のこと——それがどんな薬であろうと、あなたの奥さんは試してごらんになった？——言葉は彼女の唇から、ひからびたビスケットのくずのようにとび出して来た。

彼女は眼をとじた。ディケンズ氏はひとまわりした。男らしい感情はすっかり彼からなくなってはいなかった。もっとも彼が向うからやってきたのを見ると、片方のふくらんだ黒い深靴がもう片方の前でいかにぶるぶるふるえていたか、彼のチョッキとズボンの間にいかに影がさしているか、急にかじ棒から外されてもう車を引いてはいないことを発見した馬のように、彼がいかによろよろと前かがみに歩いたかに気づいただろうが。しかしディケンズ氏がタバコの煙を吸いこみ、それをまた吐き出したとき、彼の眼には男らしい感情がみとめられた。彼はキャプテン・バーフットが今頃マウント・プレザントへ行く途中どの辺にいるかを考えていた。彼の主人のキャプテン・バーフット。というのは、自分の家では厩の上の小さな居間の窓辺にはカナリヤが、ミシンの所には娘たちがいて、ディケンズ夫人がリューマチで軀を丸くちぢこめている——彼が軽んじられているこういう家では、キャプテン・バーフットに雇われていると思うことは彼の支えになったからだ。彼は遊歩道にいるバーフット夫人と喋っている間に、フランダース夫人のところへ行く途中のキャプテンを助けているのだと考えたかった。男である彼が、女であるバーフット夫人を預かっていたのだ。

ひとまわりしながら、彼女がロジャーズ夫人と喋っているのに気づいた。もうひとまわりすると、ロジャーズ夫人がどんどん歩いて行ってしまったのが見えた。そこで彼が車椅子に戻ってくると、バーフット夫人は彼に時間を訊いた。彼は大きな銀時計をとり出し、大した恩恵を施すように時間を告げた。まるで自分が、時間やあらゆることについて彼女よりたくさん知っているかのように。しかしバーフット夫人は、キャプテン・バーフットがフランダース夫人を訪ねる途中だということを知っていた。

実際のところ、彼は市街電車を降りて、南東にドッズ・ヒルを見ながら、そこへ行くかなりの道を行っていた。ドッズ・ヒルは青い空を背景にして緑色にくっきり浮び上っていた。そして空は地平線の上あたりで鈍いとび色にひろがっていた。彼は丘をさっそうと上っていた。足が悪いにもかかわらず、彼の近づき方にはどこか軍隊的なところがあった。ジャーヴィス夫人は牧師館の門から出てきた時、彼がやって来るのを見、彼女のニューファウンドランド犬のネロは尻尾をゆっくりと左右に振った。

「まあ、バーフットさん」ジャーヴィス夫人が大声で言った。

「こんにちは、ジャーヴィスさん」とキャプテンが言った。

彼らは一緒に歩いて行った。フランダース夫人の門口に着いた時、キャプテン・バーフットはツィードの帽子をとって、非常にていねいに頭を下げながら、言った。

「ごきげんよう、ジャーヴィスさん」

そしてジャーヴィス夫人はひとりで歩いて行った。

彼女は荒野を歩きに行こうとしていた。夜遅くまた彼女は自分の家の芝生を一歩一歩ゆっくり歩いたのか？　書斎の窓をまたとんとん叩いて、「この月をごらんなさい、この月を見てごらんなさい、ハーバート！」と叫んだのか。

そしてハーバートは月を眺めたのだ。

ジャーヴィス夫人はみじめな気持になると荒野を歩いた。いつももっと遠くの尾根まで行くつもりだったが、紅茶茶碗の受け皿の形をした窪地の辺りまで歩いて行った。そこで彼女は腰を下ろして、マントの下に隠してあった小さな本をとり出し、詩を数行読んでから、周りを見まわした。彼女は非常にみじめな気持になっていたのではなかった。彼女が四十五歳だったことを考えると、非常にみじめな気持に、つまり絶望的に不幸せな気持になることはおそらくないだろう。そして彼女が時々おどかしたように、夫を捨て、一人の善良な男の生涯をめちゃくちゃにするということもおそらくしないだろう。

それでも、牧師の妻が荒野を歩くとき、どんな危険を冒すことになるか言う必要はない。背が低く、浅黒く燃えるような眼をして、帽子に雉の羽をつけたジャーヴィス夫人は、まさに荒野で信仰を失う種類の女性であった——つまり、神を全自然界と混同する種類の女性だ——しかし彼女は信仰を失いもせず、夫と別れもせず、詩を終りまで決して読み通しもせず、楡の木の後ろにかかった月を眺めながら、荒野を歩き続けた。そして草の上に腰を下ろした時、スカーバラより高い所にいると感じながら……そうだわ、そうだわ、雲雀が舞い上るとき、羊が一、二歩前へ進みながら芝草を喰み、同時に鈴をりんりんと鳴らすとき、微風が初めて吹き、頰にキスを残して静まるとき、下の方の海に浮ぶ船がまるで目に見えない手で引っ張られているみたいに、互いに行き交い通りすぎて行くように見えるとき、空中に遠くから震動があり、幻の騎士たちが馬で疾駆したり止まったりするとき、地平線が青、緑になり情緒にあふれる時——そういうときに、ジャーヴィス夫人は溜め息をつきながら、ひそかに心の中で呟く。「もし誰かがわたしに与えてくれることができたとしたら……もしわたしが誰かに与えることができたとしたら……」しかし彼女は自分が何を与えたいのか、また誰がそれを彼女に与えられるのか、わからない。

「フランダース夫人はほんの五分前に出て行かれました、キャプテン」とレベッカが言った。キャプテン・バーフットは肘掛椅子に坐って待った。肘掛にひじをのせ、一方の手に他方の手を重ね、不自由な足をまっすぐ突き出し、その傍にゴムの石突きのついた杖をおいて、彼はじっと坐っていた。彼にはどこか固苦しいところがあった。彼は考えていたのだろうか？　おそらく、くり返しくり返し同じことを考えていたのだろう。しかしそれは「すばらしい」考え、おもしろい考えだったろうか。彼は粘りづよい誠実な落ち着いた男であった。女たちは、「ここに掟がある。ここに秩序がある。だからわたしたちはこの方を大切にしなければいけないのだわ。夜には彼はブリッジにいて指揮をしている」と感じたことだろう。そして、彼にお茶のカップ、あるいはどんなものでも渡しながら、難破と災害の光景を考えるのだ。そういうときには、乗客たちはみんな船室からころがるように飛び出してくる、と、そこにキャプテン・バーフットがいる、きちんと厚いラシャのジャケツのボタンをかけ、嵐に立ち向っている、他のものには負けないが嵐には打ち負かされて。「でもわたしには魂があるわ」とジャーヴィス夫人は、キャプテン・バーフットが突然大型の絞り染めハンカチで鼻をかんだとき、思ったろう。「それで、こういうことの原因となるのは男性の愚かさなのだわ。そうして嵐はわたしの嵐であると同時に彼の嵐なのだわ。」……そういうふうにジャーヴィス夫人は思ったろう。艦長が彼女たち夫婦に会いに立ち寄って、ハーバートが留守だとわかり、彼が肘掛椅子に腰かけて二、三時間もほとんど黙って過した時のことを。しかしベティ・フランダースはそういうようなことは何も考えなかった。

「まあ、バーフットさん」とフランダース夫人は、客間にとびこんで来ながら言った、「わたしはバーカーの店員を追いかけなくてはならなかったんですの……レベッカがしてくれれば……ジェイコブがしてくれれば……」

彼女はひどく息切れがしていたが、すっかり気が転倒していたわけではなかった。そして油商人から買った煖炉用の刷毛を下におくと、暑いと言って、窓をもっと開け放ち、カヴァーを真直ぐにし、本をとり上げた。まるで彼女はたいそう自信があり、キャプテンが非常に好きで、彼よりずっと年下であるかのように。実際、青いエプロンを着けていると彼女は三十五歳以上には見えなかった。彼は五十歳をとうに過ぎていた。

彼女はテーブルのまわりで手を動かした。キャプテンは頭を左右に動かし、ベティがお喋りをつづけている間、ほとんど音を立てず、すっかり気楽にしていた——あれからもう二十年経っている。

「さて」とついに彼は言った、「ぼくはポールゲイトさんから聞きました」

彼はポールゲイト氏から、少年をどこかの大学に入れなさいというのが、いちばんよい助言だと聞いてきたのだった。

「フロイドさんはケンブリッジにいらしたわ……ちがう、オクスフォードだったかしら……まあ、そのどちらかですわ」とフランダース夫人は言った。

彼女は窓の外を見た。小さな窓や庭のライラックや緑の木々が眼に映った。

「アーチャーはとてもよくやっています」と彼女は言った。「マックスウェル艦長からとてもすばらしい報告を頂いています。」

「ぼくはジェイコブに見せる手紙をおいていきましょう」とキャプテンは封筒の中に手紙を不器用に戻しながら言った。

「ジェイコブは、いつもどおり蝶を追いかけていますわ」とフランダース夫人はじれったそうに言った。しかし突然、後から思い浮んだ考えにおどろかされた。「クリケットが今週始まりますわ、もちろん」

「エドワード・ジェンキンスンは辞表を提出しました」とキャプテン・バーフットが言った。

「それではあなたが市会に立候補なさるんでしょう?」フランダース夫人はキャプテンの顔を真向うから見つめて、声高に言った。

「さあ、それについては」キャプテン・バーフットは椅子にずっと深く腰かけながら話し始めた。

ジェイコブ・フランダースは、そういうわけで、一九〇六年十月にケンブリッジ大学に入学した。

3

「これは喫煙車じゃないんですよ」ノーマン夫人はドアが開いて、体のがっちりした若い男が飛びこんで来たとき、神経質そうに、しかし弱々しく言った。彼女の言うことを彼は聴いていないようだった。汽車はケンブリッジに着くまでは停まらないので、彼女は一人の若い男と、この客車の中に二人きりでとじこめられたのである。

彼女は化粧道具入れのスプリングに触り、香水瓶とミューディ貸本店（訳注―チャールス・エドワード・ミューディが一八四二年に開いた貸出し図書館で、のちロンドン随一の大きいものになった）で借りた小説が両方とも手近にあるのを確かめた（若者は、彼女に背を向けて立ち、網棚にカバンをおいている）。この香水瓶を右手で投げよう、と彼女は心に決めた。そして、左手で車掌への連絡ひもを引っ張ろう。彼女は五十歳で、大学に行っている息子がいる。それでも男というものが危険だという事実には変りない。彼女は新聞の囲み記事を半分読んだ。それから安全かどうかを確かめるには風采を見れば絶対間違いないと思って、新聞の端からこっそりと覗いてみた……彼にお読みになりませんかと言ってやろうかしら。でも若い人たちは「モーニング・ポスト」紙（訳注―一七七二年創刊のロンドンの日刊新聞。コールリッジ、ワーズワス、サウジー等も寄稿した）を読むかしら？　彼が何を読んでいるかを見てみた――「デイリー・テレグラフ」（訳注―一八五五年創刊のイギリスの日刊新聞。一時イギリス第一の発行高を示し、一九三七年「モーニング・ポスト」を併合した）紙だ。

　ソックス（たるんでいるわ）、ネクタイ（みすぼらしいわ）に注目しながら、彼女はもう一度彼の顔へ目をやった。口をしばらく見つめた。唇はきりっと結ばれている。彼は新聞を読んでいるので、目を伏せている。どこもしっかりとしていたが、若々しく、無関心で、無意識なのだ――人を殴り倒すことについても！　まさかそんなことはない。絶対にない！　彼女は窓の外に目をやる。今はちょっと微笑んで。それから彼が自分に気がつかないので、視線を戻す。まじめそうな、無意識な……あ、今度は彼が目をあげた。しかし視線が彼女を通り越す……彼はどうもひどく場ちがいな感じだ、老婦人と二人きりというのは……それから彼はじっと風景に目をそそぐ――その目は青い。彼はあたしの存在に気づいていないのだわと彼女は考えた。でもこれが喫煙車じゃないのは、あたしのせいじゃない――もし、この人がそう言いたいのだとしたら。

　誰だって人をありのままには見ない、汽車の中で見知らぬ若者と向い合って坐っている、この老婦人のことだってもちろんそうだ。彼らは全部を見るのに――あらゆる種類のものを見るのに――彼らは自分たち自身を見ているだけだ……ノーマン夫人はいま、ノリス氏の小説の一つを三頁ばかり読んでいる。あたしはこの若い人にこう言うべきなのだろうか？（そして結局彼はあたしの息子とちょうど同い年なのだ。）「タバコをお吸いになりたいのなら、あたしのことはお気になさらないで」と。いいえ、この人はあたしがいることなんて、ぜんぜん、気にしていないようだわ……彼女は邪魔したくなかった。

しかし、彼女の年齢になってさえも、彼の無関心なのが気になるくらいだから、きっと彼は何かの点で——少なくともあたしには——すてきで、端正で、おもしろくて、優秀で、恰好よいのではないかしら？　あたしの息子のように。彼女のこの報告については、できるだけ公平にあつかわなくてはならない。ともかく、これが十九歳のジェイコブ・フランダースなのだ。人々のことを要約してみようとしても無駄だ。口に出されたことそのものや、行動にすっかり現われているものではなくて、ぼんやりした暗示を追求しなければならないのだ——たとえば、汽車が駅に入っていったとき、フランダース氏はドアをさっとあけ、老婦人の化粧道具入れを外へ出してやった。とても恥ずかしそうに、「ぼくがいたしましょう」と言いながら、というよりは口の中で呟きながら。実際、彼はそういうことにはかなりぎごちなかった。

「どなた……」息子に会って婦人は言った、しかしプラットホームはとても混雑していたし、ジェイコブはすでに行ってしまったので、彼女は終りまで言葉を言えなかった。ここはケンブリッジで、彼女は週末をそこに滞在するのだが、街路でも丸テーブルでも、一日中会うのは若者たちだけなので、彼女の旅の同席者のこの姿は、心の中でまったく忘れられてしまった。ちょうど、一人の子どもが願かけ井戸の中に落とした曲ったピンが、水の中でくるくるとまわりながら、永遠に姿を消していくように。

空はどこへいっても同じだ、と人々は言う。旅人や海で遭難した人、亡命者、瀕死の病人は、そういう思いに慰めを見出す。そしてもし人が神秘的性格の持主なら、たしかに慰めや説明さえもが、その切れ目のない空から降りそそいでくる。しかしケンブリッジの上空では――とにかくキングズ・カレッジ（訳注―ケンブリッジ大学の学寮の一つ。ヘンリー六世が創立した）の礼拝堂の屋根の上では――少し違っている。海上はるかに、大都市は夜も明るい輝きを放っているだろう。キングズ・カレッジの礼拝堂の建物のぎざぎざの割れ目の中に流れこんできた空が、よその空より明るく、薄く、もっときらきら輝いているように思われるのは、あまりにも途方もない空想だろうか？　ケンブリッジは夜ばかりでなく昼すらも燃え立って輝いているのだろうか？

見るがいい、彼らが礼拝に入っていくとき、なんと軽やかにガウンがひるがえるかを。まるでその中には厚ぼったい肉体など何もないかのように。ガウンの下では、大きな編上靴が行進しているけれど、なんと彫りの深い顔、敬虔さに抑えられたなんという確信、威信をもっていることか。なんと秩序のある行列で彼らは進んでいくことか。太い蠟燭がまっすぐ立っている。若者たちは白いガウンを着て立ち上る。そうしている間も、這いつくばっている鷲の形をした聖書台は閲覧をねがって、大きな白い本を背にのせている。

光の斜面が一面の塵の中でさえ、紫色や黄色の光となって、その間にも光が床石の上にあたって砕けると、その石も赤、黄、紫にほのかに色づけられる。雪も青葉も、冬も夏も、古いステンド・グラスを支配する力をもたない。カンテラの外面が炎を保護し、嵐のひどい夜でさえもそれがあかあかと燃えつづけるようにするように——あかあかと燃えつづけて、木々の幹を荘重に照らし出すように——礼拝堂の中ではすべてが秩序立っていた。声は荘重に響いた。オルガンは叡智にみちた音で応えた。まるで人間の信仰を四大元素の同意をえて強めているかのように。白い衣をまとった姿が端から端まで往ったり来たりした。あるときは段を上り、あるときは降り、すべては非常に秩序立っていた。

……もし木の下にカンテラを立てるなら、森じゅうのあらゆる虫がそれに這いよってくる——

奇妙な集まりだ、なぜかといえば、虫たちは這い上り、ぐるりと回り、ガラスに向って頭をぶつけるが、何の目的も持っていないように見えるからだ――意味のない何ものかが虫たちを駆りたてているのだ。虫たちがカンテラのまわりをゆっくり動きまわり、入れてくれと言わぬばかりに、闇雲にこつこつ叩き、一匹の大ひき蛙がいちばん夢中になり、他の虫たちを肩で押しわけて進んでいくのを見ているとうんざりしてくる。あ、でもあれは、何なのだろう？　ピストルのおそろしい一斉射撃の音がする――鋭く破裂する音。さざ波が広がる――沈黙が音の上になめらかにおおいかぶさる。木が――一本の木が倒れた、森での死とでもいったものだ。そのあと木々をわたる風はもの悲しい音をたてている。

しかしキングズ・カレッジ礼拝堂のこの礼拝は――なぜ女性に参加をゆるしたのだろう？　たしかに、もし心が集中できなくなるとすれば（そしてジェイコブは、頭を後へのけぞらせ、彼の讃美歌集は誤ったところが開いたままで、非常に虚ろな顔つきをしていた）、もし心が集中できなくなるとすれば、その理由《わけ》は灯心草の座部のついた椅子の上に、いくつかの帽子屋と色彩ゆたかな洋服の戸棚がたくさんこれ見よがしにおかれているからだった。たとえ頭と体はじゅうぶんに敬虔だとしても、人は個人的な感覚をもっている――ある人々は青が好き、別の人々は茶色が好きだ。ある人々は羽飾りが、他の人々は三色菫と勿忘草が好きなのだ。誰も、教会の中へ犬を連れてくるなんて考えつかないだろう。というのは犬は砂利をしいた道にいるぶんには構わなくて、草花を荒らすということもないけれど、犬がきょろきょろしながら教会の座席の間の通路をうろついて、足をあげ、ぞっと身ぶるいさせるような、ある目的をもって柱に近づくということにでもなれば（もしもあなたが会衆の中の一人だったとしたら——まったく独りなら恥ずかしさは問題外なのだが）、犬は礼拝をすっかりぶちこわしてしまう。これらの婦人たちもそのとおりだ——一人一人は敬虔で、すぐれていて、それぞれの夫の神学や数学、ラテン語、ギリシア語によって、ちゃんとした人たちということになっているけれども。どうしてそういうことになるのかは誰にもわからない。一つには、彼女たちは罪業と同じくらい醜悪なのだ、とジェイコブは考えた。

今、靴を鳴らす音とささやく声がした。彼はティミー・ダラントと眼を合わせた。自分の方を、非常にいかめしい顔つきで見ている。すると、そのとき、ひどくおごそかに目くばせした。

「ウェイヴァーリー」（訳注—ウォルター・スコットの小説、一八一四年作。彼の一連の歴史小説の総称でもある）と、ガートン（訳注―一八六九年創立のケンブリッジ大学女子学寮）へ行く途中にある山荘《ヴィラ》は呼ばれていた。プルーマー氏がスコットを尊敬していたからでもなければ、凝った名前を選ぼうとしたからでもなかった。しかし、名前というものは大学生をもてなさねばならないときには役に立つ。そして日曜日の昼食のときに彼らが四年生を待って坐っているとき、門の上の名前のことが話題になった。

「何てじれったい」とプルーマー夫人は衝動的にさえぎった。「どなたか、フランダースさんを知っていらして？」

ダラント氏が知っていた。だから少しばかり顔を赭らめて、ぎごちなく、自分がたしかに知っていると言った――プルーマー氏の方を見つめ、話しながら、ズボンの右足を引き上げて。プルーマー氏は立ち上って、煖炉の前に立った。プルーマー夫人は、率直で人なつこい特別研究生のように笑った。つまり、この場、この情況、この眺め、冷害に悩まされているこの五月の庭や、その瞬間をえらんで太陽を横切って通る雲、これらのもの以上に不快なものは想像できなかった。もちろん、庭があるにはあった。みんなが同じ瞬間に庭を見つめた。雲のおかげで木の葉はざわざわ灰色にひるがえり、雀が――二羽の雀がいた。

「わたしのつもりでは」とプルーマー夫人は若者たちが庭を見つめている間に、この束の間の休息を利用して夫の方を見て言った。彼は自分のその行動に全責任をとろうとしたわけではなかったが、それでも食事の鐘を鳴らした。

人間の生活を一時間でもこんな具合に侵す言い訳としては、プルーマー氏が羊肉《マトン》を切り分けている間に浮んだ思い、もしも、大学教授が誰も昼食会を開いたりしなかったら……という思いしかない——もしくる日曜もくる日曜も同じように過ぎて行ったら、もし学生たちが大学を卒業して行くだけで、弁護士や医者、国会議員、実業家になったら、もしも大学教授が誰も昼食会を開いたりしなかったら——こういう思いだけしかない。

「さて子羊肉《ラム》がミント・ソースをこしらえているのか、それともミント・ソースが子羊肉《ラム》をこしらえているのか？」彼はもう五分半も続いた沈黙を破るために、隣りの若者にたずねた。

「わかりません、先生」その若者は、ぱっと頬を赭く染めて言った。

この瞬間にフランダース氏が入って来た、彼は時間をまちがえていたのだ。

もう彼らは肉料理を食べ終っていたが、今プルーマー夫人はキャベツのお代わりをした。もちろん、ジェイコブは彼女がキャベツを食べ終るまでに、肉を食べてしまおうと決心した、そして一、二度自分の速度をはかろうとして見た——ただ彼はむちゃくちゃに空腹だった。これを見て、プルーマー夫人は、きっとフランダースさんは気になさらないでしょうと言った——そして果物入りパイがもってこられた。独特のうなずき方で彼女は女中にフランダース氏に羊肉のお代わりを出すよう命じた。彼女は羊肉をちらっと見やった。羊肉の脚は、昼食の分としてはあまりたくさん残っていないのだわ。

あれは彼女のせいではなかった——マンチェスターの郊外で四十年前に彼女の父が彼女をもうけるのを抑えることができなかったのだから。そしていったん生まれてからは、梯子の階段についての本能的に正確な概念を身につけ、その梯子のてっぺんに向ってジョージ・プルーマーを自分より先の方へと押し出すことへの蟻のような勤勉さを身につけて、けちで野心的になっていくこと以外にいったいどのようにできたというのだろう。梯子のてっぺんには何があったかって？すべての階段は明らかに自分より下にあるという感覚だわ。ジョージ・プルーマーが物理学の教授、あるいはそのようなものになる頃までには、プルーマー夫人は彼女の高い地位にしっかりすがりつき、地面をのぞきこみ、二人の不器量な娘たちに梯子の段を上るようせきたてる境遇にいることができただけだった。

「昨日は競馬にまいりましたの」と彼女は言った、「二人の娘たちを連れて。」

それはまったくその娘たちのせいでもなかった。彼女たちは白いドレスを着て青のサッシュをしめて客間へ入ってきた。彼女たちはタバコを渡した。ローダは父の冷たい灰色の目を受けついでいた。冷たい灰色の目をジョージ・プルーマーはもっていたが、その目の中には放心したような光があった。彼はペルシアや貿易風、選挙法改正法案や収穫の周期について語ることができた。ウエルズやショーの著書が本棚に並んでいた。テーブルには、真面目な安っぽい週刊紙がのっている、泥だらけの深靴をはいた青白い顔の男たちによって書かれたものだ――冷たい水ですがれ、しぼって乾かされた脳髄の一週一度のきーきーきしむ音、ぎゃーぎゃーいう金切声――憂鬱な新聞だ。

「この二冊を読むまでは、どんなことについてもわたしは真実を知っているとは感じませんわ」とプルーマー夫人はさかしげに言った、週刊紙の目次をむき出しの赤らんだ手で叩きながら。その手には指輪がひどく不似合いに見えた。

「けしからん、まったくけしからん！」ジェイコブは四人の大学生がその家を出たときに叫んだ。「実際けしからん！」

「まったく鼻持ちならない！」彼はライラックの花か自転車はないか――自分が自由だという感

覚を回復させるものは何かないかと街路を見まわしながら言った。

「まったく鼻持ちならない」彼は昼食の時に自分に見せられた世界に対する不快感を要約して、ティミー・ダラントに言った。存在しうる一つの世界——そのことについては疑いないんだ——しかし非常に不必要な世界だ、あんなものを信じこんだりして——ショーだ、ウェルズだ、真面目な安っぽい週刊紙だなんて！　あの長老たちは、書きなぐったり、議論をくつがえしたりしながら、何を求めているのだろう？　ホメーロスとかシェイクスピアとか、エリザベス朝作家などを読んだことがないのだろうか？　彼にはああいう人たちの生き方は、自分が若さと生来の気質とから引き出した感情とははっきり対立した輪郭をもっていることがわかった。あの哀れな奴らは、こんな貧弱なもので身を飾っていたのだ。しかし、いくらかの憐れみの心が彼にはあった。あのみじめな女の子たち——

彼がどの程度心を乱されたかは、彼がすでに非常に興奮していることでわかる。彼は傲慢で未熟だったけれども、一族の長老たちが地平線の上に建設した都市が、案の定、赤と黄色の炎を背景に、レンガ造りの郊外住宅地、兵舎、秩序正しい町のように見えてきた。彼は心を動かされやすかった。しかしその言葉とは裏腹に彼は落ち着いて、マッチの火をかばおうとして掌で窪みを作った。彼は実在している若者であった。

ともかく、大学生だろうと店番の少年だろうと、男だろうと女だろうと、それは——あの老人たちの世界は——二十歳の頃に一つの衝撃として襲ってくるにちがいない——われわれの存在の上にまっ黒な輪郭でおおいかぶさってくる。現実の上に、荒野やバイロン、海や燈台、黄色い歯のある羊の顎の上にも。また、若者たちを我慢ならないくらい不愉快なものにする、あの頑固な手におえない確信の上にも——「ぼくは今あるがままのぼくで、そういう自分でありたいと思っています」、このことに対しては、ジェイコブが自分で形をつくらない限り、どんな形もないであろう。プルーマー家の人たちは、彼が形をつくるのを妨げようとするだろう。ウェルズとショーと真面目な安っぽい週刊紙がそれを抑えつけるだろう。日曜日に彼が昼食をとるときはいつでも——昼食会でもお茶の会でも——これと同じ衝撃——ぞっとするほどいやな感じ——不愉快——それから快い楽しさがやってくる。というのは彼は川べりを一歩一歩歩くたびに、四方から非常にゆるがない確信、確固とした自信を自分の中へと吸いこむ。頭をたれている木々、青空にぼんやり見える灰色の尖塔、風に吹きまくられ空中に浮んでいるような声、弾むような五月の空気、粒子をもったしなやかな空気など——マロニエの花、花粉、木立ちをかすませたり、芽に樹液を分泌したり、緑色をぬりたくったりする五月の空気にその力を与えるものは何でも——彼は吸いこむのだ。そして川も流れ過ぎて行く。溢れもせず、早くもなく、水につかって、その先端から白い滴をしたたらせているかいを飽き飽きさせながら、うなだれた藺草の上をまるで惜しげもなく愛撫するかのように深く緑色にすべるように流れていく。

彼らが舟を舫《もや》ったところでは、楊柳がふりかかるように垂れ下っていたので、いちばん上の木の葉は水につかり、さざ波をたてた。水につかっている緑色のくさびは、葉で出来ているので、ほんものの葉が揺らぐにつれて、葉の幅で揺らいだ。そのとき風がそよいだ――瞬間、空の端がちらちらのぞいた。ダラントは桜んぼを食べながら、緑のくさび形の葉の中へいじけた黄色い実をおとした。桜んぼの葉柄は水の中へぷかりぷかりと入ったり出たりしながらきらきらと光った。時々半分かじりかけの桜んぼが緑の葉の中へ赤くもぐっていった。ジェイコブが仰向けに寝ると草地は彼の目の高さにあった。きんぽうげで金箔をつけられていたが、草は今にも墓石にあふれそうな墓地の薄い緑色の水のような草とはちがって、みずみずしく茂って立っていた。目を上げてふりかえると、子どもたちの脚や牝牛の脚が草の中ふかく立っているのが見えた。草をむしゃむしゃ食べる音が聞こえた。それから草の中を小またに歩く音、それからまたむしゃむしゃむしゃと牝牛が草を根もと近くから嚙み切る音。彼の目の前で二羽の白い蝶が、楡の木のまわりでぐるぐる回りながらだんだん高く舞い上っていった。

「ジェイコブはうとうとしている」とダラントは小説から目を上げると考えた。彼は二、三頁読みつづけると、妙に規則正しく目を上げた。そして目を上げる度ごとに、袋から桜んぼを二つ三つとり出してぼんやりしながらそれを食べた。他のボートは、お互いをさけようとして端から端まで淀みを横切りながら、彼らを追い越していった。というのはもうたくさんのボートがつながれていたからだ。今二本の木の間の空気の柱の中に白いドレスと一つの割れ目が見えた。その木のまわりには一本の青い糸がまつわりついた。——ミラー夫人のピクニック・パーティだ。なおもたくさんのボートがやって来つつあった。そしてダラントは起き上りもせず自分たちのボートを岸の方へ押しうごかした。

「あーあ」ボートが揺れ、木々が揺れると、ジェイコブは、うめくような声を出した。白いドレスと白いフランネルのズボンが川岸で長く伸び、ゆらゆら揺れた。

「あーあ！」彼は起き上り、まるで一本のゴムひもが顔にぱちんと当ったような気がした。

「彼らはぼくの母の友だちなんだ」とダラントは言った。「それで年輩の前オールの漕ぎ手は、ボートのことを際限なく心配したんだ。」

そしてこのボートはフェルマス（訳注—イングランド南西部コーンウォール州の海港、海水浴場）からセント・アイヴス湾（訳注―フェルマスの北西十九マイルにある漁港、海水浴場）まで沿岸沿いに行ってきたんだ。もっと大きな船、十トンのヨットが、六月二十日頃、ちゃんと整備されて、とダラントは言った……

「金の問題がある」とジェイコブが言った。

「そんなことはぼくの家の人がめんどうみてくれるさ」とダラント（亡くなった銀行家の息子）は言った。

「ぼくは経済的独立を保ちたいんだよ」ジェイコブはかた苦しく言った。（彼は興奮してきた。）

「ぼくの母はハロゲート（訳注―イングランドのヨークシャー中部の都市）へ行くと書いてきた」彼は手紙を入れたポケットを探りながら、ちょっと困ったように言った。

「君の叔父さんがマホメッド教徒になろうとしているってほんとうかい？」ティミー・ダラントがたずねた。

ジェイコブはダラントの部屋で前の晩、モーティー叔父さんの話をしたのだった。

「もしほんとうのことがわかったら、叔父さんは鮫の餌になっているだろうとぼくは思うよ」とジェイコブは言った。「これはおどろいた、ダラント、全然残っていないぞ！」彼は桜んぼの入っていた袋をくしゃくしゃにして川へ投げこみながら叫んだ。川へ袋を投げたとき、島の上のミラー夫人のピクニック・パーティが見えた。

ぎごちないような、気むずかしい、憂鬱な感じが、彼の目の中にのぞいた。

「進もうか……このひどい混雑……」と彼は言った。

そこで彼らは島のそばを通って上流へ向った。

羽根のような白い月で空はいっこうに暗くならなかった。ひと晩じゅうマロニエの花が緑の中に白く咲いていた。オランダぜりが草地でぼんやりかすんでいた。

方庭《グレート・コート》（訳注―ケンブリッジ大学のトリニティ・カレッジの中庭。礼拝堂、ホールがそれに面して建つ）に聞こえてくるがちゃがちゃいう音からすると、トリニティ（訳注―一五四六年ヘンリー八世創立のケンブリッジ大学最大の学寮）の給仕たちは陶器の皿をトランプのように混ぜ合わせていたにちがいない。しかしジェイコブの部屋はネヴィルの方庭《コート》（訳注―故ネヴィル教授を記念してつくられたトリニティ・カレッジにある美しい方庭）にあった。最上階だ。だから彼の部屋の入口に到達すると、人は少し息切れしながら入って行った。しかし彼は部屋にいなかった。おそらくホールで食事中なのだろう。真夜中にはまだ間があるのにネヴィルの方庭はまっ暗になるだろう。向う側の柱と噴水だけがいつも白っぽいのだろう。門は薄緑色の上のレースのように不思議な効果を生み出している。部屋の窓際にいても皿の音が聞こえてくる。食事中の人たちのがやがやした話し声も。ホールには灯がともされ、自在戸《スウィング・ドア》は静かなぱたんという音をたてて開いたり閉まったりしている。何人かが遅れてくる。

ジェイコブの部屋には丸いテーブルが一つと低い椅子が二脚あった。煖炉《マントルピース》の上には黄色いあやめが壺に挿してある。彼の母親の写真、小さな三日月形の浮き彫り、紋章、頭文字の入った協会のカード、ノートとパイプ、テーブルには赤い線でふちどられた紙がのっていた――確かに論文だ――「歴史は偉大な人物たちの伝記から成り立っているか?」本がたくさんあった。フランス語の本は少なかった。しかし、それなら何らかの価値ある人間は誰でも、気分がのるにつれて、自分の好きな本をむやみと感激しながら読むものだ。たとえばウェリントン公爵(訳注—一七六九—一八五二、イギリスの将軍・政治家)の伝記とかスピノザ、ディケンズの全集、『神仙女王《フエアリー・クイーン》』(訳注—エドマンド・スペンサーの最大傑作の叙事詩、十六世紀末の作)、押し花にされて絹みたいになった罌粟の花びらが頁にはさんであるギリシア語の辞書、あらゆるエリザベス朝作家たち。彼のスリッパは信じがたいほどすり切れていて、水面まで燃えたボートみたいだった。それからギリシア人たちの写真とサー・ジョシュア（訳注―ジョシュア・レイノルズ。イギリス十八世紀の肖像画家）のメゾチント（訳注―明暗の調子を主とし、特殊な濃淡をあらわす銅凹版の一種）――すべては非常にイギリス的であった。多分誰か他の人の基準に従って、ジェイン・オースティンの全集もあった。カーライルは賞品だった。ルネサンスのイタリア画家についての何冊かの本、『馬の病気の手引』、それにあらゆる普通の教科書があった。空っぽの部屋の空気はものうげで、ただカーテンをふくらませている。壺に挿してある花々は変化する。柳細工の椅子の一本の繊維が誰もそこに坐っていないのにきしむ。

階段を少し斜めに降りて来ると（ジェイコブは窓こしかけに坐って、ダラントに話しかけていた。彼はタバコを吸い、ダラントは地図を見ていた）、老人は手をうしろに組んで、ガウンを黒くひるがえしながら、壁の近くでふらふらとよろめいた。それから彼は二階の自分の部屋に入っていった。それからもう一人、彼は手を上げて、柱や門や空を讃美した。また一人、足早に歩く勉強一点張りの人間だ。めいめい階段を上って行った。暗い窓に三つの明りが灯される。

ケンブリッジの上に灯が灯れば、それはそんな三つの部屋から輝いているにちがいない。ギリシア語がここで、科学があそこで、哲学が一階で輝いていた。年とった哀れなハクスタブルはまっすぐ歩けなかった。ソップウィズも、この二十年間というもの、どんな夜にも空を讃美してきた。そしてコーアンは同じ話を読んでは、まだくすくす笑っている。学問の灯《ともしび》は単純でもなければ、純粋でもなく、いちがいにすばらしいものでもない、なぜかといえば、その灯の下でそこに坐っている彼らを見ると（ロゼッティの絵が壁にかかっていようと、ヴァン・ゴッホの複製があろうと、鉢か錆びた筒にライラックが挿してあろうと）、彼らはなんと僧侶に似ていることか！　あなた方が景色を見、特製のケーキを食べに行く郊外となんと似て見えることか！「われわれはこのケーキを御用達できる唯一の者です。」あなた方はロンドンへ帰っていらっしゃる。ご馳走が終りだからだ。

年老いたハクスタブル教授は、時計のようにきちんと洋服を変え、椅子に坐りこむ。パイプにタバコをつめる。論文をえらぶ。足を組む。眼鏡をとり出す。そのとき彼の顔の筋肉全体が、まるで支えが外されたように、皺くちゃになった。それでも、地下鉄の車輛の全座席からその頭を取り外したとしても、それらを全部老いたハクスタブルの頭は容れるだろう。今、彼が活字に目をおとすと、彼の頭脳の中の廊下を、なんと堂々とした行列がきちんと足早に足を踏み鳴らして通り過ぎて行くことだろう、そして行進が進むにつれて、行列は新しい流れによってもっと幅広くなり、ついには、ホール全体、丸天井《ドーム》全体（それがどう名づけられようとも）が観念でいっぱいになってしまうのだ。他の人のどんな頭脳の中でも、このようにたくさんの観念が集まって来たりはしない。でも時には彼はそこに何時間もぶっ続けに坐って、椅子の腕木を握りしめているだろう。まるで船が座礁したのでしっかりしがみついている男みたいに。それから、うおの目がずきずき痛むために、あるいは痛風のためかもしれないが、彼が金のことを話すのを聞くのは、なんと嫌なことなんだろう、彼が革財布をとり出し、嘘ばかりつく田舎の老婆のようにこそこそと疑い深そうに、いちばん小さい銀貨でさえも出し惜しみするのを見るのはなんと嫌なことか。奇妙な麻痺と、身がしめつけられる感じ——すばらしい啓示だ。そういうものすべての上に、晴れやかに大きな豊かな額がのっている、そしてときどき眠ったり、夜の静寂の中で、彼が石の枕の上に勝ち誇って寝ているところが想像されるだろう。

一方、ソップウィズは煖炉の方からおかしな歩き方でちょこちょこ進み出て、チョコレート・ケーキを切り分けた。真夜中かまたは真夜中すぎまで、学生たちがよく、時には十二人、時には三、四人ずつ彼の部屋にいたものだ。しかし人が出て行く時も、やってきた時も、誰も立ち上がらなかった。ソップウィズが喋りつづけた。喋って、喋って、喋りまくり――まるであらゆることを喋れるみたいに――魂自身が薄い銀の円盤となって唇を滑り出て行き、若者たちの心の中で銀のように、月光のように溶けていった。ああ、はるか遠くで、彼らはそれを思い出し、退屈さのあまりそれをじっと見つめなおして、また生き返ったような気持になるのだろう。

「これは驚いた。あれはチャッキーの奴じゃないか。おい君、世間は君をどう扱っているね?」そして哀れなチャッキー君が入ってきた。成功しない田舎者だ。彼のほんとうの名前はステンハウスというのだが、もちろんソップウィズは、もう一つの名前を使うことによって、あらゆることを、「ぼくが決してなることができなかったすべて」の一つ一つを思い出させた――そうだ、翌日新聞を買って早朝の汽車に乗ると、すべてそういうことは子どもっぽく馬鹿らしく思われたのだが。チョコレート・ケーキ、若者たち、ものごとを要約するソップウィズ、いや、ちっとも馬鹿らしくなんかない、自分の息子もあそこへ入れてやるつもりだ。息子をあそこへ入れてやるためには、一ペニーでも倹約するつもりだった。ソップウィズは喋りつづけた。ぎごちない話しぶりの――若者たちがうっかり言ったこと――こわばった糸をより合わせながら。その糸を自分自身のなめらかな花輪のまわりに編みこみ、明るい面、鮮やかな緑の葉、鋭いとげ、男らしさを見せるようにした。彼はそういうものを愛していた。実際、ソップウィズに向って人はどんなことでも言えた。おそらく彼が年とるか、それとも研究の中に奥深くもぐり、土の中深く入ってしまうまでは。そのときに銀貨が虚ろに鳴り、銘が少し単純すぎるように読みとれ、古い刻印があまりにはっきり見えすぎる、彫られた像は相変らず——ギリシアの少年の頭像だ。しかし彼はなおも秘密をもらさない。女性は聖者の心を察知して、われ知らずさげすむだろう。

コーアン、つまりエラスムス・コーアンは赤葡萄酒をひとりでちびりちびり飲むか、赭ら顔の小柄な男と一緒に飲んだ。その男は彼とまさしく同じ時期の思い出をもっていた。彼は赤葡萄酒をちびりちびりとやっては、話をし、目の前に本もおかずにラテン語でウェルギリウス（訳注—紀元前一世紀のローマ第一の詩人）や、カトゥルス（訳注—紀元前一世紀のローマ最大の抒情詩人）をまるで言葉が唇についた酒みたいに、抑揚をつけて暗誦した。ただ——時々そんなことが起るが——もし詩人が大またに歩いて入ってきたとしたらどうしよう？「これが私の像かね」とずんぐりしたその男を指しながら、彼は訊くかもしれない。肉体の方は大食だが、この男の頭脳は、とどのつまり、われわれの間ではウェルギリウスを体現していた。ウェルギリウスの詩の中の武器や蜂や鋤についていえば（訳注—『アエネイアス』、『田園詩』に出てくる）、コーアンはポケットにフランス語の小説を入れ、膝かけをもって外国旅行をし、再び故国に帰り、自分の地位、職業についているのを有難がっている。彼のこじんまりした小さな鏡の中にウェルギリウスの姿を写し出しながら。その姿はトリニティの教授連《ドン》の面白い話と赤葡萄酒の赤い輝きで周りをふちどられている。しかし、言葉は彼の唇の上では酒なのだ。他のどこを探してもウェルギリウスは、これと同じものを耳にしないだろう。そして年老いたアンフェルビー女史は、裏手の庭園《バックス》にそって散歩しながら、じゅうぶん音楽的に、また正確に、ウェルギリウスを朗誦したが、彼女がクレア・ブリッジ（訳注―クレア・カレッジの傍の美しい橋）につく頃には、いつもこういう質問が首をもたげるのだ、「でももし彼に会ったら、わたし何を着るべきかしら？」――それからニューナム（訳注―一八七一年創立のケンブリッジ大学の女子学寮）の方へ向って並木道を上って行きながら、彼女は、かつて活字になったことのない男女の出会いについてのこまごましたことに空想を馳せる。それだから、彼女の講義は、コーアンの講義の半分も聴講者がいないし、彼女がテキストの解説に言おうと思っていたことは、永久に省かれてしまう。つまり、教えられる者の似姿で教師と向い合えば、鏡はこわれてしまうのだ。しかし、コーアンは葡萄酒をちびりちびり飲んだ。彼の大得意は終り、もはやウェルギリウスを体現してはいなかった。いや、むしろ国の礎を築く人であり、評価する人であり、監督だった。名前と名前の間に線をひいたり、ドアに名簿をぶら下げたりした。光が――中国語やロシア語、ペルシア語、アラビア語などの言語の光、象徴や比喩の光、歴史の光、すでに知られているものとこれからじきに知られようとしているものの光が——もし輝くことができるとすれば、それはこういうコーアン教授のような織物をとおしてなのだ。それだから夜、さかまく波の海上はるかで、人が海原の上にぼんやりかすむもの、灯のともされた都、彼らがまだ食事をしたり、皿を洗ったりしているトリニティのホールの上に、今かかっているような白っぽい空を見たなら、それはそこで燃えている光——ケンブリッジの光であろう。

「シメオンの部屋へまわろう」とジェイコブが言って、彼らは万事を決め終ったので、地図をくるくると巻いた。

すべての明りが中庭のまわりにもれ、砂利に射し、うす暗い芝生と一重咲きのひなぎくを浮き立たせていた。若者たちは、今は自室に戻っていた。彼らが何をしつつあったかは知る由もない。あんなふうに落ちるのは何だろう？　泡立つように花が咲いている窓ぎわの植木箱ごしに身をのり出し、一人が急ぎ足で通りすぎようとするもう一人を呼びとめる。彼らは階上に昇ったり階下に降りたり、ついには一種充満の気が中庭の上にたゆとう。蜂でいっぱいの蜂巣、黄金色の眠たげなぶんぶんうなる音でいっぱいの蜂の家だ、突然うたがひびく。「月光の曲《ソナタ》」に応えて舞踏曲《ワルツ》がきこえる。

「月光の曲」は鍵盤の上を流れて消えて行った。舞踏曲は砕けるように鳴りわたる。若者たちはまだ入ったり出たりしていたが、彼らはまるで約束を守っているみたいに歩いた。ときおり、何か不意に重い家具でもひとりでに倒れたみたいに、夕食後のざわめいた活気の中ではふつうしないようなどさっという音がした。若者たちは、家具が倒れたときは、本から目を上げただろうと想像される。彼らは本を読んでいたのだろうか？ 確かにあたりには没頭している感じがただよっていた。灰色の壁の後ではたくさんの若者たちが坐っていた、ある者はたしかに読書していた——雑誌、きっと扇情的な三文小説だ。おそらく、足を椅子の腕木にのせて、タバコを吸いながら、テーブルの上に手をぶざまにひろげて、書きものをしている、と、彼らの頭はペンが動くにつれて輪を描く——単純な若者たち、これらの者たちも、きっと——でも彼らが年とった時のことなど考えなくたっていいのだ。他の者たちはお菓子を食べている。こちらでは拳闘をしている。さてホーキンズ氏は窓を押し上げて開け、こうわめきちらすなんて、突然気が狂ってしまったにちがいない、「ジョ——ゼフ！　ジョ——ゼフ！」と。それから彼はありったけの力を出して中庭を横切って走った。その間に、緑のエプロンをかけたかなり年輩の男が、ブリキのふたをうず高く積み上げて運びながら、まごまごし、平衡をとり、歩いて行った。しかしこれは座興だった。読書している若者たちがいた。浅い肘掛椅子に横たわり、まるで彼らを見透すものを手にもっているみたいにして、本をもっている。彼らはイギリス中部の町の出身で牧師の息子たちであり、みんな悩んでいたのだ。他の者たちはキーツを読んでいた。何巻にもわたっているあの長い歴史——必ず誰かが必要に迫られて、神聖ローマ帝国を理解するために初めの部分を今読み始めていた。そういうことも没頭の一つなのだ、もっとも、それは暑い春の宵には危険なことだろうが——いつなん時ドアがあいて、ジェイコブが姿を現わさないとも限らないのに、個々の本、実際の章にあまりに没頭することは、おそらく危険だ。あるいはもうキーツを読んでいないリチャード・ボナミーは前かがみになりながら、古い新聞紙から、ピンクの長いこよりを作り始めていた、もう熱心な満足げな顔をしていず、ほとんど荒々しい顔つきをしている。なぜだろう？　おそらくはキーツが若死にしたせいだ——人は恋をしたり詩も書いたりしてみたいと思っているのだ——ああ、欲望めが！　それはいまいましいほど厄介なものだ。しかし、結局のところ、もし次の階上の大きな部屋に、二人、三人、五人の若者たちがいて、みんながこのことを——つまり獣のような欲望のこと、それから正邪の間の明確な区別を確信しているならば、そう厄介なものではない。ソファ、椅子、四角いテーブルがあり、窓が開け放たれているので、どんな坐り方を彼らがしているかが見えた——こちらにはにゅーっと突き出している脚、あちらにはソファの一角で曲げられている脚。その人の姿は見えなかったが、おそらく誰かが炉格子の傍に立って喋っていた。ともかく、椅子にまたがって坐り、長い箱からなつめやしの実を食べていたジェイコブは、笑って吹き出した。応答はソファの一角からおこった。というのは彼のパイプは宙で握られ、それからつめかえられたからだ。ジェイコブは椅子を回転させ向きを変えた。ジェイコブはそれに対して言いたいことがあった。テーブルの所にいるがっしりした赤毛の少年は頭をゆっくりと左右にふりながら、ジェイコブが何か言うのを拒否しているように見えたが、それから小刀をとり出して、彼はテーブルの節の中にそのきっ先をくり返し突き立てた。まるで炉格子の方からきた声が真実を語ったことを断言するかのように——そのことをジェイコブは否定できなかった。ことによるとジェイコブはなつめやしの種を並べ終った時に、それに対して言うべきことを見出したのかもしれなかった——実際、彼の唇が開いた——その時笑いのどよめきが起った。

笑い声は宙に消えた。その笑い声は、中庭の向う側に建っている礼拝堂の傍に立っている人がいてもそこまではほとんど聞こえなかっただろう。笑い声は消え失せた、そして腕のうごきや身ぶりのみが、部屋の中で何かを形作っているのが見られた。議論していたのだろうか？　ボート・レースに賭けていたのか？　ぜんぜんそんなふうなことではないのか？　薄暗い部屋の中で腕を振ったり、身をうごかしたりして、どんなものが形作られたのだろうか？

窓の向うに一、二度足音がしたほかは、まったく何もなかった、周りをかこんでいる建物があるだけだ——まっすぐな煙突、水平な屋根。おそらく、五月の夜にとっては、レンガ建ての建物があまりにありすぎたろう。と、その時、目の前に何も生えていないトルコの丘が浮んで来る——くっきりした線、乾いた大地、色あざやかな花々、裸足で流れの中に立ち、石に麻布を打ちつけて洗濯している女たちの肩にかけた布の色。流れは女たちのくるぶしのまわりで水の環を作っている。しかし、そういうものはどれも、ケンブリッジの夜をおおっている産着や身を包むおおいごしには、はっきり見えてはこないだろう。時計の打つ音さえもおおわれたようなぼんやりした音だった。まるで誰か敬虔な人によって説教壇から抑揚をつけて詠唱されるみたいに。まるで何世代もの学者たちが、時計の最後の一打ちが彼らの列に響きわたるのを聴き、すでにすり切れてなめらかになっているその最後の一打ちの時間を生者が使うようにと祝福をこめて渡しているみたいだった。

あの若者が窓ぎわにやってきて、中庭を見わたしながらあそこに立ったのは、過去からのこの贈物を受けとるためだったのだろうか？　それはジェイコブだった。彼のまわりで時計の最後の一打ちが満足気な音を静かに響かせている間、彼はパイプをくゆらせながら立っていた。おそらく議論があったのだ。彼は満足そうに見えた。実際、堂々としていた。その表情は、彼が窓ぎわに立ったときほんの少し変った、時計の音が（おそらく）彼に古い建物の感覚と時間の感覚を伝えたのだ。そして自分自身も後継者であることや、未来や、友だちのことを考えた。友だちのことを考えると、絶対的な自信と喜びを感じたらしく、彼はあくびをし、伸びをした。

その間に彼の背後では、若者たちは議論によってあるいは議論によらずに、精神的な形を形づくっていた——固いが、礼拝堂の薄暗い石と比べればガラスのようにこわれやすい形だ——その形は若者たちが椅子やソファの隅から立ち上り、部屋をせわしなくとびまわると、ばらばらにこわれた。一人がもう一人を寝室のドアに向って追いつめると、ドアがあき、彼らは倒れこんだ。それでジェイコブは浅い肘掛椅子にメシャムとだか、アンダソンとだか、シメオンとだかわからないが、二人きりでそこに残された。ああ、シメオンとだ。他の者たちはみんな行ってしまった。

「……背教者ユリアヌス（訳注—四世紀ローマ帝国の皇帝。キリスト教から古代神教に改宗し、宗教的寛容を説いた）……」二人のうちのどちらがそう言って、それについてぶつぶつと他のことをつぶやいたのだろう？　しかし真夜中ごろ時々ひどい風が、ヴェールをかけた彫像が突然目を覚まされたように、起る。そしてトリニティじゅうを今はためいているこの風は、読まれていない頁をもち上げ、あらゆるものをぼやけさせた。「背教者ユリアヌス」――すると風が。楡の木の枝は勢いよく揺れ、帆はふくらみ、古い四本マストの帆船は棒立ちとなり、船首を下にして縦揺れし、暑いインド洋の灰色の波は暑苦しそうにうねる、それからすべてが再びぱったり凪いだ。

そこで、もしヴェールをかけた婦人がトリニティの中庭に歩を進めたとすれば、今彼女はひだのついた衣をぴったり身にまとって、頭を柱にもたせかけ、再びまどろんだ。

「とにかく重要な意義があるようだ」

その低い声はシメオンの声だ。

彼に答えた声はもっと低くさえあった。煖炉《マントルピース》の上でパイプを叩く鋭い音が言葉をかき消した。おそらく、ジェイコブは「ふむ」とだけ言ったか、あるいはひとことも言わなかったらしい。実際、言葉はきこえなかった。それは精神が精神の上にぬぐいがたい跡を残す場合にもつ、親密さであり、一つの精神的な柔軟さであった。

「さて、君は、その問題を研究したらしいね」とジェイコブは立ち上り、シメオンの椅子の上にかがみこんで言った。彼は体の釣り合いをとり、ちょっと揺らいだ。彼は非常に幸せそうに見えた。まるで彼のよろこびが、もしシメオンが喋ったら、あふれ出して、両脇をこぼれ落ちるみたいに。

シメオンは何も言わなかった。ジェイコブは立ったままだった。しかし、親密さは——部屋は池のように、親密さで満ち満ちて、深く静かだった。動いたり喋ったりする必要もなく、それは静かにもり上り、精神をやわらげ、燃え立たせ、真珠の光沢でおおいながら、すべてを洗い清めた。それゆえ、もしケンブリッジで燃えている光のことを語るなら、それはいくつもの言語だけではないのだ。それは背教者ユリアヌスなのだ。

しかし、ジェイコブは身を動かした。彼はおやすみと呟く。彼は中庭へ出て行く。上着の胸のボタンをかける。彼は自室へ戻っていく。そんな時間に自室に戻るのは彼ひとりなので、足音がひびきわたり、彼の姿はぬっと大きく見えた。礼拝堂からもホールからも、図書室からも、彼の足音のこだまが戻ってきた。まるで古い石が厳然とした権威をもって、「この若者は——この若者は——この若者は——部屋へ戻っていく」とこだましているみたいに。

4

シェイクスピアを読もうと努めたところで、いったい何の役に立つのだろう? とりわけ、本の頁がめくれ上り、海水でくっついてしまっているあの薄っぺらな小版の一つで読むときには。シェイクスピアの芝居はしばしば賞讃され、引用さえされるし、ギリシア劇よりも高く評価されるが、二人が出発して以来、ジェイコブは決して終いまで読みとおせなかった。しかし何という好い機会だろう!

というのはシリー群島(訳注—イングランド南西端ランズ・エンドの南西沖にある約一四〇の小島群)は、まさに思ったとおりの場所にほとんど波に洗われるぐらい頭を出して、山の頂きのように横たわっているのが、ティミー・ダラントに見られた。彼の計算は完璧にうまくいっていた、実際、彼が舵柄の上に手をのせ、髭も生えかけた血色のよい顔をし、きびしく星を見つめてから羅針盤《コンパス》を見つめ、彼の永遠の案内書(訳注—星座のこと)の頁をまったく正しく読みとっているさまは、もし女性がいたら彼女の気持を動かしただろう。もちろんジェイコブは女性ではなかった。ティミー・ダラントの様子を見ることは、彼にとっては別に見ものではなく、空を背景にして見て崇拝するべきものでもなかった。それどころか、二人は喧嘩してしまったのだ。そのような壮麗な状況にいて、シェイクスピアを船上におきながら、牛肉の缶詰の正しい開け方が、いったいなぜ二人をむっつりした小学生に変えてしまったのか、誰にもわからなかった。しかし牛肉の缶詰は冷たいまま食べるものだ。それから塩水がビスケットをだめにしている。それから波は何時間も何時間も同じようにうねり、のたりのたりと打ち寄せる——地平線をよぎってうねり、のたりのたり打ち寄せる。今、海藻の小枝が漂い過ぎていく——今度は丸太棒だ。この辺で、船が難破したことがある。一隻か二隻の船が自分の航路の側を守りながら、通り過ぎていく、ティミーはそれらの船がどこをめざして行くのか、積荷は何かを知っていて、望遠鏡で見ながら、汽船会社の名前も言えたし、株主たちにどのくらいの配当を払っているかさえ推測できた。しかしそういうことがジェイコブがむっつりした理由ではなかった。

シリー群島は、ほとんど波に洗われるぐらい頭を出している山の頂きのようであった……不幸にもジェイコブは料理用揮発油《プライマス》ストーヴの押し手をこわした。

シリー群島は、まっすぐに押し寄せる大波によって没し去られてもよかったろう。

しかし、こんな状態で若者たちが朝食をとるのは楽しくないことだったが、それはほんとうに誠のある行いなのだということを彼らを信用して認めてやらねばならない。会話を交わす必要はない。彼らはパイプをとり出した。

ティミーはいくつかの科学的な観測の報告を詳しく書いた。そして——沈黙を破った質問は何だっただろう——正確な時間は何時かとか、今日は何日かということだったろうか？　ともかくそれは、ちっとも気まずくなく口に出された、この世でもっとも事務的な言い方で。それからジェイコブは、明らかに泳ぐつもりで洋服のボタンを外し、シャツ以外は何も身につけず腰をおろした。

シリー群島は薄青く変ってきた。そして突然、青、紫、それから緑が海に輝き、つづいて灰色になり、縞模様をうち出し、それが消えた。しかし、ジェイコブがシャツをすっぽり脱いだ時、海のおもて全体は青く白くさざ波立ち、さわぎ立っていた、ときどき広い紫色の斑点が傷のように現われたり、黄色味を帯びた一面のエメラルド色が漂っていたが。彼は飛びこんだ。水をごくりと飲み、吐き出し、右腕でつよく水をかき、左腕でかき、一本のロープで引かれ、息を切らし、しぶきをあげ、船の上に引きあげられた。

船の腰かけは、実に熱かった、彼がタオルをもって裸のまま坐ると、太陽が背中をあたためた、シリー群島を見ていると島は——いまいましい！　帆がはためいた。シェイクスピアは船ばたをこえて水中にとばされた。シェイクスピアが数え切れないほどの頁をめくり上げられて、楽しげに漂い去っていくのが見えた。それから、彼は水中に没した。

まったく不思議なことだが、菫の匂いがした。あるいは、もし菫は七月には咲くはずがないというのなら、本島では何かたいそう刺激のつよいものを栽培しているにちがいない。それほど遠く離れていない本島は——崖の割れ目、白い小屋、立ちのぼる煙が見えた——とても穏やかで、陽のふりそそぐ平和な光景を呈していた。あたかも叡知と敬虔さがそこに住まう人々の上に降りたったかのように。今いわし《ピルチャード》を大通りで売り歩いているらしい男の呼び声がひびいてくる。それは非常に敬虔で平和な光景にみえる、あそこでは老人が戸口でタバコをくゆらせ、娘たちは井戸端で腰に手をあてて立ち、馬が立っているのだろう。あたかも世の終末が到来し、キャベツ畑や石壁や沿岸警備隊員の駐屯所や、とりわけ、人知れず波の砕ける白砂の湾が、一種恍惚として天に昇っていくかのようだった。

しかし、小屋の煙は、気がつかぬほど垂れ、喪のしるし、墓の上にその愛撫を漂わせる半旗に似ている。鷗は、大きく羽をひろげて飛び、穏やかに空中に舞い上り、墓を見守っているように見える。

確かに、もしこれがイタリア、ギリシア、またはスペインの沿岸でさえあったとしたら、悲しみは異国であることの興奮や古典の素養に促されて打ち負かされたろう。しかしコーンウォール地方の丘にはその上にぬっと立った煙突がある。そして、どういうわけか、美しさは途方もなく悲しい。そうだ、煙突と沿岸警備隊員の駐屯所と人知れず波の砕ける小さな湾は、おしひしがれるような悲しみを人に思い出させる。そしてこの悲しみはいったい何といわれるのだろうか？

その悲しみは大地そのものによってかもし出される。それは沿岸の家々からやってくる。われわれは生まれた時は透きとおっている、それからだんだん曇ってくる。あらゆる歴史がわれわれの窓ガラスの背後にある。逃れても無駄なのだ。

しかし、ジェイコブが陽を浴びながらランズ・エンド（訳注―コーンウォール州の岬でイングランドの南西端）を見つめて裸のまま腰をおろしていたときに彼が感じていた憂鬱さの解釈が、これでよいかどうかはわからない。というのは彼は一言も喋らないからだ。ティミーは時々（ほんの一瞬間）彼の家族のことがジェイコブの気にかかっているのかしらといぶかった……構うことはない。口では言えないこともあるのだ。そんなものは追い払ってしまおう。さあ身体を乾かして、いちばん手近にあるものをとりあげよう……ティミー・ダラントの科学的観測報告のノートだ。

「さて……」とジェイコブが言った。

それは非常にたくさんの科学的論証だ。

ある人々はその論証の道筋を一歩一歩辿っていって、ついには、自分ひとりで少し進み、六インチばかり先まで辿っていける。他の人たちは外面的なしるしに注意を払うだけだ。

眼は火かき棒にじっと注がれている。右手が火かき棒をとってもち上げ、ゆっくりとそれをまわし、それから非常に正確にもとの所へ戻す。膝の上におかれている左手は、荘厳だが途切れ途切れの行進曲の調子をとっている。深く息を吸うが、使われずに抜けていくままだ。猫が炉の前の絨毯の上を横切って、おもおもしく歩いていく。誰も猫に気がつかない。

「それがぼくが到達できる精いっぱいのところさ」とダラントはしめくくった。

次の瞬間は墓のように静まりかえる。

「その結果として……」とジェイコブが言う。

ただ中途半端な言葉がそれに続く。しかし、これらの中途半端な言葉は、建物の下の方で外観を見ている人に対して建物の屋上につけた旗みたいなものだ。菫の匂いと喪のしるしと穏やかな敬虔さをそなえたコーンウォールの沿岸は、彼の精神が理解の道筋を辿っていったとき、たまたま真直ぐ後に垂れている垂れ幕以外の何だったろうか？

「その結果として……」とジェイコブが言う。

「そうだ」とじっと考えてからティミーが言う。「それは確かだ。」

その時、ジェイコブは半ば身をのばすために、半ばはたしかに陽気にはしゃいで、性急にうごきまわり始めた。というのは、帆をたたみ板金をみがくとき、彼の唇から聞きなれぬ音がもれてきたからだ――調子外れのしわがれ声が――それは一種の歓喜の歌だった。その論証を理解したことに対して、その場を支配する者であることに対して、また陽に灼け、髭も剃らず、おまけに十トンのヨットで世界一周もできることに対して歌う歓びの歌だった。彼は弁護士の事務所におちついて、短いゲートル《スパッツ》をはくかわりに、世界一周をそのうちにきっとするつもりだ。

「ぼくたちの友だちのメシャムは」とティミー・ダラントが言った、「今ぼくたちが一緒にいるようにして、ぼくらと一緒にいるところを見つかりたくないんだ。」彼のボタンはとれていた。

「君はメシャムの叔母さんを知っているかい？」ジェイコブが言った。

「叔母さんがいるなんて全然知らなかった」とティミー。

「メシャムにはとてもたくさん叔母さんがいるんだよ」とジェイコブ。

「メシャムは土地台帳（訳注―一〇八五-六年にウィリアム一世の命により作られた土地大調査の記録）にのっている」とティミー。

「彼の叔母さんたちもそうだよ」とジェイコブ。

「彼の妹は」とティミーが言う、「とても美人だよ。」

「それは君に起るだろうよ」とジェイコブ。

「それは最初に君に起るだろうさ」とティミー。

「でもぼくが話していたこの女性――メシャムの叔母さんは――」

「ああ、続けて話せよ」とティミーは言った。ジェイコブがあまり笑って喋れなかったものだから。

「メシャムの叔母さんは……」

ティミーはあまり笑ったので喋れなかった。

「メシャムの叔母さんは……」

「メシャムに人を笑わせるどんなことがあるんだい？」とティミーは言った。

「ああいまいましい――ネクタイピンを呑みこむような男さ」とジェイコブ。

「五十歳になる前に大法官だな」とティミー。

「彼は紳士《ジエントルマン》なのさ」とジェイコブ。

「ウェリントン公爵は紳士だった」とティミーが言った。

「キーツはそうじゃなかった」

「ソールズベリー卿は紳士だった」

「そして神様についてはどうだい？」とジェイコブが言った。

シリー群島は今、まるで雲からつき出た金色の指にまっすぐ指さされているみたいに見えた。

その光景がいかに不吉な兆しであるかは、誰でも知っているし、またこれらの幅広い光が、シリー群島を照らそうが、寺院の中の十字軍戦士の墓を照らそうが、いつもどのくらい懐疑主義の土台を揺るがし、神についての冗談をひき出すことになるかを誰でも知っている。

「我と共にとどまりたまえ、
夕暮は足早に迫り、
影は深まる、
神よ、我と共にとどまりたまえ」（訳注―十九世紀の詩人・神学者ジョン・キーブルの『キリスト教徒の年』の「夕べ」第一節からの引用）

とティミー・ダラントが歌った。
「ぼくの家では

『大いなる神よ、我は何を見、聞くや?』

で始まる讃美歌をよく歌ったものだ」とジェイコブが言った。

鷗が二、三羽ずつ一緒になって、ボートのすぐ傍を静かに揺れながら浮んでいる。鵜は、まるでぴんと伸ばした長い頸を永遠に追いかけているみたいに、水の上すれすれに隣りの岩へ飛んでいく。洞窟の中の潮騒が誰か独り言をいう声のように、低く、単調に、水をよぎってきこえてくる。

「わたしのために裂け目を作ってくれた、万古の岩よ、
おまえの中にわたしを隠れさせておくれ」（訳注—十八世紀の神学者オーガスタス・モンタギュー・トップレイディの「万古の岩」第一節からの引用）

とジェイコブが歌った。

何かの怪物のなまくら歯のように、岩が海面からつき出る。茶色だ。とまることを知らぬ滝があふれている。

「万古の岩」

ジェイコブは仰向けに寝て、真昼の空を見上げながら歌った。空には雲一片なく、おおいを外されて永久に陳列されているものみたいに見えた。

六時頃になると、微風が氷原をわたって吹きこんでくる。七時頃になると、水は青というより紫色だ。そして七時半になると、シリー群島のまわりに、金箔師が箔の間に挟むざらっとした薄膜の広がりが現われた。ダラントが坐って舵をとっているが、彼の顔は数代にわたってみがかれた赤い漆塗りの箱の色だ。九時頃になると燃え立つような混沌とした風景は空から消え失せ、青りんご色のくさび形と、薄い黄色の板ガラスが残る。十時頃になると、波がのびたりまるまったりするにつれて、ボートのカンテラが波の上に、細長くのびたりずんぐりしたりの、ねじり模様の色彩を写し出す。燈台からさす光がすばやく大股に歩くように水の上をよぎる。幾百万マイルとも知らぬ遠くに、砂をまき散らしたような星が光っている。しかし、波はボートをぴしゃりと叩き、整然とした驚くような荘重な音をたてて岩にあたって砕けた。

小屋の戸を叩いてミルクを一杯下さいと頼むことはできたろうが、無理やり入ることになったのは喉の渇きのためなのだ。しかし、おそらくパスコー夫人はそれを歓迎してくれるだろう。夏の日はのろのろとものうげに過ぎて行った。流し場で洗いものをしながら、煖炉《マントルピース》の上の安ものの時計がチック、タック……チック、タックと音をたてているのが彼女の耳に聞こえるかもしれない。家の中にいるのは彼女ひとりだ。彼女の夫はファーマー・ホスケンの手伝いに出かけている。彼女の娘は結婚してアメリカへ行ってしまった。長男も結婚しているが、その妻と彼女は折り合いがよくない。メソジスト教会の牧師がやって来て、次男を連れて行った。彼女は家にひとりぽっちだ。おそらくカーディフ行きの汽船が、いま地平線を横切っていく。その間に身近の所では鐘のような形をしたジギタリスが、まるはな蜂を鐘の舌にして左右に揺れている。

こういう白いコーンウォール地方の小屋は崖っぷちに建っている。庭にはキャベツよりはりえにしだの方が容易に育つ。生け垣の代りとしては、ある原始時代の人間が花崗岩の丸石を積みあげた跡がある。歴史家が推測するところでは、これらの丸石には犠牲《いけにえ》の血を入れるために窪みが掘られているのだが、現在では、ガーナーズ岬の景色を一望のもとに見たいと望む旅行者が腰をおろすところとして、もっと物騒でない役に立っている。けれども小屋の庭で、青い模様の入った洋服にエプロンをかけることには誰も反対するわけではない。

「ごらん——彼女は庭の井戸から水を汲まなくちゃならないんだ。」

「冬にはとても淋しいにちがいない、ここらの丘を吹きすさぶ風や、岩に打ちつける波で——」

夏の日にさえ、波がざわめくのが聞こえる。

水を汲み終るとパスコー夫人は入っていった。旅行者たちは双眼鏡をもってこなかったのを悔んだ、もし持ってきていたら、あの不定期貨物船の名前が読めただろうに。実際、よく晴れ上った日だったので、どんなものが双眼鏡の視界に入ってくるやら誰にもわからなかった。セント・アイヴス湾から来たらしい二隻の魚釣り帆船《ラガー》が、いま貨物船とは反対の方角に航行していく。そして海底は代る代る澄んだり濁ったりした。蜂はといえば、蜜を腹いっぱい吸ったので、おになべなを訪れ、そこからまっすぐパスコー夫人の畑の方へ飛んで行き、もう一度旅行者たちの視線をその老女の模様入りの洋服と白いエプロンに向けた。というのは彼女は小屋の戸口まで来てそこに立っていたものだから。

そこに彼女は小手をかざして、海の方を眺めながら立っていた。

きっと彼女は海を見るのは百万回目なのだろう。くじゃくちょうが今おになべなの上に翅をひろげた、翅の上の青とチョコレート色のうぶ毛が示しているように、新しく生まれたての蝶だ。パスコー夫人は家の中へ入り、クリーム鍋をもって出てきて、立ったままそれをこすり磨いた。彼女の顔はたしかに穏やかでも官能的でも男の気をそそるものでもなく、がっしりしていて、賢明で、健康的で、教養ある人々が大勢いる部屋では、生き生きした血の通う人間をあらわしていた。もっとも彼女は真実を語るよりはむしろ嘘をつきたい方だったが。彼女のうしろの壁には、大きな干したがんぎえい（訳注―えいの一種）がぶら下っていた。居間に閉じこめられている彼女は、敷きもの、陶器の取手つきコップ《マッグ》、写真を大切にしていた。だが、かび臭い小さい部屋は潮風からレンガの厚みに護られ、レースのカーテンの間には海鳥《ゲニット》（訳注―かつおどりの一種）が石ころのように降下するのが見え、嵐の日には鷗が空中をふるえながらやって来たり、汽船の灯があるときは高く、あるときは沈むように低くなるのが見えていた。冬の夜には、もの音が気をめいらせるように響いた。

　写真の多い週刊紙が日曜日にはきちんと時間どおりに配達されて、彼女はウェストミンスター寺院でのシンシア夫人の結婚式の記事を長い間読みふけった。あたしだって、スプリングつきの馬車に乗りたがっただろうと思うわ。教養ある人たちのスピーチのもつ、あの静かな早い口のきき方は、しばしば、彼女のぞんざいな口のきき方を恥ずかしく思わせた。それから二人乗りの一頭引き辻馬車と自動車を口笛で呼んでいる従僕のかわりに、一晩じゅう大西洋の波が岩をこするように打ち寄せる音をきく……彼女はクリーム鍋をこすりおとしながら、そんなふうに夢みていたのかもしれない。しかし、お喋りな機敏な人たちは街へ行ってしまった。守銭奴のように、彼女は自分の胸のうちに自己の感情を秘かにおさめていた。ここ何年もの間ずっと彼女は一ペニー銅貨でさえ換えたことがなかった。そして羨ましく思いながら彼女を眺めていると、中にあるすべては純金であるにちがいないかのように思えてくる。

この賢明な老婦人は、海をじっと見つめてからもう一度引っ込んだ。旅行者たちは、もうガーナーズ岬の方へ行く時間だと決めた。

三秒あとに、ダラント夫人が戸口をこつこつ叩いた。

「パスコーさんはいらして?」と彼女は言った。

彼女はちょっと横柄に、旅行者たちが畑の中の道を横切って行くのを見つめていた。彼女はスコットランド高地民族の出身で、その族長たちは有名だった。

パスコー夫人が姿を現わした。

「あの繁みは羨ましいわ、パスコーさん」とダラント夫人は、戸口を叩くのに使ったパラソルで戸口のわきに育っているおとぎり草の見事な繁みを指しながら言った。パスコー夫人は賛成しかねるような様子でその繁みを見つめた。

「一日、二日のうちに、息子が来るはずなんですよ」とダラント夫人が言った。「小さな船で友だちと一緒にフェルマスから航海していますの……リジーについて何か消息があって？　パスコーさん。」

ダラント夫人の尻尾の長い小馬たちは、二十ヤードばかり離れた道路で耳をぴくぴく動かしながら立っていた。従者のカーノウは、時々馬の蝿をはたき落としていた。彼には女主人が小屋に入って行き、再び出て来て、小屋の前の野菜畑のまわりを歩きながら勢いこんで話しているのが手の動きから見てとれた。パスコー夫人は彼の叔母であった。二人の女性は繁みを眺めていた。ダラント夫人がかがみこみ、そこから小枝を摘んだ。次に彼女は（彼女の動作は横柄だった。彼女は身体をすっくとまっすぐ立てていた）じゃが芋を指さした。それらは胴枯れ病にかかっていた。その年のじゃが芋はみんな胴枯れ病だった。ダラント夫人はパスコー夫人にじゃが芋の胴枯れ病がどんなにひどいか示した。ダラント夫人は勢いこんで話した。パスコー夫人は従順に聞いていた。従者カーノウはダラント夫人がそれはまったく簡単なことなのよと言っているのがわかった。一ガロンの水にその粉末を混ぜますの。「わたしは家の菜園で自分の手でそれをしましたわ」とダラント夫人は言っているのだ。

「じゃが芋は一つも助からないでしょうよ——じゃが芋は一つも助からないでしょうよ」と二人が門の所に着いた時、ダラント夫人は語気をつよめて言っていた。従者カーノウは石のように動かなくなった。

ダラント夫人は手に手綱をとって、御者台に腰を下ろした。

「お御脚をお大切に、さもないとあなたのところへお医者さまをお呼びしますよ」と彼女はふりかえって肩ごしに叫んだ。小馬たちに軽くふれると、車は進み始めた。従者カーノウは深靴の爪先でひらりと跳び乗るのに辛うじて間に合った。従者カーノウは後ろの席の真中に坐って、叔母の方を見た。

パスコー夫人は彼らを見送りながら門の所に立っていた、馬車が角を曲がるまで門の所に立っていた、門の所に立ち右に左に目をやった、それから自分の小屋へ帰って行った。

間もなく小馬たちは懸命に前脚を駆りながら起伏のある荒野の道を越えて行った。ダラント夫人は手綱をゆるませて、後ろの方へよりかかっていた。彼女の活気ある様子は消えていた。鉤ぎ鼻は、光が透けて見えそうな野ざらしの白骨のようにほっそりしていた。膝の上の手綱にかけた手は休んでいるときでさえしっかりしていた。上唇はとても短く切れていたので、ほとんど冷笑するように前歯からもち上った。パスコー夫人がほんの少しの畑に執着しているのに、ダラント夫人の心は何リーグ（訳注―距離の単位、通常は約三マイル、四・八キロメートル）もの上をすべるようにとんで行った。彼女の心は小馬が丘の道を登るにつれて、何リーグをもすべるようにとんで行った。彼女は前の方や後の方に自分の心を向けた、まるで屋根のない小屋や火山岩滓の小山やジギタリスと茨の生い茂った小屋の庭が彼女の心に陰を投げかけたみたいに。頂上につくと、彼女は車を停めた。青白い丘がいくつも彼女のまわりにあり、どの丘にも古代の石がちらばっていた。下には海があり、南の海のように変りやすかった。彼女は丘から海の方を眺めながら、そこに腰を下ろした、憂鬱な気分と笑いとの間で等しくつり合いをとりながら、まっすぐ鷲のように。突然、彼女が小馬を笞で軽く打ったので、従者のカーノウは深靴の爪先でひらりと飛び乗らなければならなかった。

みやま烏がとまる、みやま烏が飛び立つ。烏たちがそんなに気の向くままにとまる木々は、烏の数だけのねぐらには、足りないらしい。梢は微風に吹かれて歌っている、枝は耳にきこえるほどきしみ、時々、季節は真夏だというのに殻や小枝を落とす。みやま烏は舞い上り、また舞い下りる、この利口な鳥は枝にとまる用意ができたので、その度ごとに飛び立つ数が減っていく。夕暮れが森の中の空間をほとんど暗くするほど、もう深まっていたからだ。苔はやわらかだ、木の幹はぼんやり黒く見える。木々の向うに銀色の草地がある。しろがねよしが、草地の果てにある緑の小さい丘から羽のような穂をもたげている。帯のような水の流れが光る。もう、ひるがお蛾が花の上をくるくる飛びまわっている。きんれんげとヘリオトロープのオレンジ色と紫色が黄昏の中に薄く塗られているが、大きな蛾がその上をくるくる飛びまわっているタバコの木ととけいそうは、陶器のように白い。みやま鳥は木の梢で翼を一緒にきゅうきゅう鳴らし、眠りにつこうととまっている、その時はるか彼方で耳慣れた音が空気をふるわせる——音が大きくなる——みやま鳥の耳にはかなりやかましい——神聖な眠たげな翼が再び空中にはばたく——ダラント家で夕食を知らせる鐘の音だ。

潮風と雨と太陽の六日間の後、ジェイコブ・フランダースはタキシードを着た。その慎み深い黒いものは船の中で、缶詰やピクルス、塩漬けの肉の間に時折現われ、航海が進むにつれて、だんだん筋違いなものとなり、ほとんどその存在が信じられなくなっていった。そして今、蠟燭の光に照らされて世界は安定しているので、タキシードだけが彼を保護していた。彼はいくら感謝してもしすぎるということはなかったろう。そうとしても彼の頸や手頸や顔は、何の覆いもなく露わにされていたし、彼の姿全体が、露わにされていようがいまいが、ひりひりし、ほてっていたので、タキシードの黒い布でさえ不完全な覆いにすぎないほどだった。彼はテーブルクロスの上においた赤らんだ手を引っこめた。こそこそと、その手が、ほっそりしたグラスと曲がった銀のフォークを摑んだ。カツレツの骨はピンクの紙のひだ飾りで飾られていた——そして昨日は、彼はハムを骨からかじっていたのだ！　彼の向い側にはもやもやとした半透明の黄色と青の姿があった。その後には、また灰緑色の庭園があって、西洋梨の形をしたエスカローニア（訳注—ゆきの下科の美しい花をつける灌木）の葉の間に釣船が引っかかり停まっているらしかった。航行する船は女性たちの背後にゆっくりと近づき通り過ぎていく。二、三人の姿がたそがれのテラスをせわしげに横切った。ドアが開き、閉まる。落ち着くものはなく、途切れないものもなかった。ある時はこちら、ある時はあちらとテーブルの両側から発せられる言葉は、ある時はボートのこちら側、ある時はあちら側と漕いでいるオールのようだった。

「まあ、クララ、クララ、クララ！」ダラント夫人が叫び、ティモシー・ダラントも加わって「クララ、クララ」と叫ぶと、ジェイコブは黄色の紗をまとった姿がティモシーの妹のクララだとわかった。その少女は微笑みながら坐って、頬をあかく染めていた。彼女は兄の黒い眼をもっていたが、彼よりはきはきせず、ものやわらかであった。笑いが途絶えると、彼女はこう言った、「でもお母さま、それはほんとうよ。あの方がそうおっしゃったでしょ。エリオット嬢《さん》はわたしたちと同じ意見だったわ……」

しかし背の高い、灰色の髪をしたエリオット嬢は、テラスから入ってきた老人に自分の傍に坐るところを空けてやっていた。晩餐は決して終りにならないだろう、終らない方がいいけどな、とジェイコブは思った、もっともその間に船は窓枠の一方の隅からもう一方へと進んで行く、灯が埠頭の端を示していたけれど——。ダラント夫人もその灯を見つめていたのが彼にわかった。彼女は彼の方へ向き直った。

「あなたが指揮をおとりになったの、それともティモシーが?」と彼女は言った。「あたくしがあなたのことジェイコブと呼んでもゆるしてちょうだいね。あなたのことはよく聞いているんですもの。」それから彼女は海に視線を戻した。彼女が景色を眺めていると、目がガラスのように光った。

「昔は小さな村でしたわ」と彼女は言った、「今は大きくなったけど……」彼女は手にナプキンをもったまま席を立ち、窓辺に立った。

「あなたはティモシーと喧嘩して?」とクララが恥ずかしそうに訊いた。「わたしはできませんでしたけど」

ダラント夫人が窓辺から戻ってきた。

「だんだん遅くなるわ」と彼女は、姿勢よく坐り、テーブルをずっと見渡して言った。「あなたたち、恥ずかしく思うべきよ――みなさんが。クラターバックさん、あなたも恥ずかしいとお思いになるべきよ」彼女は声をはり上げた、クラターバック氏は耳がとおかったから。

「わたしたち、恥ずかしいと思っていいてよ」と一人の少女が言った。しかし、あご鬚を生やした老人はすもものタルトを食べ続けた。ダラント夫人は笑って、あたかも彼を気ままにさせておくかのように、椅子に身体をそらせてもたれた。

「ぼくたちはご意見を伺いたいんです、ダラント夫人」と度の強い眼鏡をかけた赤い口髭の若者が言った。

「必要条件は満たされたとぼくはいうんです。彼女はぼくに一ポンド金貨の借りがある」

「魚の前にではなく――魚と一緒にですよ、ダラント夫人」とシャーロット・ワイルディングが言った。

「それが賭けだったの。魚と一緒にが」クララが真面目に言った。「ベゴニヤよ、お母さん。魚と一緒にベゴニヤを食べること」

「まあ、おどろいた」ダラント夫人が言った。

「シャーロットは君に払いはしないだろうな」とティモシーが言った。

「よくそんな言い方が……」シャーロットが言った。

「その特権はぼくのものですよ」と慇懃なワートリー氏が一ポンド金貨でふくれた銀色の袋を出して、テーブルに一枚の金貨をそっと出しながら言った。そこでダラント夫人は立ち上り、すっくと身を起して部屋を出て行くと、黄色や青や銀色の紗をまとった少女たちが彼女について行き、ビロードの洋服を着た年配のエリオット嬢もついていった。それからドアの前でためらっている、清潔そうで几帳面な血色のよい小柄な女性はおそらく家庭教師だろう。みんなは、開いたドアを通って出て行った。


「あなたがあたくし位の歳になったら、シャーロット」とダラント夫人は少女の腕を自分の腕と組んで、テラスを往ったり来たりしながら言った。

「なぜおばさまはそんなに悲しそうなの?」シャーロットが衝動的にたずねた。

「あたくしはそんなに悲しげに見えて? そう見えないといいのだけれど」とダラント夫人が言った。

「まあ、今だけですけど。おばさまはお歳をとっていらっしゃるようじゃないわ」

「ティモシーの母親の歳には見えるでしょ」二人は立ちどまった。

エリオット嬢はテラスの端でクラターバック氏の望遠鏡をのぞいていた。その耳のとおい老人は、彼女の傍に立って、鬚をなでたり、星座の名をずらずら挙げたりしていた。「アンドロメダ、牛飼い座、サイドニア、カシオペア……」

「アンドロメダですわ」とエリオット嬢は望遠鏡をかすかにずらしながら、呟いた。

ダラント夫人とシャーロットは空に向けられているその器具の円筒に沿って見ていた。

「何百万もの星があるわ」とシャーロットは確信をもって言った。エリオット嬢は望遠鏡から離れた。若者たちが食堂でとつぜん笑った。

「わ、わ、わたしにも見せて」とシャーロットが熱心に言った。

「星なんて退屈」とダラント夫人はジュリア・エリオットとテラスを歩きながら言った。「昔、星についての本を読んだけれど……。あの人たちは何と言っているのかしら?」彼女は食堂の窓の前で立ちどまった。「ティモシーだわ」彼女は気がついた。

「あの無口な若い人は」とエリオット嬢が言った。

「そう、ジェイコブ・フランダースですよ」ダラント夫人が言った。

「まあ、お母さま！　気がつかなかったわ！」とクララ・ダラントがエルスベットと一緒に反対の方向から出てきながら、叫んだ。「なんていい香りなんでしょう」彼女はびじょざくらの葉をもみくしゃにしながら、息を吸った。

ダラント夫人は、きびすをかえして、ひとり歩き去った。

「クララ！」と彼女は呼んだ。クララは彼女の方へ行った。

「あの人たちは、なんて似てないのかしら！」エリオット嬢が言った。

ワートリー氏がタバコをくゆらせながら、彼女たちの傍を通りすぎて行った。

「毎日わたしが感じることなんですが、わたしの意見と……」と彼は、彼女たちの傍を通りすぎたとき、言った。

「あてずっぽうを言うのは、とてもおもしろいわ……」ジュリア・エリオットが呟いた。

「わたしたちが初めに出てきた時は、あの花壇の花が見えたわ」とエルスベットが言った。

「今はもうほとんど見えませんね」とエリオット嬢が言った。

「あの人はとてもきれいだったにちがいない、もちろん、誰もがあの人を恋したんだわ」とシャーロットが言った。「きっとワートリーさんは……」彼女はためらった。

「エドワードの死は悲劇でした」エリオット嬢はきっぱりと言った。

ここでアースキン氏が彼女たちに加わった。

「沈黙ほどいいものはないよ」と彼はきっぱり言った。「こんな晩には、君たちの声を勘定に入れないで、二十もの異なった音を聞き分けられる。」

「賭ける?」とシャーロットが言った。

「よし来た」とアースキン氏。「一つ、海の音。二つ、風。三つ、犬。四つ……」

他の者たちは進んで行った。

「可哀そうなティモシー」エルスベットが言った。

「とってもすてきな夜ですよ」とエリオット嬢がクラターバック氏の耳に大声で言った。

「星を見たいかね?」と老人はエルスベットの方へ望遠鏡をまわしながら、言った。

「あなたは憂鬱になったりしません?——星を見つめていて?」エリオット嬢が叫んだ。

「いやいや、とんでもない」クラターバック氏は、彼女の言ったことがわかると、くすくす笑った。「なぜぼくが憂鬱にならなくてはいかんのかね? 一瞬たりともないね——絶対ない。」

「ありがとう、ティモシー、でもすぐ中へ入るわ」とエリオット嬢が言った。「エルスベット、ここにショールがありますよ。」

「わたし、家に入るわ」エルスベットは目を望遠鏡に向けたまま、呟いた。「カシオペア」彼女は呟いた。「みんなどこにいるの?」彼女は望遠鏡から目を離して、訊いた。「なんて暗いんでしょう!」

ダラント夫人は、居間のランプの傍に毛糸玉を巻きながら坐っていた。クラターバック氏は「タイムズ」を読んでいた。離れたところにもう一つのランプがあり、そのまわりに若い婦人たちが坐り、素人芝居のために銀をちりばめた布地の上に鋏を閃かせていた。ワートリー氏は本を朗読していた。

「そうよ、彼の言うことはまったく正しいわ」とダラント夫人は身体をのばし、毛糸を巻く手を止めて言った。そしてクラターバック氏がランズドウン卿(訳注―イギリス十九世紀の政治家)の演説の残りを読む間、彼女は毛糸玉に手をふれずに、背をのばして坐っていた。

「まあ、フランダースさん」と彼女は、まるでランズドウン卿自身に話しかけるみたいに誇らしげに言った。それから溜め息をついて、また毛糸玉を巻き始めた。

「そこにお坐り下さいな」と彼女は言った。

ジェイコブはぶらついていた窓辺のうす暗い所から出てきた。光が彼の上にふりそそぎ、彼の皮膚のあらゆる隙間を照らした。しかし庭の方を眺めながら彼が腰を下ろした時、彼の顔は筋肉一つ動かなかった。

「あなた方の航海のこと、聞かせて頂きたいわ」ダラント夫人が言った。

「はあ」彼が言った。

「二十年前、わたしたちも同じことをしましたわ。」

「はあ」彼は言った。彼女は彼を鋭く見つめた。

「ひどく不器用だわ」と彼女は彼がソックスに指でさわったやり方に目を留めながら、思った。「でもひときわ目立つ顔つきをしている。」

「あの当時……」と彼女は続けて、彼女たちがどのように航海したかを語った……「あたくしの主人は航海のことはとてもよく知っておりました。結婚する前、ヨットをもっていましたから。」……それからなんと向う見ずに彼らが漁師たちに挑戦したかを語った、「もう少しでそのために命を落とすところでした、でも自分たちのことを、それはそれは誇りに思っていましたの！」彼女は毛糸玉をもっていた手をぐっと伸ばした。

「毛糸をおもちしていましょうか?」ジェイコブはぎごちなく訊いた。

「お母さまのためにそうなさるのね」とダラント夫人は彼に毛糸の桛《かせ》を渡すとき再び彼の方を鋭く見つめながら言った。

「そう、ずっとうまくいきますわ。」

彼は微笑んだ、しかし何も言わなかった。

エルスベット・シドンズは腕に何か銀色のものをつけて、二人の後ろをぶらついていた。

「わたしたちが望んでいることは」と彼女は言った……「わたしが来たのは……」彼女は口ごもった。

「気の毒なジェイコブ」とダラント夫人はまるで彼をこれまでずっと知っていたみたいに、静かに言った。「あの人たちはあなたに芝居に入って演じて貰おうとしているのよ。」

「有難かったわ」とエルスベットはダラント夫人の椅子の傍にひざまずきながら言った。

「毛糸を下さいな」ダラント夫人が言った。

「彼が来たわ——来たわ!」シャーロット・ワイルディングが叫んだ。「わたしが賭けに勝ったんだわ!」

「もっと高い所に、もう一房あるわ」クララは梯子をもう一段昇りながら呟いた。ジェイコブは、彼女がつるの高い所になっている葡萄に手をのばしている間、梯子をもっていた。

「ほら!」彼女は葡萄の房を柄から切りとりながら言った。葡萄の葉や黄色と紫の房の間の高い所で、光が色のまだら模様となってふり注ぎ、彼女は半透明で青白く、すばらしく美しく見えた。ゼラニウムとベゴニアが鉢植えにされて板の上に並んでいた。トマトの枝は壁をはい上っていた。

「葉はほんとうに刈り込みが必要だわ」と彼女は考えた。そして一枚の緑の葉が掌のようにひろがって、ジェイコブの頭をかすめてくるくるまわりながら落ちた。

「もう食べられないくらいありますよ」と彼は見上げながら言った。

「馬鹿らしく思えるわ……」クララが言い始めた、「ロンドンに帰るなんて……」

「馬鹿げています」ジェイコブは力をこめて言った。

「それでは……」クララが言った、「あなたは当然来年も来なくちゃいけないわ」彼女はいくぶんでたらめに葡萄の葉をもう一枚ちょきんと切りながら言った。

「もしも……もしも……」

一人の子どもが叫び声を上げながら温室の傍を走りすぎた。クララは葡萄の籠をもって梯子をゆっくり降りた。

「白いのが一房、紫色のが二房」と彼女は言って、籠の中でまるまってあたたまっている葡萄の上に二枚の大きな葉をかぶせた。

「おもしろかった」ジェイコブは温室を見下ろしながら言った。

「そうね、楽しかったわ」彼女はぼんやりと言った。

「ああ、ダラントさん」彼は葡萄の籠をとりながら言った。しかし彼女は彼の前を通って温室の戸口の方へ歩いて行ってしまった。

「あなたは善良すぎるわ――善良すぎるわ」と彼女は思った。ジェイコブのことを考えながら、彼があたしを愛していると言ってはいけないわと思いながら。だめ、だめ、だめ。

子どもたちが、ものを空中高く投げ上げたり、ぐるぐる回ったりしながら戸口を通りすぎた。

「いたずらっ子さんたち!」と彼女が叫んだ。「何をとってきたのかしら?」と彼女はジェイコブに訊いた。

「玉葱だ、そうらしい」とジェイコブが言った。彼は動かずに子どもたちを見つめていた。

「来年の八月よ、憶えていてね、ジェイコブ」とダラント夫人は彼とテラスで握手しながら言った。そこには頭の後ろにフクシャの花が緋色の耳飾りのように垂れていた。ワートリー氏は黄色のスリッパをはいて「タイムズ」をなびかせ、心をこめた様子で手を差し出しながら、テラスへ出て来た。

「さようなら」ジェイコブが言った。「さようなら」彼はくり返した。「さようなら」彼はもう一度言った。シャーロット・ワイルディングは寝室の窓を開け放し、大声で言った、「さようなら、ジェイコブさん!」

「フランダース君!」クラターバック氏は、彼の蜂の巣型の椅子から抜け出そうと努めながら叫んだ。「ジェイコブ・フランダース!」

「遅すぎてよ、ジョーゼフ」とダラント夫人は言った。

「わたしのモデルになるには遅すぎはしませんわ」とエリオット嬢は芝生に彼女の三脚台をすえながら言った。

5

「どうもぼくにはこう思われるんだが」とジェイコブは口からパイプを離しながら言った、「それはウェルギリウスの中に出ていたな。」そして彼は椅子を押し戻しながら、窓の方へ行った。

世界中でいちばん荒っぽい運転をするのは、もちろん郵便車の運転手だ。真赤な車がラムズ・コンデュイット街を揺れ動きながらやって来て、歩道の縁石をすれすれにかするようにポストの角を曲がると、手紙をポストに入れようと爪先立っている少女は、半ば驚きから、半ば好奇心から見上げた。彼女は、ポストの投函口のところに手を入れたままで動作を止めた。それから手紙をぽとんと落とし、走り去った。われわれはめったに爪先立っている子どもを哀れみの目で見ることはない。むしろ、ぼんやりした不愉快な感じで見ることの方が多い、つまりほとんどとり除かないでもいいくらいの靴の中の砂粒のような感じ——そういうのがわれわれの感情なのだ。だから——ジェイコブは書棚の方へ向き直った。

ずっと昔、ここに立派な人々が住んでいた。そして宮廷から真夜中すぎに帰って来ると、繻子の裾をくしゃくしゃにしながら、彫りもののある戸口の側柱の下に立った。その間に従僕は床に敷いた布団から起き上り、チョッキの下のボタンをあわてててかけてから、彼らを入れてやった。

激しい十八世紀の雨が溝を非常な勢いで流れていった。しかしサウサンプトン・ロウ（訳注―ロンドンの大英博物館近く、北東を通る街路）は今日では、洋服屋に鼈甲を売りつけようとしている男をそこでいつも見かけるということで有名だ。「ツィードを引き立てますよ、旦那。殿方が欲しがっているのは、何か目をひく珍しいものでさぁ、旦那――それにぱりっとした洋服。旦那！」そこで彼らは鼈甲を見せるのだ。

オクスフォード・ストリートのミューディの角で、たくさんの赤と青のガラス玉が数珠つなぎになっていた。バスは鍵がかけられた。シティ（訳注―ロンドンの旧市部で金融・商業の中心地区）へ行こうとしているスポールディング氏はチャールス・バジオン氏がシェパーズ・ブッシュへ行こうとしているのがわかった。バス同士が近いせいで、屋上席にいる乗客たちは互いの顔をじろじろ眺める機会があった。しかしほとんど誰もその機会を活用しなかった。それぞれ考えるべき自分の仕事があったのだ。ひとりひとりが暗記している本の頁のように、自分の中に自分の過去を閉じこめていた。それぞれの友人たちはジェイムズ・スポールディングとかチャールス・バジオンとかいう題名を読めるだけだ。そして反対方向に行こうとしている乗客たちはまったく何も読みとれなかった――「赤い口髭を生やした男」とか「灰色の服の、パイプをふかしている男」とかいうこと以外には。これらのじっと坐っている男女すべてに十月の陽光がさしていた。小柄なジョニー・スタージョンは大きなあやしげな包みをもってこの機をとらえ、バスの階段をとっとと降り、車輪と車輪の間のジグザグ形の道を体をかわしながら歩道に着き、口笛を吹き始めるやすぐに姿を消した——それも永久に。バスはがたんと揺れ動き、乗客はめいめい自分の旅の目的地に少しずつ近づいて行くのにほっとした。もっともいく人かは当面の目的の仕事をしてしまえば、向うでほしいままに楽しめるという見込みによって、自らをだましていたが。——町のレストランの煙のたちこめた一隅でのビフテキと腎臓のプディング、酒、あるいはドミノの勝負があると思いながら。ああ、そうだ、警官が腕をあげ、太陽が背中に照りつけているとき、人生はホルボーン（訳注—ロンドンの中央部自治区）のバスの屋根ではかなり我慢できるものだ。そして、もしも自分にぴったり合うように人間によって分泌されてできる殻のようなものがあるとしたら、それをわれわれはこのテムズ河の河畔で見出す。そこでは大通りが交叉し、セント・ポール大寺院が、かたつむりの殻の上にある渦巻きのようにそれに仕上げをしている。ジェイコブはバスを降りて、石段をのろのろ上り、腕時計をにらんでついに入って行く決心をした……それは努力を要するのか？　そうだ。こういう気分の変化は、われわれをすっかり疲れさせる。

それはうす暗くて、白い大理石の亡霊たちがつきまとい、オルガンが永遠に亡霊たちに讃歌を奏でていた。深靴《ブーツ》がきゅうきゅう音を立てると、おそろしかった。それから宗教的儀式、戒律。

鉄の官杖をもった会堂守はそれをとんとんついて自分の下に人生を平たくのばす。天使のような少年聖歌隊は、愛らしく、聖らかだ。そして大理石の肩のまわり、組み合わせた指の内外に、永遠に、か細く高い歌声とオルガンの音がまつわる。永遠なる鎮魂のうた——永い眠り。リジェット夫人はこれまで絶え間なくやってきた諮問協会の事務所の階段をごしごしこすって掃除することに疲れて、偉大な公爵の墓の下に腰を下ろし、手を組み合わせ、半ば目を閉じた。あの偉大な公爵の骨の真横は、老女が休むにはすばらしい場所だ。公爵の勝利は彼女には何の意味もなく、公爵の名前も知らない。彼女は向かい側の小さな天使たちには通りすぎるときに欠かさず挨拶し、自分自身の墓の上にも同じような天使があるといいなと思ったけれど。というのは、心の革のカーテンが大きくはためき、永眠についての思いが爪先立ってこっそり抜け出し、甘美なメロディーが……。ジュート商人のスパイサーおやじはそんなことは何も考えなかったけれど。不思議なことだが、彼の事務所の窓は教会の境内に面しているのに、この五十年間というもの彼は一度もセント・ポール大寺院に入ったことがなかった。「それじゃこれで全部かね？　さあて、陰気な古びた所だて……。ネルソンの墓はどこだい？　今は時間がない——また来よう——賽銭箱に入れる硬貨一枚……。降っているのかな、照っているのかな？　ま、天気が自分で決めるだろうさ！」子どもたちがぶらぶらと迷いこんでくる——会堂守が彼らにやめろと説き聞かせる——

するとまた一人、また一人と入ってくる……男、女、男、女、少年……見上げながら、口をすぼめながら、同じような影が同じような顔をかすめていく。心の革のカーテンが大きくはためく。

セント・ポールの石段から見ると、どの人間も上着や、スカートと、深靴、それに収入、物を、不思議な力で与えられているということが非常にたしかなことに思われてくる。ジェイコブだけが、ラドゲイト・ヒル（訳注―フリート・ストリートからセント・ポール大寺院の前まで続く街路）で買ったフィンレイ（訳注―ジョージ・フィンレイ、一七九九―一八七五、著名なギリシア史家）の『ビザンチン帝国』を手に持ち、少しちがって見える。というのは彼は一冊の本を手にもち、それを九時半きっかりに、自分の部屋の炉端で開いて勉強しようとしているからだ。ここにいる群衆の他の誰もそんなことはしないだろうが。彼らは家を持っていない。街の通りは彼らのものなのだ。店、教会、数えきれない机が彼らのものだ。外まで明るくする事務所の灯りも、幌つきの車も彼らのものだ。街路の上を高く走っている鉄道だってそうだ。もっと注意深く見ると、互いに少しずつ離れている三人の年輩の男たちが、まるで街路が自分たちの客間みたいに、歩道に沿って蜘蛛のように走っているところや、またこちらの方には、一人の女が壁を背にして虚空を見つめ、深靴のひもを並べたままで、別にそれを買ってくれとも頼まずにいるところが見えてくるだろう。ポスターも彼らのものだ。ニュースはポスターにのっている。街が破壊されたとか、レースに勝つたとか。空の下で輪を描いている家のない人々――その空の青さ、白さは鋼《はがね》のやすり屑や粉々になった馬糞紙の天井張りでさえぎられている。

あそこでは、緑の日除けの下で、シブリー氏が、頭を白い紙の上にかがめて、数字を帳簿に写している。どの机の上にも、飼い葉みたいに、その日の食物、一束の書類が勤勉なペンにゆっくりと食いつくされていくのが見える。品質表示のあるたくさんのオーバーが一日中廊下に空っぽのまま吊り下っていたが、時計が六時を打つと、それぞれのオーバーにはちゃんと中身がつまるのだ。そしてズボンに足を割られるか、一つのもっこりした形になるかして、小柄な姿は歩道に沿って、足早にぎごちなくぐんぐんと前へ進んでいく。そして闇の中に消え失せる。歩道の下では、大地に埋もれて永遠に黄色い光に裏うちされたうつろな地下道が彼らをあちこちへ運んだ。そしてエナメル板の大きな文字が、地下の世界では、地上の世界の公園、四角い広場、円形広場を表わしていた。「マーブル・アーチ――シエパーズ・ブッシュ」（訳注―いずれもロンドンの地下鉄の駅名）――大多数の者たちにとっては、アーチとかブッシュとかは永久に青い地色の上に書かれた白い文字にすぎないのだ。ただ一ヵ所では――それはアクトン、ホロウエイ、ケンサル・ライズ、カレドニアン・ロード（訳注―いずれも地下鉄の駅、近辺に中産階級の住宅地が多い）かも知れないが――名前は人が物を買う店と家とを意味している。その一つでは、右へ曲がると、刈り込まれた木立ちが舗装道路の石から生えていて、カーテンのかかった四角い窓と寝室がある。

日没からずっと経って、一人の盲目の老婆がロンドン保険会社とスミス銀行の石壁に背中をもたせかけ、キャンプ用椅子に腰かけて、茶色の雑種の犬をしっかり腕に抱いて、大声で歌っている。絶対に小銭をもらうためでなく、陽気な狂おしい心——彼女の罪深い、皮が厚くなった心——の底から歌っている。というのは彼女の送り迎えをするその子どもは罪の果実なのだし、街灯の下で母親が銀行によりかかって坐り、胸に犬を抱きしめて、小銭をもらうためでなく歌っている所でその狂おしい歌を聞くかわりに、カーテンを閉めきり、ベッドでぐっすり眠っているべきであったのに。

人々は家へ帰った。灰色の教会の尖塔が彼らを迎えた。年老いて罪深く、威厳のある、古さびたロンドンの町。一つまた一つと後ろに並び、丸いのやとがったのや、空を突き刺しているものや、かたまって集まっているものや、航海する船のように、花崗岩の崖のように、尖塔や事務所、波止場や工場が河岸に群がっている。巡礼たちは永遠にとぼとぼと歩く。はしけは中流で貨物を満載している。ある人々が信じているように、ロンドンの街はそこに住む娼婦が好きなのだ。

しかし、ほとんどの人がああいう階級には入れて貰えないらしい。オペラハウスのアーチを出て行くあらゆる車のうち、一台も東の方（訳注—ロンドンの東部は下層階級が多く住んでいた区域）

へは曲がらない。そしてこそ泥が人通りのない市場で捕まえられると、黒白のタキシードや薔薇色のイヴニング・ドレスを着た人たちは誰も停まって車のドアに手をかけたまま、こそ泥を助けたり、咎めたりして、道をふさいだりしない——もっとも公平にいえば、チャールス夫人は自分の家の階段を上るときに悲しげに溜め息をつき、トマス・ア・ケンピス（訳注—一三八〇頃-一四七一、ドイツの神秘家、『キリストにならいて』は彼の著と伝えられる）を書棚からとり、彼女の心がものごとの複雑さの穴の中にふみ迷って行ってしまうまで眠らない。「なぜ？　なぜ？　なぜ？」と彼女は溜め息をつく。オペラハウスからは歩いて帰るのが概していちばんいいのだわ。疲労はいちばん安全な睡眠薬だもの。

秋のシーズンはたけなわだった。トリスタン（訳注—アーサー王円卓騎士団の一人。王妃イゾルデとの恋はワグナーの楽劇の主題）は一週に二度脇の下で熊の皮の膝かけをすべり落ちないように引っ張った。イゾルデは指揮者の指揮棒とすばらしくぴったり呼吸をあわせて、スカーフを振った。オペラハウスのあらゆる所に紅潮した顔ときらきら輝いている胸が見られた。身体は見えないが、国王の手がそっと出て、真紅の棚に載っている紅白の花束を引っこめた時、イギリスの女王は、そのため死ぬに値する名のように思われた。美は温室の花のように色とりどりに（それはそんなにわるくないものだ）、ボックス席からボックス席へと続けて花開いていた。深遠な重要なことは、何も言われなかったけれど、そして、ウォルポール（訳注―十八世紀の文人・政治家。一七一七-九七、厖大な書簡を書いた社交人でもあった）が死んだ頃才気は美しい唇から去って行ってしまったとみんなが口々に言うけれど――とにかくナイトガウンを着たヴィクトリア女王が大臣たちに会おうと降りて来た時、唇は（オペラ・グラスを通して見ると）赤く魅力的だった。金の頭のついたステッキをもった禿げ頭の著名な男性たちは、一階前方の一等席の間の深紅の通路をぶらぶら歩き、灯りが暗くなると、ボックス席との交渉をやめるのだ。そして、指揮者は先ず女王に、それから次に禿げ頭の男性たちにお辞儀をし、さっと向きをかえ、指揮棒をあげる。

やがて薄闇の中にいる二千人の心が、思い出し、期待し、暗い迷路を旅して歩く。そしてクララ・ダラントはジェイコブ・フランダースに別れを告げて、舞台の身代りの死を見て死の甘美さを味わった。彼女の後のボックスの暗闇に坐っているダラント夫人は、鋭い溜め息をついた。そしてワートリー氏はイタリア人の大使夫人の後に位置を移し、ブランゲーネ（訳注―ワグナーの楽劇『トリスタンとイゾルデ』のイゾルデが心を打ち明ける相手）はちょっと声が嗄れているなと思った。そして彼らの頭上何フィートも上の天井桟敷にぶら下っているように見えるエドワード・ウィットテイカーは小版の楽譜に懐中電灯をこっそりかかげていた。それから……それから……

手短に言えば、観客は観ることで息づまる思いをしている。ただわれわれが混沌に没せられるのを防ごうとして、彼らの間の自然と社会とが、それ自体単純な分類体系を作り上げている。すなわち一階前方の一等席、ボックス席、半円形の階段式桟敷、天井桟敷だ。それらの座席は毎晩いっぱいになる。細かいことを区別する必要はない。しかし難しさは残る——人は選択しなければならないのだ。というのは、ぼくは、イギリスの女王になりたいとは思わないけれど——あるいは、ほんの一瞬だけ——女王の隣りの席には喜んで坐りたい。ぼくは首相の噂話を聞いてみたい。伯爵夫人のひそひそ話を聞き、いくつものホールや庭園についての彼女の思い出をわかち合いたい。ちゃんとした身分の人たちのどっしりした態度が、結局は彼らの秘密の暗号を隠している。さもなければなぜそんなに人を受けつけないのだ？　してみると、自分自身かぶとを脱いで、一瞬間でも誰か他の人の——誰のにしても——かぶとをかぶるなんて、なんて奇妙なんだろう。帝国を治める勇敢な男になったり、ブランゲーネが歌っている間に、ソポクレスの断片を引き合いに出したり、あるいは、羊飼いが笛で一曲吹くと、すぐさま橋や水道橋を見るなんて。いやしかし——われわれは選ばなければならない。これ以上苛酷な宿命はなかった！　あるいは、これ以上大きな苦痛、これ以上確かな災いを必然的に伴うものはなかった。というのはぼくがどの席に腰をかけようとも、ぼくはさすらいの身となって死ぬのだから。ウィットテイカーは彼の借りている部屋で。チャールス夫人は大邸宅で。

七シリング六ペニーの席を占めていたウェリングトン将軍のような鼻をした一人の若者はオペラがはねた時、まるでまだ音楽の影響で自分の仲間たちからちょっと離れているみたいに、石の階段を降りていった。

真夜中にジェイコブ・フランダースはドアをとんとん叩く音を聞いた。

「誓って！」と彼は叫んだ。「君はまさにぼくが欲している男だ！」そして後は事もなく、彼らは一日中ジェイコブが探し続けていた詩句を発見した。ただしそれらはウェルギリウスの中でなく、ルクレティウス（訳注—紀元前一世紀ローマの叙事詩人）の中に出てくるのだ。

「うん、これで寝られなくなるだろうぜ」とボナミーはジェイコブが読み終ったとき言った。ジェイコブは興奮していた。彼が自分の論文を声に出して読むのは初めてだった。

「ちえっ、あんな奴め！」と彼はやや乱暴に言った。しかし讃められることで彼は有頂天になっていた。リーズ（訳注―ヨークシャーの都市リーズにある大学の名）のバルティール教授はウィチャーリー（訳注―一六四〇―一七一六、イギリスの風習喜劇作家、ロンドン社交界の裏面を諷刺した）の校訂を出したが、いくつかの猥褻な言葉と猥褻な句を省くか、骨抜きにするか、星印だけで示しながらも、そのことを述べていない。冒瀆だ、とジェイコブは言った。背信行為だ、まったくのお上品ぶりだ、卑劣な心といやらしい性質のしるしだ。アリストパーネス（訳注―紀元前五―四世紀、アテネ最大の喜劇詩人）とシェイクスピアが引用されていた。現代の生活は否認された。偉大な戯曲は専門家の肩書でつくられ、学問の府としてのリーズは、笑われ軽蔑された。そして驚くべきことは、これらの若者たちの考えがまったく正しいということだ。――驚くべきことというのは、ジェイコブが論文の頁を写していた時でさえも、誰もそれを印刷などしてくれないだろうとわかっていたからだ。はたして論文は「隔週評論《フォートナイトリー》」（訳注―一八六五年創刊の自由主義の評論雑誌、当初は隔週一回発行）「現代《コンテンポラリー》」（訳注―一八六六年創刊の一般評論雑誌、月刊）「十九世紀」（訳注―一八七七年創刊の月刊評論誌、のち「二十世紀」と改題）から送り返されてきた――するとジェイコブは母からの手紙や古いフランネルのズボン、コーンウォール地方の消印のある一、二通の手紙をしまってある黒い木箱の中にそれらを投げ入れてしまった。真実に蓋がされたのだ。

蓋の上に白いペンキで書かれたジェイコブの名前がまだ読める。この黒い木箱は、居間の細長い窓と窓の間においてあった。その下を街路が通っていた。寝室はむろん後の方だ。家具——柳細工の三つの椅子と、折りたたみ式テーブル——はケンブリッジから来た。この辺の家々（ホワイトホーン夫人というガーフィット夫人の娘がこの家の家主だった）は、およそ一五〇年前に建てられた。部屋はよくできていて、天井も高かった。戸口の上には、薔薇の花か雄羊の頭蓋が木彫されていた。十八世紀にはそれなりの立派さがあった。濃い赤紫《ラズベリー色》に塗られた羽目板でさえも、それなりに立派だった……。

「立派」——ダラント夫人は、ジェイコブ・フランダースが「立派な顔立をしている」と言った。「とてもぎごちないわ」と彼女は言った、「でもとってても立派な顔立をしている。」彼に会ったのは初めてだから、たしかに、あれは彼を讃めて言ったのだ。ジェイコブは椅子によりかかって、唇からパイプをはなし、ボナミーに話しかける。「今度はこのオペラのことだけど」（というのは彼らは猥褻についてはもう話し終ってしまったので）「このワグナーという奴は」……「立派」というのが自然に出てくる言葉の一つだった。もっとも彼を見つめていても、オペラハウスでどんな座席に彼がいたのか、一階前方の一等席か、桟敷席か、二階正面の桟敷か、言いあてるのは難しかったろうけれど。作家？　彼には自意識が欠けていた。画家？　彼の手の形には（彼の母方の家系は非常に古く、世間の記憶からは深く埋もれている家系であった）美術的鑑識眼を示す何かがあった。それから彼の口――しかし確かにこのような特徴を並べたてることは、あらゆるくだらない仕事の中でいちばんたちがわるい。一言でたくさんだ。でもその一言が見つけられなかったとしたら？

「私はジェイコブ・フランダースが好きだ」とクララ・ダラントは日記に書いた。「彼はちっとも世俗的でない。彼は気取っていないし、人は彼に言いたいことが言える。もっとも彼にはぎょっとさせるところがある、なぜかといえば……」しかしレッツ氏は彼の一シリングの日記帳に余白をほとんど残していない。クララは水曜日のところにまで侵入する人間ではなかった。女性たちの中でももっともつつましやかで、誠実な女性！「だめ、だめ、だめ」彼女は温室の入口に立って溜め息をついた。「こわしてはいけないわ、だいなしにしてはいけないわ」――何をって？　無限にすばらしいものを。

しかし、それなら、これは、恋をしている、あるいは恋することをおさえている若い女性の言葉であるにすぎない。彼女はあの七月の朝味わったような瞬間が、まったくそのとおりに永遠に続いていてくれたらいいのだがと思った。そして瞬間というものは続いてくれない。たとえば今、ジェイコブは自分が行ってきた徒歩旅行の話をしていた、宿屋は「泡立つ鍋」という名だったが、宿の女主人の名を考えると……みんなは大声で笑った。その冗談は猥褻なものだった。

それからジュリア・エリオットが「無口な方ね」と言った。そして彼女は首相たちと食事をしたので、きっとこういう意味で言ったのだ、「もしも、彼が世間で成功しようとするなら、口がきけるようにならなくてはだめでしょうよ。」

ティモシー・ダラントはぜんぜん批評しなかった。

女中は自分が非常に気前よく報酬を与えられているとわかった。

ソップウィズ氏の意見はクララのと同様感傷的だった。でもはるかにうまく言い表わされてはいたけれど。

ベティ・フランダースはアーチャーについてはロマンチックで、ジョンについてはやさしかった。彼女は家の中でのジェイコブの不器用さに、度が過ぎるほど苛立っていた。

キャプテン・バーフットは、男の子たちの中で彼がいちばん好きだった。しかし、その理由を言うことについては……。

それで、男も女も等しく途方にくれているように見える。われわれの同胞たちについての深遠で公平で絶対に正しい評価は全く知られていないらしい。われわれは男であるか、女であるかのどちらかなのだ。われわれは冷淡であるか、あるいは感傷的であるかのどちらかなのだ。われわれは若いか、あるいは年とりつつあるかのどちらかなのだ。どのみち、人生は幻影の行列にすぎず、われわれが、影にすぎないのになぜそんなに熱心にその幻影を抱きしめ、幻影が死ぬのをそのように悲痛な思いを抱いて見送ったりするのかは誰にもわからない。そして、もしもこのことやもっと多くのことが真実であるとするならば、いったいなぜ窓辺の一隅でわれわれは、椅子に坐っているあの若者が、この世のすべてのものの中でもっとも実在し、もっとも実体が確かで、もっともわれわれによく知られているという突然訪れる幻想によって、それにもかかわらず驚かされるのであろうか？　ほんとうになぜなのだろう？　その次の瞬間にはわれわれは彼について何も知らないのに。

われわれの見方はそんなふうなものである。われわれの愛の条件とはそのようなものなのだ。

(「ぼくは二十二歳だ。もう十月も末に近い。不幸なことにたくさんの馬鹿者があちこちにいるけれど、人生はまったく楽しい。人は何ごとかに没頭せねばならない——何にだかは誰にもわからない。ほんとうに何でもすごく楽しい——朝起きて、燕尾服を着ること以外は。」)

「おい、ボナミー、ベートーヴェンはどうだい?」

(「ボナミーは驚くべき奴だ。彼は実際何でも知っている——イギリス文学については、ぼくが知っている以上には知らない——でもそんなことを言えば、フランス人の書いたものを彼はみんな読んでしまっている。」)

「君がたわ言を言っているのじゃないかという気がするがね、ボナミー。君の言ったことにもかかわらず、哀れな老テニスンは……」

(「フランス語を教わっておくべきだったのはほんとうだ。今頃、バーフットの奴がぼくの母に話しかけているところだろうと思う。あれは確かに奇妙なつき合いさ。でもぼくはあそこではボナミーに会えない。いまいましいロンドンめ!」)というのは市場の荷車が通りをがたがた音を立てて通っていったものだから。

「土曜の散歩はどう?」

(「土曜日には何が起るっていうんだい?」)

それから、手帳をとり出して、ダラント家の夜会は来週であることを確かめた。

しかし、こういうことはすべておそらくほんとうかもしれないのだけれど——ジェイコブはそう考え話したし――そういうふうに足を組み――パイプをつめて――ウイスキーをちびちび飲んで、髪をくしゃくしゃにしながら、手帳を一度見たのだけれど、彼自身によってしか、他人には絶対に伝えられないようなものがある。その上、この一部はジェイコブでなくリチャード・ボナミーなのだ――その部屋、市場の荷車、時間、歴史のまさにその一瞬が。それから性の影響を考えてみよう――どのようにして性がぐらぐら揺れ、わななきながら男と女の間に吊り下っているか、実際にはおそらくすべては自分の手のように平たいのに、ここには谷、あそこには頂きというふうになっているかを。もっとも正確な言葉でさえも間違ったアクセントをつけられる。しかし人は何ものかに駆り立てられて、いつもすずめ蛾のように、神秘の洞窟の入口で羽音高くふるえているもので、ジェイコブ・フランダースも彼が全然持っていなかったあらゆる種類の性質を与えられている。というのは、確かに彼はボナミーに話しかけながら坐っていたけれども、彼の言ったことの半分は、ここでくり返すには退屈すぎることだった。その多くは意味がわからなかった（知らない人たちや議会に関しているので）。残りはたいがいあて推量だ。しかし、われわれは彼の上にふるえながら身をのり出す。

「そうです」とキャプテン・バーフットはベティ・フランダースの煖炉の内側にある台の上でパイプの灰を叩きおとし、上着のボタンをかけながら、言った。「そのために仕事は二倍になりますが、ぼくは構いません。」

彼は今や市会議員だった。彼らは、夜をじっと見つめた。それはロンドンの夜と同じだったが、ただもっとずっと透きとおっていた。下の町の方の教会の鐘がちょうど十一時を打っている。風は海から吹いている。そしてあらゆる寝室の窓は暗い——ページ家の人たちは眠っている、ガーフィット家の人たちも眠っている、クランチ家の人たちも眠っている——それなのに、この時間にロンドンでは議事堂の建っている丘の上で、人々がガイ・フォークスの像を焼いている（訳注——一六〇五年十一月五日の火薬陰謀事件の記念日に、張本人ガイ・フォークスの奇怪な像を焼き捨てる風習がある）。

6

火はすっかり燃え上った。

「セント・ポールだ！」誰かが叫んだ。

薪が燃え上ると、ロンドンの街が一瞬の中に照らし出された。焚き火の向う側には木立ちがあった。黄色と赤で塗られたようにいきいきとして生気にあふれて浮び出た顔、顔の中で、いちばん目立ったのは一人の女の顔だった。炎の明りのまやかしで彼女には身体がないように見える。楕円形の顔と髪が空虚な闇を背景にして火の傍に浮んでいる。まぶしい光に目がくらんだみたいに、その緑青色の目は炎を見つめている。顔じゅうの筋肉が緊張している。彼女がこのようにして見つめている姿にはどこか悲劇的なものがあった——年齢は二十歳から二十五歳の間らしい。

格子縞の闇から下りてきた一本の手が彼女の頭に円錐形のピエロの白い帽子をぐいとかぶせた。頭をゆすりながら、彼女はまだじっと見つめている。彼女の頭の上に頬髭のある一つの顔が現われた。人々は火にテーブルの二本の脚をくべ、小枝や葉をまき散らす。こういうものすべてが燃え上り、ずっと後の方にあるいくつもの顔、丸い顔、青白い顔、なめらかな顔、顎髯のある顔、山高帽をかぶった顔などを照らし出した。みんな一心に見守っている。またセント・ポール大寺院が白いむらのある靄の上に浮んでいるのを照らし出し、二つ三つのほっそりして紙のように白い、消灯器の形をした尖塔を照らし出していた。

どこからとも知れず、バケツの水が磨かれた鼈甲のような美しいうつろな形をして投げかけられると、炎は木の中をやっきとなって進み、ごうごう音を立てて燃え上った。水がくり返しくり返しかけられる。ついにしゅーっという音が蜂の群のようになり、すべての顔は消え失せた。

「ああ、ジェイコブ」とその少女は、暗闇の中の丘を二人で足音を立てて上って行きながら言った。「あたし、おそろしく不幸なの！」

大きな笑い声が他の人たちの方からきこえて来た――高く、低く、ある声は先に、別の声は後に。

ホテルの食堂は明るく照らされていた。石の牡鹿の頭がテーブルの一方の端にあった。もう一方の端には、ガイ・フォークスを表わす黒と赤で塗られた古代ローマ風の胸像があった。今夜はガイ・フォークスの日だ。晩餐の客たちは、紙の薔薇の造花の紐でたがいに結ばれ、手を組み合わせて「蛍の光《オールド・ラング・ザイン》」を歌う時になると、ピンクと黄色の紐がテーブル全体の長さで上り下りするようになっていた。緑色のワイングラスを打ち合わせる音があちこちでした。一人の若者が立ち上ると、フロリンダがテーブルの上にあった紫色の球をとり上げ、彼の頭めがけてまっすぐ投げつけた。それは粉々に砕けた。

「あたし、おそろしく不幸なの！」彼女は、横に坐っているジェイコブの方を向きながら言った。テーブルはまるで目に見えぬ脚が生えているみたいに部屋の端の方へ走った。そして赤い布と二びんの紙の造花で飾られた手回し風琴がワルツの曲を鳴らした。

ジェイコブは踊れなかった。彼はパイプをふかしながら壁を背にして立っていた。

「わたくしどもの思うところでは」と二人の踊り手が残りの人たちとのダンスを急に止め、彼の前で深々とお辞儀をして、言った、「あなた様は、わたくしどもが見たことのある中でいちばんの美男子でいらっしゃいますね。」

そこで彼らは紙の造花で彼の頭に花の冠をつけた。それから誰かが、白と金めっきの椅子をもって来て、彼をそれに坐らせた。人々は通りすがりに、彼の肩にガラスの葡萄をかけて行き、ついには彼は難破船の船首像みたいになった。するとフロリンダが彼の膝の上にのって、彼のチョッキに顔を埋めた。彼は片方の手で彼女を抱き、もう片方でパイプをもっていた。

「さあ、話そうじゃないか」とジェイコブは、十一月六日朝の四時から五時にかけて、ハヴァストック・ヒルをティミー・ダラントと腕を組んで歩いて下りて行きながら言った、「何か道理のあることについて。」

ギリシア人たち——そうだ、それが彼らが語り合ったことだった——結局のところ、中国文学やロシア文学（しかしこれらのスラブ人たちは文明の域に達していないが）を含めて世界のあらゆる文学で口をすすがれたとき、後味に残るのはギリシア文学の香りであるのはどういうわけなのだろう。ダラントはアイスキュロス（訳注—紀元前五二五‐四五六、ギリシアの悲劇詩人で、劇作家）をもち出した。——ジェイコブは、ソポクレス（訳注—紀元前四九五?‐四〇六、ギリシアの三大悲劇詩人の一人）を。もし明け方のハヴァストック・ヒルで叫ばれるためでなかったら、いったいギリシア語は何の役に立つのか、確かにそんなことはギリシア人は誰もわからなかったろうし、教授たちもそれを指摘することを差し控えている——かまわないさ。その上、ダラントはソポクレスに、ジェイコブはアイスキュロスに決して耳を傾けなかった。彼らは得意になり、意気揚々としていた。二人には、自分たちが世界中のあらゆる本を読みつくしてしまったように思われた。あらゆる罪と情熱と歓びを知ってしまったように思われた。文明は、摘まれるばかりになった花々のように、彼らの周りにあった。航海にふさわしい波のように、いくつもの時代が彼らの足もとに打ち寄せていた。そしてロンドンの霧、街灯の光、薄闇の中にぼうっと浮んでくるこういうものすべてを見渡しながら、二人の若者はギリシアをよしとした。

「おそらく」とジェイコブが言った、「われわれはギリシア人がどんな意味をこめていたかを知っている世界中でたった二人の人間だよ。」

彼らはコーヒー沸しがぴかぴかにみがかれ、小さなランプがカウンターに灯っている売店でコーヒーを飲んだ。

ジェイコブのことを軍人だと思って、売店の主人はジブラルタルにいる息子のことを彼に話した、そしてジェイコブは英国陸軍を罵り、ウェリントン公爵を讃えた。そこで再び彼らはギリシア人について語り合いながら、丘を下りて行った。

不思議なことだ——そのことを考えてみると——ギリシア語に対するこの愛情は、ねじ曲げられ、おさえつけられて、ちっとも目立たず育っているのだが、とりわけ人のいっぱい居る部屋を出て行く時とか、印刷物の飽満の後とか、波のような起伏のある丘の間に月が浮んでいる時とか、ロンドンの虚ろで青白く実りのない日々などに、突如として、特効薬みたいに飛び出してくる。汚れのない刃だ。いつでも奇蹟のようだ。ジェイコブは芝居をつかえつかえ読むのに役立つくらいしかギリシア語を知らなかった。古代史については彼は何も知らなかった。しかしながらロンドンへ足を踏み鳴らして入って行ったとき、彼には自分たちがアクロポリスへ通じる道に敷いた板石を踏み鳴らしているように思われ、二人がやってくるのをもしソクラテスが見たら、心身を奮い起して、「おいおい、君たち」と言うだろうと思われた。というのはアテネの心情全体はすっかりソクラテスの心にならっていたのだから。自由で、冒険好きで、意気盛んな心……あの女はことわりなしに、ぼくをジェイコブと呼んでたな。彼女はぼくの膝の上にものったんだ。ギリシア時代にはいい女たちはみんなこうしたんだ。

この瞬間、顫えを帯びた悲しげな詠嘆の声が、空気を震動させた。その声は、広がる力はないようだったが、弱まりながら続いた。その音を聞くと、裏通りの戸口が不機嫌そうにさっと開いた。労働者たちが足音をたてて出て来た。

フロリンダは病気だった。

ダラント夫人はいつものように眠れずに、「地獄篇」（訳注―十四世紀イタリアの詩人ダンテの叙事詩『神曲』の初篇）の中のある数行の横にしるしをつけた。

クララは枕に埋もれて眠っていた。化粧台の上には、乱れた薔薇の花束と一対の長い白手袋がのっていた。

フロリンダはまだ円錐形のピエロの白い帽子をかぶっていたが、気分がわるかった。寝室はこれらの破局にふさわしく見えた――安っぽい辛子《からし》色の、半ば屋根裏部屋、半ばアトリエで、銀紙の星やウェールズ人の女の帽子や、壁から張り出したガス灯から下がった数珠《ロザリオ》で奇妙に飾られている。フロリンダの身の上についていえば、彼女の名前は、ある画家が彼女の初々しい乙女の花がまだ摘みとられていないことを意味するようにとねがって名づけたものだった（訳注—ラテン語の「フロドリス」——花盛りの意味——に由来する）。たった。何にもせよ、彼女は姓がなかった。両親としては、父親がその下に埋められているという墓石の写真をもっているだけだった。時々彼女はその墓石の寸法を詳しく話したものだ。そして、フロリンダの父親は何ものも防ぐことができなかった骨の腫瘍のために死んだという噂だった。ちょうど彼女の母親が王室一族の主人に寵を得ていたので、時折フロリンダ自身も王女ということになったのだが、主に彼女が酔っぱらった時だった。このように見捨てられ、その上きれいで、彼女は悲しげな眼と子どもっぽい唇とをもち、女がふつう話す以上に、自分が処女であることについて話した。そして彼女が話しかける男に応じて、前の夜にそれを失ったばかりだったり、あるいは、それを胸の奥深く大切にもっていたりするのだった。しかし、彼女はいつでも男たちに話していたのだろうか? いや、彼女には打ち明け相手がいた。ステュアート母さんだ。その夫人がよく指摘したように、ステュアート（訳注—一三七一年から一六〇三年スコットランドに君臨し、ジェイムズ六世がイングランドのジェイムズ一世となって以後、一七一四年までイングランド・スコットランドに君臨した王家）は王家の名前である。しかしそのことが何を意味したのか、彼女の仕事は何だったのか、誰も知らなかった。ただ、ステュアート母さんは、毎週月曜日の朝、郵便小為替を受け取り、鸚鵡を飼い、魂の転生を信じ、お茶の葉で占いができるということがわかっていただけだ。フロリンダの貞節の後ろにおいてみると、ステュアート母さんは汚い下宿の壁紙だった。

さて、フロリンダは涙を流し、通りをぶらぶら歩いて日を過した。河が流れ去って行くのを眺めながら、チェルシー（訳注—テムズ河北岸の河岸通り、近くに同名の橋もある）に立っていた。商店街に沿ってだらだら歩いた。バスの中でバッグを開け、頬にお白粉をはたいた。恋文を読み、簡易喫茶店《エイ・ビー・シー・ショップ》でミルクびんにそれらの手紙をたてかけた。砂糖壺の中にガラスがあるのを見つけた。わたしを殺したがっていると言って給仕女を責めた。若い男たちが、自分の方をじっと見たと言い張った。そして夕方近く、いつの間にかジェイコブの住んでいる通りをのろのろとぶらついていることがわかると、彼女は汚らしいユダヤ人たちより、あのジェイコブという男の方がずっと好きなのだと思い当って、いつの間にか彼のテーブルについて坐っているのだった（彼は「猥褻の倫理」についての論文を写していた）。そして手袋をとると、どのようにしてステュアート母さんが、お茶のポットのカバーで彼女の頭をぶったかを彼に話した。

ジェイコブは彼女が純潔だという言葉を本気にした。彼女は煖炉の傍に坐って有名な画家たちのことを喋りちらした。彼女の父親の墓の話も出た。彼女は放埒でか弱く、美しく見えた。ギリシア人の女たちもこんなふうだったのだ、とジェイコブは思った。これが人生なんだ、そして自分は男で、フロリンダは純潔なんだ。

彼女はシェリーの詩集を一冊小脇にかかえて去った。ステュアート夫人がシェリーのことをよく話すのよと彼女は言った。

無邪気な人たちはすばらしい。あの少女自身がすべての虚偽を超越していると信じたり（というのはジェイコブは盲目的に信じるほど馬鹿ではなかったから）、錨を下ろさない生活を羨ましく思いながら目を見張って眺めたり——それに比べ、自分自身の生活は世をすねて引きこもっているようにさえ見えてくる——精神のあらゆる混乱に対する特効薬としてアドネイスとシェイクスピア劇を手もとにおいたり、彼女の方では元気づけられ彼の方では保護的だが、しかも両方にとって同等の友情を結んだり——女性も男性とまったく同じなのだとジェイコブは考えたから——こういうふうな無邪気さは非常にすばらしい、そしておそらく、とどのつまりはそれほど馬鹿げたものではないのだろう。

というのは、フロリンダはその晩、家に帰ると、初め髪を洗い、それからチョコレート・クリームを食べた。そしてシェリーの詩集を開いた。実際、彼女はひどく退屈だった。いったい全体この本には何のことが書いてあるのだろう？　彼女はその頁をめくってからチョコレート・クリームをもう一つ食べようと、自分自身に請け合わなければならなかった。実際には彼女は眠っていた。だって彼女の一日は長い一日だったし、ステュアート母さんは、お茶のポットのカバーを投げつけたのだもの。――街の通りには、恐ろしい光景がいくつかあった。そしてフロリンダはまったく無知で、彼女の恋文さえも正しく読めるようにならなかったけれども、それでも彼女には彼女なりの感情があり、男たちに対しても好みがあって、すっかり生のおもむくままに身をまかしていた。彼女が純潔かどうかということは、いかなる重要性のあることでもないらしい。実際、それがただ一つの何か重要なことでない限りは。

ジェイコブは彼女が出て行くと、落ち着かなかった。

夜っぴて、男たちと女たちは沸きかえるように誰にも親しい拍子を上に下に刻んでいた。遅く家に帰る者はもっとも上品な郊外でさえもブラインドに映っている人影を見ることができたろう。雪か霧につつまれたどの広場にも愛し合っている男女がいた。すべての芝居は同じ主題に関するものだった。ほとんど毎晩、ホテルの寝室ではそういうことのために弾丸がいくつもの頭を射抜いた。身体が手足をもぎとられずに済んだとしても、心臓が無傷のままで墓場に行くことはめったになかった。劇場でも通俗小説の中でも他のことはほとんど話題にされない。それなのにわれわれは、そんなことはちっとも重要なことではないと言うのだ。

シェイクスピアやアドネイス、モーツァルトやバークレイ主教《ビショップ》（訳注―十八世紀イギリスの宗教家・哲学者。ジョージ・バークレイ）などのために――その中の誰をえらぶにせよ――この事実は隠され、われわれ多くの者たちにとって、夜は恥ずかしくないように過ぎて行くか、あるいは蛇が草の中をすべりながらおこす微かな動きだけがともなうくらいだ。しかし、隠すことそれ自体が、活字や音から精神をそらす。もしフロリンダに精神があったのなら、彼女はわれわれがなし得るよりずっとはっきりした眼をもって本を読んだことだろう。彼女や彼女と同じ仲間は毎晩寝る前に手を洗いに行くという些細なことにそういう問題を変えることによって、それを解決してしまった。唯一つの難しい問題は湯の方がよいか水の方がよいかということであり、それが決まれば、精神はとやかく言われずに我が道を行くことができるのだ。

しかし、彼女は精神をもっているのかしらという思いが、夕食の途中でジェイコブの心に浮んだ。

彼らは食堂《レストラン》の小さなテーブルについていた。

フロリンダはテーブルに両肘の先をもたせかけ、顎を両手の掌にのせていた。彼女のマントは後ろにすべり落ちてしまっていた。光ったガラス玉の頸飾りをつけ、金色と白の洋服姿で彼女は現われた。身体から咲き出たような彼女の顔は無邪気でほとんど化粧もせず、視線はあたりを率直に見つめるか、ゆっくりとジェイコブに注がれて、じっと留まった。彼女はこう話した。

「あなた、ずっと昔にあのオーストラリア人があたしの部屋において行った大きな黒い箱、知っているわね？　……毛皮というものは女を老けて見させるとあたし思うの……今入って来たのはベクスタインよ。……あなたはちいちゃかった頃どんな風だったのかしらって、あたし考えていたのよ、ジェイコブ」彼女はロールパンを少しずつ嚙み、ジェイコブを見つめた。

「ジェイコブ、あなたはあの銅像みたいよ……大英博物館には、すばらしいものがあるんでしょう？　たくさんのすばらしいものが……」彼女は夢みるように話した。部屋は満員になってきた。どんどん熱くなってきた。食堂でのお喋りは、ぼうっとなった夢遊病者のお喋りのようで、非常に多くのものが目に入ってくる――たくさんの騒々しい音――他の人たちの喋っている声。立ち聞きできるのだろうか？　ああ、でもわれわれの話は立ち聞きしてはいけない。

「あれはエレン・ネーグルのようだわ――あの女の子は……」等々。

「あたしあなたと知り合ってからものすごく幸せ、ジェイコブ。あなたとってもいい人なんだもの。」

　部屋はますます満員になってきた。話し声もずっと大声になり、ナイフもいっそうがちゃがちゃ音を立てた。

「ねえ、わかるでしょう、何があの女にあんなことを言わせるかってことは……」

彼女は止めた。みんながそうした。

「明日……日曜日……獣みたいな……あんた、あたしに命じるのね……じゃ行くわ！」がちゃんという音！　それから女はさっと出て行った。

だんだん甲高くなってくる話し声がしたのは彼らの隣りのテーブルだった。突然、女が皿を床に投げつけたのだ。男はそこにとり残された。みんながじろっと見つめた。それから――「まあ、可哀そうな人、あたしたちは坐ってじろじろ見ていてはいけないわ。なんてざまかしら！　あの女が何と言ったか聞こえた？　おやまあ、彼は馬鹿みたいだわ！　スタートにもつかなかったんだと思うわ。テーブル・クロスの上が辛子だらけ。給仕さんたちが笑ってるわ。」

ジェイコブはフロリンダを観ていた。彼女の顔つきには、何かおそろしく頭がわるいところがあるように思われた――彼女が坐って見つめているときには。


帽子にゆらゆら揺れる羽根をつけた黒服の女は、さっと出て行った。

しかし、彼女はどこかへ行かねばならなかった。夜は人がそこに星のように沈んだり航海したりできる波立つ暗い大海原ではない。実際それは湿っぽい十一月の夜だった。ソーホー（訳注―ロンドンのソーホー広場を中心とする繁華街、外国料理店なども多い）の灯が歩道の上に大きな油じみた光の点々を作っていた。裏通りはうす暗くて戸口によりかかっている男や女を隠した。ジェイコブとフロリンダが近づくと、一人の女が離れた。

「あの人、手袋を落としたんだわ」とフロリンダが言った。

ジェイコブは急いで進み出て、手袋を彼女に渡した。

くどくどと彼女は礼を言った。もと来た道を戻り、また手袋を落とした。でもどういうわけで？　誰のためにしているのだろう？

そうしている間に、他の女はどこへ行き着いたのだろう？　それから男の方は？

街灯の光が遠くまで達しないので、われわれはわからない。怒りの声、みだらな声、絶望的な声、情熱的な声は、夜、檻に入れられた獣たちの声より大きくなることはめったになかった。ただ彼らは檻に入れられてもいないし、獣でもないのだ。男を呼びとめて、道を訊いてみるがいい。彼は教えてくれるだろう。しかし、彼に道を訊くのが怖いのだ。何を怖がっているのだろう？――人の目だ。すぐに歩道が狭まり、裂け目は深まる。ほら、彼らはその中に消え失せてしまった——男も女も両方ともが。さらに行くと、その利点として堅実さをあくどく広告しながら、一軒の下宿屋がそのカーテンのかかっていない窓の向うにロンドンの健全さの証拠を示している。そこでは彼らが簡素な照明をあびて紳士淑女のような恰好で、竹の椅子に腰かけている。ビジネスマンの未亡人たちは、自分たちの親戚には判事がいることを骨折って証拠立てようとする。石炭商の妻たちは、自分たちの父親は御者をかかえていたとすぐさま言い返す。召使がコーヒーをもってくる、するとクローシェ編みを入れた籠をどけなくてはならない。とかくするうちに再び暗闇に入り、こちらでは商売女と、あちらではマッチだけを売っている老婆とすれちがい、地下鉄の駅から出て来た群衆やヴェールをかぶった女たちとすれちがい、ついに誰にも行き会わなくなって、閉まっている戸口、彫物のある戸の木枠、一人ぽっちの警官の前を通り過ぎて、ジェイコブはフロリンダを腕で抱くようにして、彼の部屋に着いた。そして灯りをつけ、一言も口をきかなかった。

「あなたがそんなふうな顔するの、好きじゃないわ」とフロリンダが言った。

問題は解決不可能だ。肉体は頭脳に馬具をつけるように、結びつけられている。美は愚かさと手をつなぎ合っている。彼女はそこに坐って、こわれた辛子壷を見つめていた時のように、火を見つめていた。猥褻を弁護したにもかかわらず、ジェイコブは自分がなまのままの猥褻が好きかどうか疑わしく思った。彼は男ばかりのつき合い、世を避けて引きこもった部屋、古典の文学作品に向って激しく逆戻りをした。そして誰かわからないがこのように人生を形づくってしまった者に対して、今にも怒って抗弁しそうであった。

そのときフロリンダが彼の膝の上に手をおいた。

結局のところ、それはぜんぜん彼女のせいではなかったのだ。しかし、その考えは彼を悲しませた。われわれを老けさせ殺すのは、災厄、殺人、死、病気ではない。それは人々が見たり、笑ったり、バスの階段を駆け上ったりするやり方なのだ。

しかしながら馬鹿な女にはどんな言いわけでも大丈夫だ。彼は頭痛がするのだと彼女に言った。しかし、彼女は彼の方をじっと見つめ、おし黙って、半ばは察し、半ばは理解して、おそらくは弁解しながら、彼が前に言ったように「それはぜんぜんあたしのせいじゃないわ」とでも言っているようで、身体は真直ぐで美しく、顔は帽子の下で貝殻のように見えた。そういう彼女を見ていると彼は、世を避けて引きこもる部屋も、古典も、何の役にも立たないとわかった。あの問題は解決不可能だ。

7

ちょうどこの頃、東洋と取引している商事会社が、水につけると開く小さな紙の造花を売物に出した。晩餐の終りにフィンガー・ボールを使うことが習慣でもあったので、この新しく発明された品はすばらしく役に立つとわかった。まわりを囲われたボールの湖で、小さな色つきの花は浮び滑走した。なめらかなすべすべとした波を乗りこえ、時には、沈没してガラスの床の上の小石のように横たわった。この花たちの運命は熱を帯びた美しい瞳に見つめられていた。それは確かに心と心を結び合わせ、ひいては家庭の基となりうるような一大発見だった。紙の造花は少なくともこの程度のことは充分にやってのけた。

しかし、それらが自然の花を追い払ったと考えてはならない。とりわけ薔薇、百合、カーネーションは花瓶のふち越しに眺めながら、自分たちの人工の親類の輝かしい生涯、だがすぐに訪れる滅亡を見守っていたのだ。ステュアート・オーモンド氏が言ってのけたことはまさにこれだった。それは魅力的だと思われた。そしてキティ・クラスターが六ヵ月後にそれに力を得て彼と結婚した。しかしほんものの花なしで済ますことは決してできない。もし、なしで済ませられるのなら、人間の生活はまるでちがったものとなるだろう。というのは花々は萎れるのだから。とりわけ菊はいちばんひどい。ひと晩は完璧だったのに翌朝は黄色くぐったりしている——見られたものではない。全体として値段は罰当りだが、カーネーションがいちばん引き合う。——しかしカーネーションに針金をつけるのが賢明かどうかは問題だ。ある店はそうした方がいいという。それがカーネーションをダンス・パーティにも生きのびさせておく唯一のやり方であることは確かだ。しかし、晩餐会《ディナー・パーティ》で、部屋がひどく暑くない限り、針金が必要かどうかは議論の余地がある。テンプル老夫人は蔦の葉を——たった一枚——鉢《ボール》に浮べておくことをすすめたものだ。彼女に言わせれば、そうすれば水が何日もきれいに保たれるという。しかしテンプル老夫人が間違っていたと考えられる節《ふし》もある。

しかし、名前を印刷してある小さな名刺の方が花よりさらに重大な問題である。ワーテルローの戦いにわれわれが勝ち、おまけにその支払いをするために役立ったより、もっと多くの馬の脚がくたびれ果て、もっと多くの御者の命が無駄にされ、もっと多くの健全な午後のひとときが無駄に使われた。この名刺という悪戯な悪魔は、戦闘そのものと同じくらい多くの一時的延期や不幸や不安の源となる。ある時はボナム夫人はちょうど外出したばかりのところで、また別の時には在宅していた。しかしありそうもないことだが、たとえ名刺が使われなくなったとしても、生活を吹き荒らし、勤勉に働く朝を乱し、落ち着いた午後のひとときをひっくりかえそうとする抑え難い力がある――つまり、服の仕立屋や菓子屋のことだ。六ヤードの絹が一着分として要るだろう。しかし、もしその一着分のために、六百種類もの型を考え出さねばならず、その二倍の色を考え出さねばならないとしたら、どうだろうか?――その最中に、緑色のクリームがのり、アーモンド・ペーストが胸壁の形に飾りつけられたプディングをどうするかというさし迫った問題がでてくる。それはまだ到着していない。

フラミンゴ色の夕暮れが空にそっと羽搏いた。しかしきまってそういう夕暮れはその翼を真暗闇に浸した。たとえば、ノティングヒル（訳注―ロンドンの西の郊外）とかクラークンウェル（訳注―ロンドンの北東の郊外）の周辺一帯で。イタリア語の唄が隠し芸として残り、ピアノがいつも同じソナタを弾いていたのも不思議ではない。六十三歳になるページ未亡人のため伸び縮みする長靴下を一足買うために、救貧院の五シリングの院外援助の受け取りと、マッキー商会の染物工場に雇われていて、冬じゅう胸をわずらっている彼女の一人息子からの援助の受け取りの手紙が書かれなければならないし、丸っこいわかり易い筆蹟で領収証の空欄が埋められなければならない。レッツの日記帳に天気がどんなに晴れわたっているか、子どもたちがいかにいたずらか、いかにジェイコブ・フランダースは世間的でないかと書いたあの同じ筆蹟で。クララ・ダラントは長靴下を買い、ソナタを弾き、花瓶に花を活け、プディングをとって来、名刺をおいて来た。そしてフィンガー・ボールの中に浮べる紙の造花の一大発明が見つけられたときには、クララはその束の間の命にひどく驚いた者の一人だった。

それにまたこの束の間の命という主題を讃めたたえる詩人にもこと欠かなかった。たとえばエドウィン・マレットは彼の詩の最後をこう結んだ。

そしてクローエ（訳注―ギリシアの牧歌文学『ダフニスとクローエ』に登場する羊飼の乙女。ダフニスの恋人）の目に彼らの運命を読みとる。

これは、最初に読んだ時にはクララの頰をぱっと赤らめさせ、二度目に読んだときにはおもしろがらせた。わたしの名はクララというのに、わたしをクローエと呼ぶなんて、まさに彼らしいわと言いながら。おかしな人！　しかし雨の降る朝の十時と十一時の間に、エドウィン・マレットが彼女の足下に命を投げ出したとき、彼女は部屋を走り出て、寝室に隠れた、そして階下のティモシーは彼女のすすり泣く声のために、午前中ずっと、仕事がはかどらなかった。

「それはあなたが楽しんだ結果よ」とダラント夫人はすべて同じ頭文字が記されているダンスの

相手を記した表を調べながら、きびしく言った。というよりはむしろ、それらの頭文字は今度はちがうものだった——E・M・の代りにR・B・だったのだ。今はそれはウェリントン風の鼻をしたあの若者、リチャード・ボナミーだった。

「でもわたしは、あんなふうな鼻をした人とは絶対結婚できないでしょうよ」とクララが言った。

「ばかなことを」とダラント夫人は言った。

「でもわたしはきびし過ぎるんだわ」と彼女はひとり思った。というのは、クララはあらゆる元気を失くして、ダンスの相手を記した表をひき裂き、煖炉の炉格子の中に投げ入れたからだ。

そのようなことが鉢の中に浮べる紙の造花の発明の深刻な結果だったのだ。

「どうぞ」ジュリア・エリオットはドアのほとんどすぐ真向いのカーテンの傍に位置を占めながら言った。「わたしを紹介なぞなさらないで。わたし見ているのが好きなんです。おもしろいのは」と彼女はサルヴィン氏に向って言い続けた。彼は足が不自由で椅子を用意してもらっている。「パーティでおもしろいのは、人々を眺めることですわ——人々が往ったり来たり、往ったり来たりするのを。」

「わたしたちがこの前お会いしたのは」とサルヴィン氏が言った。「ファーカー家ででしたね。あの奥様、お気の毒に！　たくさんのことを我慢しなけりゃなりません。」

「あの方、魅力的じゃありませんこと?」クララが彼らの前を通って行ったとき、エリオット嬢は叫んだ。

「どの人のことですか……?」サルヴィン氏は声を落とし、からかうような調子で訊いた。

「ここにはたくさんの方がいらっしゃいますからね」とエリオット嬢は答えた。三人の若者たちが、女主人を探しまわりながら、入口に立っていた。

「あなたはエリザベスを憶えていらっしゃらないでしょうね、わたしほどには」とサルヴィン氏が言った。「バンコリー（訳注―スコットランドの地名）でハイランド・リール（訳注―スコットランド高地地方特有の軽快な踊り）を踊っていましたっけ。クララにはお母さんのような元気がない。クララはちょっと青白くて。」

「ここにはいろいろな人たちがいらっしゃいますこと！」とエリオット嬢が言った。

「幸いなことにわれわれは、夕刊に振りまわされていませんからな」とサルヴィン氏が言った。

「わたしは夕刊なんて一度も読みませんもの」とエリオット嬢が言った。「政治のことは何も知りませんわ」と彼女はつけ加えた。

「ピアノの調子がいいこと」とクララは、彼らの前を通り過ぎながら言った、「でも、誰かに頼んで、わたしたちのためにピアノを動かしてもらわなくては。」

「あの人たち、これから踊るつもりなのかな?」サルヴィン氏が訊いた。

「誰もあなた方のお邪魔はしませんよ」とダラント夫人は彼女が通りすぎたとき横柄に言った。

「ジュリア・エリオット。ジュリア・エリオットじゃないの!」とヒバート老夫人は両手を差し出しながら言った。「それからサルヴィンさん。わたくしたちにこれから何が起るのでしょうね。サルヴィンさん? わたくしのイギリス政治の経験をもってしても——ねえ、あなた、昨夜わたくし、あなたのお父さまのことを考えていたんですのよ——わたくしのいちばん古いお友だちの一人だった方のことを。十歳の少女に恋愛なんてできないなどとおっしゃらないで下さいまし! わたくしは十代になる前にシェイクスピアをすっかりそらで憶えておりましたのよ、サルヴィンさん!」

「まさか」サルヴィン氏が言った。

「でも、そうなんですのよ」とヒバート夫人が言った。

「あら、サルヴィンさん、ごめんなさい……」

「もし御親切にお手をお貸し下されば、わたしは立ちましょう」とサルヴィン氏が言った。

「わたしの母の傍にお坐りになったら」とクララが言った。「みんながここにあつまってくるみたい……カルソープさん、エドワーズさんに、あなたを御紹介させて下さいな。」


「クリスマスにはどこかにお出かけになりますか？」とカルソープ氏が言った。

「もし、兄に休暇がとれましたら」とエドワーズ嬢が言った。

「どの連隊にいらっしゃるのですか？」とカルソープ氏が言った。

「第二十軽騎兵連隊です」とエドワーズ嬢が言った。

「お兄さんはきっとぼくの弟を知っていらっしゃるでしょうね？」とカルソープ氏が言った。

「わたし、お名前を聞き洩らしたのではありませんかしら」とエドワーズ嬢が言った。

「カルソープです」とカルソープ氏が言った。

「でも実際に結婚式を挙げたというどんな証拠がありましたの?」とクロスビー夫人が言った。

「確かなことですよ、チャールズ・ジェイムズ・フォックスが……」とバーリー氏が切り出した。しかしここでストレットン夫人がチャールズの妹をよく知っているとバーリー氏に話した。わたしがあの人の家に泊まったのはほんの六週間前だと言うのだ。その家はすてきだが、冬には淋しかろうと思う、と話した。


「この頃の少女たちのように歩きまわるのは——」とフォースター夫人が言った。

バウリー氏は彼の周りを見まわして、ローズ・ショーを見つけると彼女の方へ近づいて、両手をひろげて、叫んだ。「これは、これは!」

「何でもないの!」彼女は答えた。「ぜんぜん何でもないのよ——午後じゅうずっと、あの人たちをわざと二人だけにしておいたんだけれど。」

「おや、おや」とバウリー氏が言った。「それじゃ、ぼくがジミーを朝食に呼ぶことにしよう。」

「でもいったい誰があの女《ひと》の魅力に打ち勝てるでしょう?」ローズ・ショーが叫んだ。「いとしいクララ——わたしたちはあなたを引き止めようとしたりしてはいけないとわかっていてよ……」

「あなたとバウリーさんはひどい噂話をしていたのね」とクララは言った。

「人生は意地悪よ――人生はいやらしいものよ!」とローズ・ショーが叫んだ。


「こういったことは、あまり弁護できないよ、ね?」とティモシー・ダラントはジェイコブに言った。

「女性たちはそういうことが好きだよ。」

「何が好きですって?」シャーロット・ワイルディングが彼らに近づいて来ながら、言った。

「どこからやって来たんです?」とティモシーが言った。「どこかで食事をして来たんでしょう。」

「食事をして来たらいけなくて?」とシャーロットが言った。

「みんな階下《した》に行かなければいけないわ」と、クララが通りがかりに言った。「シャーロットを連れて行ってよ、ティモシー。ごきげんいかが、フランダースさん。」

「ごきげんいかが、フランダースさん」と、ジュリア・エリオットは手を差し出しながら、言った。「ずっとどうお過し?」

「シルヴィアとは誰？　あの女《ひと》は何？
われわれ若者みなが讃えるあの女《ひと》は？」

とエルスベット・シドンズが歌った。
みんながそのままの場所に立ったり、空いている椅子に腰を下ろした。
「まあ」ジェイコブの横に立っていたクララは、中ほどまでくると、溜め息をついた。

「それでは歌おうシルヴィアのために
シルヴィアがすばらしいことを、
退屈な地上に住む
いかなる人間にもまさっていることを
さあ、あの人に花環を捧げよう」（訳注―シェイクスピアの『ヴェローナの二紳士』四幕二場で歌われる歌）

とエルスベット・シドンズは歌った。

「まあ！」クララは大きな声で叫び、手袋をした手を叩いた。そしてジェイコブは素手で拍手をした。それから彼女が前に進み出て、みんなに入口から入ってくるように合図した。

「あなたはロンドンにお住いですの？」ジュリア・エリオットが訊いた。

「ええ」とジェイコブが言った。

「アパートですの？」

「ええ」

「クラターバックさんがいらっしゃるわ、ここでいつもクラターバックさんをお見かけしますね。あの方は家ではあまりお幸せじゃないのではないかと思いますの。噂によると、奥さまが……」彼女は声を落とした。「そのせいであの方はダラント家に滞在しているんですって。ワートリーさんの芝居をみんなで演《や》ったとき、あなたはそこにいらっしゃいまして？ああ、いいえ、勿論いらっしゃいませんでしたわ――最後の瞬間になって、お聞きになりましたのね――確かあなたは、ハロゲートにいられるお母さまのところにいらっしゃらなければならなかったのでしたわ。最後の最後、今申したように、すべて用意ができて、衣裳も何もかも完成したちょうどその時――さあ、エルスベットがまた歌い出しますわ。クララが伴奏しているか、カーターさんのために頁をめくるかしているのじゃないかしら。いいえ、カーターさんがひとりで弾いていますわ

――あれはバッハね」とカーター氏が第一小節を弾いたとき、彼女はささやいた。

「音楽はお好き?」とダラント夫人が言った。

「ええ、聴くのは好きです」とジェイコブが言った、「何も知りませんが。」

「ほとんどの人が何も知りませんわ」とダラント夫人が言った。「きっとあなたは教えてもらったことがないのでしょう。なぜですの? サー・ジャスパー? ――サー・ジャスパー・ビガム――こちらフランダースさんです。なぜ誰でも知っているべきことが何も教えられていないのでしょう? サー・ジャスパー」彼女は彼らを壁を背に立ったままにして行ってしまった。

ジェイコブはおそらく五インチ左に移り、それから同じだけ右へ移っただけで、二人ともどちらも三分間何も言わなかった。それからジェイコブは低い声で何か言い、突然、部屋を横切って行った。

「いらして何か食べ物を上りませんか?」彼はクララ・ダラントに言った。

「ええ、アイスクリームを。お急ぎになって、さあ」と彼女が言った。

二人は階下に降りて行った。

しかし途中まで降りると、彼らはグレシャム夫妻、ハーバート・ターナー、シルヴィア・ラシュリー、それにアメリカから夫妻が思い切って連れてきた一人の友だちに会った。「ダラント夫人を存じあげており――ピルチャーさんを紹介したく思っております――ニューヨークから来たピルチャー氏です――こちらダラントさん」

「お噂はよく伺っています」とピルチャー氏は丁寧に頭を下げて言った。

そしてクララはジェイコブをおいて行ってしまった。

8

九時半頃ジェイコブは家を出た。彼の部屋のドアがばたんと閉まると、他のドアもばたん、ばたんと音を立てる。彼は新聞を買い、バスに乗り、あるいは天気がよければ、他の人々と同じように道を歩いた。かがみこんでいる頭、机、電話、緑の皮綴の本、電灯の光……「石炭を足しましょうか?」……「お茶はいかがですか」……フットボールやホットスパー（訳注―シェイクスピアの『リチャード二世』、『ヘンリー四世・第一部』に登場する猪突猛進の武士、サー・ヘンリー・パーシーのこと）や道化についてのお喋り。ボーイによって持ちこまれた六時三十分版の「スター」紙、頭上を通りすぎるグレイズ・イン（訳注―ロンドンの四つの法学院の一つ。ホルボーンの北側にある）のみやま烏、霧の中の細い折れやすい枝、交通の轟音の中で時折「評決――評決――優勝馬――優勝馬」と叫んでいる声。その間にも手紙は書類入れの籠の中にたまって行き、ジェイコブはそれらに署名する、そして来る晩も来る晩も彼が帰りぎわに上着をとるとき、脳の筋肉があらたに緊張しているのを感じるのだ。

それから時にはチェスの手合わせ。あるいはボンド街での絵画。それともボナミーと腕を組んで、家までの長い道のりを散歩する。もの思いに耽って、頭を後ろへそらせ壮麗な世界を見ながら——尖塔の上に、褒めてもらいたくて早々と出てきた月や、高く飛んでいる鷗や、台座の上に立って水平線とわれらの船であるこの世界にじっと目を凝らすネルソンの彫像（訳注—ロンドンのトラファルガー広場にネルソン記念塔がある）を見ながら。

こうしているうちに、可哀そうなベティ・フランダースの手紙が第二便に間に合ったので、ホールのテーブルの上にのっている——可哀そうなベティ・フランダースは世間の母親たちがするように、息子の宛名を「ジェイコブ・アラン・フランダース殿」と書いている。淡いにじんだインキは、スカーバラの母親たちが、お茶を片付けたあと、ストーヴの炉格子の上に足をのせ、火にかがみこんで手紙を走り書きする様子を思わせるが、彼女はたとえどんなことを書くにせよ、絶対にこういうことだけは書くはずがない——悪い女たちと一緒にいてはいけませんよ、よい子でいなさい、厚いシャツを着なさいよ、それからわたしの所に帰って来て、帰って来て、帰って来てちょうだい。

たしかに彼女はそういった類いのことは何も言わなかった。「あなたはあの年取ったウォーグレイヴさんを憶えていますか？　あなたが百日咳にかかったときに、とてもやさしくして下さったあの方のことを」と彼女は書いた。「あの方はとうとう亡くなりました、お気の毒に。もしあなたがご遺族に手紙をさし上げれば、喜ばれるでしょう。エレンが来て、わたしたちは買物をしながら、すてきな一日を過しました。家の『鼠じいさん』は身体がとてもこわばり、わたしたちはこの犬を綱で引っ張って丘に上らせなければなりません。レベッカは、さんざんためらったあげくとうとうアダムソンさんにかかりました。歯医者さんの話では歯を三本抜かなくてはいけないそうです。この時期にしては今はとても穏やかな気候で、梨の木にはほんとうに小さな蕾がついています。それからジャーヴィス夫人の話では――」フランダース夫人はジャーヴィス夫人が好きでいつも彼女のことをこんなひっそりした場所には良すぎる人だと言っていた、そしてフランダース夫人はジャーヴィス夫人の愚痴に決して耳をかさなかったし、そういう話の終りに彼女に向って（目を上げるか、糸をなめるか、眼鏡を外すかしながら）、いちはつの根のまわりをくるんでいる少しばかりの水苔は霜よけなのよ、パロットの夏物の大売出しは次の火曜日だから「忘れないでね」と語ったりしたけれど、――フランダース夫人はジャーヴィス夫人がどんなふうに感じているかを正確に知っていた。またもしも人がジャーヴィス夫人について書いてある彼女の手紙を年がら年じゅう読むことができたとしたら、彼女の手紙はどんなにおもしろいことだろう――女性たちのはかなく終るおびただしい未刊の作品、炉端で書かれ吸取り紙がすり切れて穴があき、ペン先は割れて固まりついたので、炎で乾かされたのだった。それからキャプテン・バーフット。彼のことを彼女は「キャプテン」と呼び、率直に語ったが、そうは言っても決して遠慮なしにではない。キャプテンはガーフィットの畑について彼女に面会をもとめ、鶏のことで助言してくれた上、利益を約束できると言った。あるいは、座骨神経痛を起したとか、バーフット夫人は何週間も家の中に引きこもっていると話した。あるいは、キャプテンはものごとは、つまり政治のことだが、ひどい様子だと言った。というのは、ジェイコブも知っているように、キャプテンは夜がふけた頃、アイルランドやインドについて時々話したものだった。そういうとき、フランダース夫人は長らく行方不明になっている彼女の弟モーティーについて思いめぐらした——原住民が彼を捕えたとしたら、彼の船が沈没させられたとしたら、海軍本部は彼女に知らせてくれるだろうか？　キャプテンはジェイコブも知っているように、パイプを叩いて灰を落とし、行こうとして立ち上りながら、椅子の下にまるまっていたフランダース夫人の毛織の膝掛を拾い上げようと、ぎごちなく手を伸ばした。養鶏場についてのお喋りは何度もくり返され、五十歳になってさえ心底では動かされやすいところのあるこの女性は、レグホーン、コーチン、オーピントンなど鶏たちのはっきりしない未来図を描いた。その輪郭がぼんやりしているところはジェイコブと似ている。ただ彼には力強いところがあったけれど。彼女は生き生きとして、活気があり、家じゅうかけまわり、レベッカを叱りつけている。

その手紙はホールのテーブルにおいてあった。その夜やって来たフロリンダはそれを手にとって、ジェイコブにキスするときテーブルの上においた。ジェイコブは筆蹟を見て、そこのランプの下のビスケット缶とタバコ箱の間に置き放しにした。二人は寝室のドアを後手に閉めた。

居間は知りもしなければ気にもかけなかった。ドアは閉められた。木がきしるのは鼠が騒いでいる音や木が乾いてはじける音以外の音を伝えていると思うのは子どもっぽい考えだ。こうした古い家々は、人間の汗が浸し、人間のほこりが木目にしみこんでいる木とレンガにすぎない。しかし、もし、ビスケット缶のそばにあるうす青い封筒が母親の感情をもっていたとしたら、かすかなきしむ音と、突然身体を動かす音で心臓が引き裂かれる思いがしたことだろう。ドアの後には猥褻なもの、脅かすような存在がある、そして死ぬ時のように、あるいは子どもを産む時のように恐怖が彼女を襲っただろう。控えの間に坐ってかすかなきしむ音や突然身を動かす音を聞いているよりは、ぱっと入って行って、それに直面する方がおそらくましだろう。というのは、彼女の心臓は張り裂けんばかりになり、苦痛がさし貫いたからだ。息子よ、わたしの息子よ――そういう叫び声が、フロリンダと一緒に長々と身を伸ばして寝ている赦しがたい理不尽な彼の姿の幻をうち消すために、スカーバラに三人の子どもたちと住んでいる女性の心中で発せられたにちがいない。悪いのはフロリンダの方なのだ。実際ドアがあいて二人が出てくるのを見たら、フランダース夫人は彼女に飛びかかっていったかもしれなかった――しかし最初に出てきたのはジェエイコブで、ガウンをまとい、好ましい威張ったような様子で、美しく健康にあふれ、流れる水のように澄んだ目をして、日光浴のあとの赤ん坊のようだった。そのあとフロリンダがものうげに伸びをしながら、出て来た。そしてジェイコブが母親の手紙を読んでいる間、ちょっとあくびをし、鏡で髪の毛をなおしていた。

さて手紙のことを考えてみよう――どのようにして手紙が黄色や緑の切手をはられて、消印によって永遠の存在と化し、朝食の時や夜に届くのか――というのは、他人のテーブルの上に自分自身の封筒を見ると、いかに早く行為が自分から切りはなされ、異質なものに変るかを知ることになるからだ。それからやがて精神が肉体をはなれる能力が明らかになる。そしておそらくわれわれはテーブルの上にのっているわれわれ自身のこの幻を怖れるか、憎むか、抹消してしまいたいと望むかする。それでもなお、七時に夕食はいかがといっているだけの手紙がある。また石炭を注文したり、会合の約束をしたりする手紙もある。そういう手紙の場合、声やしかめ面はもちろん、筆蹟もほとんど気にならない。ああ、しかし郵便配達が戸を叩き、手紙がくる時は、いつも奇蹟がくり返されるらしい――会話が試みられるらしい。手紙とは何と限りなく大胆で、孤独で、よるべなく、尊いものか。

人生は手紙がなければ、ばらばらになるだろう。「お茶においで下さい、晩餐においで下さい、その噂の真相はどうなの？　あのニュースのこと聞きましたか？　ロンドンの生活は華やかなものです、ロシアの踊り手たちは……」こういう言葉がわれわれの支えであり、よりどころなのだ。こういう言葉がわれわれの日々をつなぎ合わせ、人生から完璧な球体をつくり上げる。だがそれにしても、それにしても……われわれが晩餐に行く時や、指先を握りしめながら、またどこかでじきにお会いしましょうと言う時、疑いがこっそり忍びこんでくる。これがわれわれの日々を過すやり方なのだろうか？　貴重な、限られたものが、そんなに早くわれわれに配られ――お茶を飲んだり、外で食事をしたりしながら日々を過していいのだろうか？　そして短い手紙がたまっていく。電話が鳴る。そしてわれわれの行くところはどこでも、線や管がわれわれをとり囲み、最後の手紙《カード》が配られ日々が終りになる前に、深く浸透しようとする声を伝えてくれる。「深く浸透しようとする」、というのは、われわれが盃を上げ、握手をし、希望を述べるときに、何かが囁くからだ、これがすべてなのだろうか？と。わたしは知ることも、わかち合うことも、確信することも、決してできないのではないだろうか？　わたしは生涯ずっと手紙を書いたり、声を送ったりするように運命づけられているのではないだろうか？　それらの手紙や声は、お茶のテーブルにぽんときたり、通話の途中で消えかかったりし、食事をしに来る約束をしている。その間にも人生は減っていくというのに。それでもなお手紙は尊ぶべきものだ。そして電話は勇敢だ。というのは旅は孤独なもので、もしも短い手紙や電話によってわれわれが共に結ばれ、一団となって行動すれば――おそらくわれわれは旅の道すがらお喋りをするだろうし、お喋りをしないとは誰にだって言えはしないだろうから。

さて、人々は試み続けてきた。バイロンは手紙を書いた。クーパー（訳注―イギリスの自然詩人、ウィリアム・クーパー、一七三一―一八〇〇）もそうした。何世紀もの間、書きもの机には友だち同士の通信にぴったりと合った便箋が入っていた。言葉の達人たち、長い時代にわたって残る詩人たちは、お茶の盆を脇へ押しやり、火に近づきながら、不朽の価値をもつ紙から滅びやすい便箋に向かい（というのは手紙は、明るく赤い洞窟のまわりに闇が押し寄せるときに書かれるものだから）、個々の人間の心に届き、触れ、突き通そうとする仕事に没頭した。それが可能ならどんなによいことか！　しかし、言葉はあまりにもしばしば使いならされてきた。いじりまわされ、街路のほこりにさらされてきた。われわれの探し求めている言葉は木に鈴なりにぶら下っている。われわれは、夜明けにやってきて、それらが葉蔭で甘美に熟しているのを知るのだ。

フランダース夫人は手紙を書いた。ジャーヴィス夫人も手紙を書いた。ダラント夫人も書いた。現にステュアート母さんは彼女の手紙の頁に香水をふりかけた。そうすることによって英語に欠けている芳香をつけ加えようというのだった。ジェイコブは元気旺盛のときにはケンブリッジの若者たちに宛てて、芸術、道徳、政治についての手紙を書いた。クララ・ダラントの手紙ときたら、子どもの手紙だった。フロリンダはどうだろう——フロリンダと彼女のペンの間に横たわる障害は乗りこえ難いものだった。一本の小枝にくっついている蝶にせよ蚋《ぶよ》にせよ、それとも他の羽のある虫にせよ、ねばねばと泥まみれで、その小枝をころがしながら頁を横切っているところを想像してみるがいい。そのくらい彼女の綴りはひどいものだった。彼女の感情は幼稚だった。そしてどういうわけか彼女は手紙を書くときは神への信仰をはっきり謳い上げた。それから消し跡がいくつもあったし——涙のしみも。筆蹟そのものも這いまわっているみたいだった。こういうことすべては彼女が真面目に人のことを思っているという事実によって償われている——この事実はいつでもフロリンダのよい点を認めさせた。そう、チョコレート・クリームのためにせよ、熱い風呂のためにせよ、鏡の中の自分の顔の形のためにせよ、彼女には感情を偽ることができなかったのだ、ちょうどウイスキーのがぶ飲みができないように。彼女がいやと言ったら、どうにも抑えきれなかった。立派な人間というものは、いつもほんとうのことを言う。そしてこれらの子供じみた娼婦たちは、火をじっと見つめたり、お白粉のパフをとり出したり、鏡から一インチのところで口紅を塗ったりしながら、犯しがたい誠実さをもっている（とジェイコブは考えた）。すると彼は、フロリンダが別の男と腕を組んで、グリーク・ストリート（訳注―シャフツベリー・アヴェニューからソーホー広場へ通じる街路）に現われたのを見かけるのだ。

アーク灯からの光が頭から爪先まで彼を浸していた。その下で一瞬彼は身じろぎもせずつっ立った。影が道に格子縞を描いていた。別の人影がひとつ、あるいはいくつか連れ立って、押し寄せ、あちこち揺れうごき、フロリンダとその男をかき消した。

光はジェイコブの頭から爪先まで浸していた。ズボンの模様も見えたし、ステッキの古いささくれ、靴ひも、むき出しの手、それに顔も見える。

その顔はまるで粉々に碾き砕かれた石のようだった。まるで白い火花が、鉛色の砥石、つまり彼の背骨から飛び散るようだった、まるでZ字型《スイッチバック》の山岳鉄道が深い谷に急降下し、そのままぐんぐん落ちて行ったようだった。これこそ彼の顔の中に現われたものだった。

彼の心の中にあるものがわれわれにわかるかどうかは別問題である。かりに十歳年上で性別がちがうとしても、まず先立つものは彼に対する恐怖である。これは助けてやりたいという願いによって、ぐっとこらえられる――分別や理性、こんな深夜にという気持を圧倒するような願いだ、怒りがそのすぐあとから犇き寄せてくる――フロリンダへの、運命への怒りが。それから無責任な楽観があふれてくる。「たしかにこの瞬間の街路には光が満ちあふれていて、われわれのあらゆる心配ごとを金色の中に浸してしまう。」ああ、そんなことを言ったところでどんな役に立つだろう? あなたが喋り、肩ごしにシャフツベリー・アヴェニューの方をふり返る間にも、運命は彼に向って歯を食い入れようとしているのだから。彼はきびすを返した。部屋に帰る彼の後をつけて行くことは――いや、それもわれわれはやめておこう。

ところがそういうことこそ、もちろん、人のすることなのだ。街の時計の一つがまだ十時を打っていただけだったが、彼は入ると、ドアを閉めた。誰も十時には寝つくことができないし、誰も床につくことなど考えてもいない。一月だし陰鬱だった、しかし、ウォッグ夫人は何かが起るのを期待しているように、戸口の上り段に立っていた。手回し風琴は、ぬれた木の葉の下の猥褻なナイティンゲールさながら鳴っていた。子どもたちが道路を走って渡っていく。あそこでもここでも、ホールのドアの内側に茶色の羽目板が見える……。人間の精神が他の人の窓の下を歩き続けるのはまったく奇妙なものである。今茶色の羽目板によってこの行進が乱されたかと思うと、今度は鉢植えの羊歯によって乱される。ここで手回し風琴に合わせて踊るためのいくつかの楽句を即興でつくると、あちらでは酔っぱらい男から一人だけかけ離れた陽気さを掠めとった。それから言葉にすっかり夢中になって貧しい人々は道路越しに（とても露骨に、とても元気よく）叫び合った。——それでも、その間じゅうずっと中心に人を引きつける磁石のような存在として、若者がひとりで彼の部屋にいた。

「人生は意地悪よ——人生っていやらしいものよ」とローズ・ショーは叫んだ。

人生についていちばん不思議なのは、その本質が数百年間も誰の目にも明らかであったにちがいないのに、誰もその充分な説明を残して行かなかったことだ。ロンドンの街には地図があるけれど、われわれの情熱には地図がない。もしこの角を曲がったら、あなたは何に出会うのだろう？

「ホルボーンは、そのまま真直ぐ行ったところです」と警官が言う。ああ、しかし、銀メダルをつけ、安物のヴァイオリンをもった白髭の老人の傍をかすめて通る代りに、彼に話を続けさせたら、あなたはどんな所へ行くことになるだろう。そういう話は、どこかおそらくはクィーンズ・スクエア（訳注―サウサンプトン・ロウから北に入った一角）の外れにある彼の部屋へ寄って行きなさいという誘いで終るだろう。そこで彼は鳥の卵の蒐集と英国皇太子の侍従からの手紙を一通見せてくれる。そしてこのことは（中間の段階をとびこえて）あなたがエセックス（訳注―イングランド南東部、テムズ河口北側の州）の海岸で冬の一日を過すようにしてくれる。そこではしけが船に向って急ぐ、その船は出航し、水平線にはアゾレス群島（訳注―北大西洋にあるポルトガル領の群島）が見える。そしてフラミンゴが飛び立つ。そこであなたはラム・パンチを飲みながら湿地の端に坐っている。文明から見捨てられた者なのだ。というのは、あなたは罪を犯してしまい、おそらくは黄熱病に感染しているからだ。そして――このスケッチにあなたが好きなように書き入れるがいい。

われわれの行くひと続きの道には、ホルボーンの街角と同じくらい頻繁に、こういうような切れ目がある。それでもなおわれわれは真直ぐ進んで行くのだ。

ローズ・ショーは、数日前の夜、ダラント夫人の夜会でバウリー氏に向ってかなり感動をこめた調子で話しながら、人生は意地悪だ、なぜかというとジミーという男がヘレン・エイトキン（もし記憶が確かなら）という女性と結婚するのを断ったからだと言った。

二人とも美しかった。そして二人とも生気がなかった。楕円形のお茶のテーブルがいつも二人を隔てていた。そしてビスケットの皿だけが彼から彼女へ与えたもののすべてだった。彼はお辞儀をし、彼女は少し頭をかがめた。二人は踊った。彼はたいそう上手だった。二人は小部屋《アルコーヴ》で向い合ったが、一言も口をきかなかった。彼女の枕は涙にぬれた。やさしいバウリー氏と親愛なるローズ・ショーはすっかり驚いて、嘆いた。バウリーはオルバニー（訳注―宿泊施設もついた男性のクラブ）に部屋をもっていた。ローズは毎晩ちょうど時計が八時を打つとともに、生まれ変った。四人ともみな文明の生み出した極致だった。そしてもし英語を自由にあやつる能力がわれわれの遺産の一部だとあなたが主張するならば、美とはほとんどいつも沈黙しているものと答えることができるだけだ。美男美女の組み合わせは観るものに恐怖感を起させる。しばしばわたしは二人――ヘレンとジミー――に会ったことがあり、彼らを二隻の漂流する船にたとえて、わたし自身の小舟のために怖れたものだ。あるいはまた、あなたは二十ヤード先に寝そべっているすばらしいコリー犬を眺めたことがあるだろうか？　彼女が彼にカップを渡したとき、彼女の脇腹にはコリーのそれと同じような震えがあった。バウリーは何が起ったか見てとって——ジミーを朝食に招待した。ヘレンはローズに打ち明けたにちがいない。私自身としては、言葉のない歌を解釈することはひどく難しいと思っている。そして今、ジミーはフランドル地方で遺骸を烏に啄ばまれていて、ヘレンは病院をいくつも慰問に訪問している。ああ、ローズ・ショーが言ったように、人生はいまわしい、人生は意地悪だ。

ロンドンの街灯は、燃えている銃剣のきっ先のように闇を支えている。黄色い天蓋が大きな四柱式寝台の上でしぼんだりふくれたりしている。郵便馬車に乗ってロンドンに走りこんでくる十八世紀の乗客たちは、葉のついていない枝々をとおして眺め、ロンドンが彼らの目の下でゆらゆら燃えているのを見た。灯は黄色い日除けやピンクの日除けの後ろで燃え、また扇窓の上や、地下室の窓でも燃えていた。ソーホーの道ばたの市場は猛烈な光の洪水だった。生肉、陶器の取手つき《マグ》コップ、それに絹の長靴下がその光の中で輝いていた。野卑な声が、燃えているはだかのガス灯の炎で身を包んだ。両手を腰に当て肘を張って、彼らは歩道で声を張り上げ、立ってい た――ケトル・ウィルキンソン商会だ――内儀さんたちは店の中に坐っている。毛皮が彼女たちの頸のまわりをおおい、腕組みをし、目には軽蔑の色を浮べている。よく見かける顔つきだ。肉をいじくりまわしている小男はいくつもの下宿屋に泊まって、炉端でうずくまったことがあるにちがいない。そして彼はあまりにも多くのことを見聞きしたり知ったりしてしまったので、詩人の顔のように悲しげな顔つきで唄ひとつ唄わずに黙って肉をいじくりまわすけれど、そのことは黒い眼やたるんだ唇から饒舌に自ずから語っているように見える。肩かけをした女たちは紫色のまぶたをした赤ん坊を抱いている。男の子たちは街角に立っている。少女たちは道路の向う側を見る――本の中の粗雑な挿絵や絵を。そういう本の頁をわれわれはまるでついには探しているものを見つけなくてはならないみたいにくり返しくり返しめくるのだ。どの顔もどの店も、寝室の窓も、居酒屋も、暗い街角の広場も、焦燥にかられてめくられた絵なのだ――何を探し求めて？それは本の場合も同じことだ。われわれは何百万頁を通して何を探し求めているのだろうか？それでもなお望みをもって頁をめくっている――あ、ここにジェイコブの部屋がある。

彼は「グローブ」紙（訳注―スポーツ記事の多い新聞の一つ）を読みながら、テーブルについていた。薄桃色の頁が彼の前に平たく拡げられてあった。彼は頬杖をついていたので、頬の皮膚にしわが寄って深くひだができている。おそろしく真剣な、強情な、反抗的な顔つきをしている。（人々は半時間のうちに何と経験をするのだろう！　しかし、何もかも避けられない。これらの事件はわれわれの風景の特徴なのだ。ロンドンにやってくる外国人はセント・ポール大寺院をほとんど見逃がせないだろう。）彼は人生を判断した。それらの薄桃色と薄緑色の新聞は世界の頭脳と心臓の上に毎夜押しつけられた薄いゼラチンの紙だ。それらは世界全体を写しとっている。ジェイコブはその上に視線を投げかけた。ストライキ、殺人、フットボール、発見された死体。イギリス各地からの怒りの声。「グローブ」紙がジェイコブ・フランダースにもっとよいものを提供しないとは、なんとみじめなことだろう！　子どもが歴史を読み始めると、人は彼が新鮮な声で過去の言葉を一字一字読んでゆくのを聞いて、驚くとともに悲しみを覚えるのだ。

首相の演説はおよそ五段以上のぶち抜きで報道されている。ポケットの中を探りながら、ジェイコブはパイプをとり出し、それをつめようとし始めた。五分、十分、十五分がすぎた。ジェイコブは新聞を炉の方へ持っていった。首相はアイルランドに自治を与える法案を上程していた

（訳注―十九世紀末から、アイルランドに自治を与える法案が三度上程されたが、これは一九一二年四月のアスクィス内閣の時のこと）。ジェイコブはパイプの灰を叩きおとした。彼は確かにアイルランドの自治のことを考えていた――非常に難しい問題だ。たいそう寒い晩だ。

ひと晩じゅう降りつづいた雪は、午後三時には野や丘に降り積った。枯れ草の藪が丘の頂上に突き出していた。はりえにしだの繁みは黒く、ときどき風がその繁みの前に凍った雪片を吹きつけると黒く揺れ動くものが雪を横切った。その音は箒で掃いているような音だった――さぁーっと掃いているような。

流れは誰にも見られずに道路沿いにひっそり流れていた。木の小枝や葉が凍った草にひっかかっていた。空は陰鬱な灰色で、木々は黒い鉄の色をしていた。田舎のきびしい寒さは容赦しなかった。四時にはまた雪が降り始めた。もう日は暮れていた。

二フィートばかり向うの黄色く灯のともった一つの窓が白い野と黒い木々にひとりで立ち向っていた……六時にはカンテラをもった一人の男の姿が野原を横切って行った……石の上にじっと

とどまっていた小枝の筏が、突然はなれて、暗渠の方へ漂って行く……もみの木の枝から重みで雪が滑り落ちる……そのあと、悲しみに沈んで泣く声がした……一台の自動車がその前の暗闇を押しのけながら道路をやってきた……闇はその背後で閉じた……。

まったく動けない状態の空間がこれらのおのおのの動きを隔てていた。土地は死んで横たわっているみたいに見えた……そのとき、年老いた羊飼いが、野原を横切って身をこわばらせて戻ってきた。身をこわばらせて苦しそうに、凍った大地は踏みつけられ、踏み車のような圧力を下に与えた。すりへった時計の音がひと晩じゅう、時刻という事実をくり返し知らせていた。

ジェイコブもまたその音を聞き、火をかき出した。彼は立ち上り、伸びをし、それから床に入った。

9

ロックスビアー伯爵夫人はジェイコブと二人だけでテーブルの上座に坐っていた。少なくとも二世紀間（もし女系の方を数に入れれば、四世紀だが）シャンパンと香料をたしなんできて、伯爵夫人ルーシーは豊満な様子をしている。彼女の鼻は匂いをよく嗅ぎわけ、まるで匂いを探し求めているみたいに、長くのびている。下唇は、狭い紅い棚のように突き出し、目は小さく、眉毛には薄茶色の毛が房々していて、喉の肉は重たく垂れ下がっている。彼女の後ろには（窓はグローヴナー広場〔訳注―ロンドン西部、大使館の多い地域にある〕に面していた）モル・プラットが歩道に立ち、菫を売ろうと差し出していた。そしてヒルダ・トマス夫人はスカートの裾をつまみ、道路を渡る用意をしていた。一人はウォルワースの出身で、もう一人はパットニー〔訳注―ロンドンの南西の一区、テムズ河南岸に面する住宅地〕出身だった。二人とも黒い靴下をはいていたが、トマス夫人は毛皮にくるまっていた。比べてみれば、レディ・ロックスビアーの方が断然上だった。モルの方がずっとユーモアがあったが、激しやすく、愚かでもあった。ヒルダ・トマスは口先がうまく、彼女の銀色の額縁はみな傾いていた。客間には卵立て《エッグ・カップ》があり、とばりが下ろされていた。レディ・ロックスビアーは、横顔にどんな欠点があるにせよ、狐狩りの名騎手で、猟犬について走った。彼女は堂々とした態度でナイフを使い、ジェイコブの許しを得て鶏の骨を自分の手で裂いた。

「馬車で通っておいでになるのはどなた?」と彼女は執事のボックソールに訊いた。

「レディ・フィトゥルミーアのお車でございます、奥様」この言葉は、侯爵閣下の健康はどうかと尋ねるカードを送ることを彼女に思い出させた。失礼な老婦人だな、とジェイコブは思った。葡萄酒はすばらしかった。彼女は自分のことを「おばあちゃま」と呼んだ――「おばあちゃまと一緒に昼食を召し上って下さるなんて、御親切な方」――その言葉は彼を得意がらせた。彼女は昔知っていたジョーゼフ・チェンバレインのことを話した。ジェイコブに、いらして会って下さらなければいけないわと言った――わたしたちの知っている名士のお一人ですもの。そしてレディ・アリスが三匹の犬を綱につないで、ジャッキーも一緒に入ってきた。ジャッキーは祖母のところへ走って行って、キスをした。その間にボックソールが電報をもって来て、ジェイコブは上等のタバコを貰った。

馬が跳ぶ二、三秒前、馬は速度をゆるめ、斜めに進み、身体を引き締め、巨大な波のように跳び上り、向う側へ下りる。垣根と空は半円を描いて急降下する。それからまるであなた自身の身体が馬の身体と一体になったみたいに、あなたの前脚が馬の前脚となって跳ぶかのように、弾力性のある地面を、二つの身が一かたまりの筋肉となってあなたは空中を突進する、しかもなおあなたは指揮権をもち、姿勢をじっと真直ぐにして、目は正確に判断を下している。それから、曲線を描くことは終って、こつこつという槌音のような音に変り、それが耳ざわりな音をたてる。そしてあなたは急激な動揺とともに馬を止める。少し後ろの方に坐って、どきどき高鳴る動脈の上を氷でこすられて、きらきら光りながら、ひりひりしながらあえいでいる。「おう、どうよ、はっ！」道標のある十字路で足を止め、身体をこすり合わせていたとき、馬から湯気が立ち上り、エプロンをかけた女性が立って戸口でそれをじっと見ていた。キャベツ畑の男もそれを見ようとして立ち上がる。

そのようにして、ジェイコブはエセックスの野をギャロップで走っていった。泥の中にはまりこみ、猟の仲間にはぐれ、サンドイッチを食べながらひとりで乗っていった。垣根越しに眺めたり、壁の色が新しくこすり落とされたみたいに鮮やかなのに目を留めたり、ちくしょうと呪ったりしながら。

彼は宿屋でお茶を飲んだ。そこに仲間が皆いた。よくやったと肩を叩いたり、足を踏み鳴らしたり、「お先へ」というのを、言葉を端折り、ぞんざいに、おどけて言ったりしながら、七面鳥の肉垂のようにまっ赤になって、ホースフィールド夫人とその友だちのダディング嬢がスカートをつまみ上げて髪をくるくる巻いて垂らして戸口に姿を現わすまでは、無遠慮な言葉で喋っていた。そのときトム・ダディングが笞で窓を叩いた。一台の自動車が中庭でエンジンの音を立てて震動していた。紳士たちはポケットのマッチを手探りしながら、出て行った。ジェイコブは百姓たちとタバコをふかしに、ブランディー・ジョーンズと一緒にバーへ入って行った。そこには片目を失くしたジェヴォンズがいた、洋服は泥のような色で、鞄を背中にかけ、彼の頭脳は菫の根やいらくさの根の間で地中に足を下ろしていた。メアリー・サンダースは彼女の薪箱をもっていた。そして寺男の知恵の足りない息子トムはビールを取りに行かされた——こういうこと全部が、ロンドンから三十マイル以内での出来事なのである。

コヴェエント・ガーデン（訳注―ロンドン中央部の地区、劇場などのある繁華街）のエンデル・ストリートのパップワース夫人は、リンカーンズ・インのニュー・スクエアに住むボナミー氏の家政婦をしていた。彼女が流し場で、夕食の後片付けをしていると、隣室で若い紳士たちが話しているのが聞こえた。サンダース氏がまた来ていた。彼女はフランダースのことをサンダースと言っていたのだ。詮索好きの老女が名前をとりちがえているのに、彼女が議論を忠実に報告する見込みはどれほどあるのだろうか？　水の下で皿をもち、それから、しゅうしゅう音を出しているガスの下で皿を積み重ねながら、彼女は耳を傾けた。サンダースが大声で、やや威張った調子で喋っているのが聞こえる。「よし」と彼は言った。それから、「絶対の」とか「正義」とか「罰」とか「多数の意志」とか。そのとき彼女の主人が声を張り上げた。彼女は彼がサンダースと対立して議論するのを応援した。それでもなおサンダースはすてきな若者だった（ここであらゆる食べ残しは流しの中でぐるぐる渦を巻き、彼女の紫色のほとんど爪のない手で洗い落とされた）。「女たち」――と彼女は考えた。そしてサンダースと彼女の主人はあの方面ではどうだったのかしらと思った。彼女がもの思いに耽っていると、片方の瞼がくぼんでいるのが目に見えてわかった。というのは彼女は九人の子どもを生んだからだ――三人は死産で、一人は生まれつき聾唖だった。皿かけ《ラック》に皿をおきながら、彼女はサンダースがまた議論を始めたのを聞いた（「あの人はボナミーに喋る機会をゆずらないんだわ」と彼女は考えた）。「客観的な何とか」とボナミーが言った、それから「共通の基盤」、そして他の何とかいうもの——みんなとても長い言葉だわ、と彼女は気がついた。「本を読んで勉強するとああなるんだ」彼女はひとり心の中で言った、そして上着に腕を通すとき、何かが——煖炉の傍の小テーブルかもしれない——倒れる音を聞いた。それからどしんどしんという音——まるで彼らがお互いに打ってかかっているみたいだ——部屋の中をぐるぐると、お皿をはね上がらせながら。

「明日の朝食は、旦那さん」と彼女はドアを開けながら言った。サンダースとボナミーがベイシャン地方（訳注—古代パレスチナのヨルダン川東方の地味の肥えた地方で牛と羊が有名）の二頭の牡牛のように、大騒ぎをしながら、邪魔する椅子の間をお互いを追いかけたり、追いかけられたりしていた。二人は彼女にぜんぜん気づかなかった。彼女は二人に対し、母親のような気持を感じた。「旦那さんの朝食は」と彼女は二人が近づいてきたとき、言った。そして髪の毛をすっかりもじゃもじゃにし、ネクタイをひるがえしているボナミーは急にやめて、サンダース氏を肘掛椅子に押し戻した。そして、サンダース君がコーヒー・ポットを割ってしまった、ぼくはサンダース君に思い知らせているのだ——と言った。

確かに、コーヒー・ポットは煖炉の前の絨毯の上にこわれて横たわっていた。

「今週は木曜日以外ならいつでも」とペリー嬢は書いた。そして決してこれが最初の招待ではなかった。ペリー嬢は毎週、木曜日以外は全部空いているのだろうか、そして彼女の唯一の望みは自分の旧友の息子に会うことなのだろうか？　時間は長い白いリボンをかけて裕福な老嬢たちに贈られる。彼女たちはそれらのリボンをぐるぐる、ぐるぐる巻きとるのだ。五人の女中や一人の執事、一羽のすばらしいメキシコ鸚鵡、三度三度の食事、ミューディの貸し出し図書館、立ち寄る友だちなどに助けられながら。ジェイコブが今まで訪ねてこなかったので彼女はすでに少し気をわるくしていた。

「あなたのお母さまは」と彼女が言った、「わたくしのいちばん古いお友だちのお一人なのよ。」

ローゼター嬢は、煖炉の傍に坐って「スペクテイター」紙（訳注—一八二八年創刊の週刊誌）を彼女の頬と炉の火との間にかかげて、炉の熱よけ用のついたてを立てるのを拒んでいたが、ついにそれを受け入れた。それから天気のことが話題になった。というのは、小テーブルを開けているパークスに敬意を払って、もっと重要な事柄は先に延ばされたからだ。ローゼター嬢はジェイコブに箪笥の美しさを注目させた。

「掘り出し物をするのがすばらしく上手なの」と彼女は言った。ペリー嬢がそれをヨークシャーで見つけたのだった。イギリスの北部のことが話題に上った。ジェイコブが喋ると、彼女たちは二人とも耳を傾けた。ペリー嬢は、ドアが開いてベンソン氏が来たことが知らされた時、男まさりの、ぴったりした言葉を思いつきかけていた。今その部屋には四人が坐っている。ペリー嬢は六十六歳、ローゼター嬢は四十二歳、ベンソン氏は三十八歳、そしてジェイコブは二十五歳だ。

「ぼくの古くからのお馴染みさんは、相変らず元気そうですね」とベンソン氏は鸚鵡の籠の止まり木を叩きながら言った。ローゼター嬢は同時にお茶を褒めた。ジェイコブは間違った皿を渡した。そしてペリー嬢は、もっとお近づきになりたいですわと言った。「あなたの弟さんたちは」と彼女はぼんやり言い始めた。

「アーチャーとジョンです」とジェイコブが彼女の言葉を補った。すると彼女はうれしいことにレベッカの名前を思い出したのだ。そしてある日「あなたたちがみんな小さな男の子だった頃」、どんなふうに「客間で遊んでいたか――」ということも。

「とにかくペリーさんはそのやかん持ちを持っていますわ」とローゼター嬢は言った。そして実際、ペリー嬢はそれを自分の胸にしっかり抱きしめていた。（それではこの女《ひと》はジェイコブの父を愛したことがあったのかしら？）

「とても頭がいい」――「いつもほどはよくない」――

「ぼくはそれはいちばん不公平だと思いますよ」とベンソン氏とローゼター嬢は土曜日の「ウェストミンスターのこと」（訳注―一八九三年自由党の機関紙として創刊され、一九二八年まで続いたウェストミンスター・ガゼット）紙を論じながら、言った。毎週毎週彼らは賞を競い合っていたのではなかったか？　ベンソン氏は三度も一ギニーの賞金を手に入れたし、ローゼター嬢は前に十シリング六ペンスを手に入れたことがあったではないか？　もちろん、エヴァラード・ベンソンは心臓が弱かった。しかし、なおも賞をとったり、鸚鵡を忘れなかったり、ペリー嬢にお世辞を言ったり、ローゼター嬢を軽蔑したり、彼の部屋でお茶の会を催したりした（その部屋はホイッスラー風〔訳注―アメリカ生まれの画家、ジェイムズ・アボット・マクニール――、一八三四－一九〇三、ロンドンに住み、エッチングでも有名〕にしつらえられており、テーブルにはきれいな本がのっていた）、こういうことすべてが彼を軽蔑すべき愚か者にしているのだ。ジェイコブは彼のことを知らずにそんなふうに感じていた。ローゼター嬢についていえば、彼女は癌の治療をしたことがあり、今では水彩画を描いている。

「ずいぶんお早々とご退散ね」とペリー嬢がぼんやりと言った。「午後は毎日家におりましてよ、もしあなたがもっといいことをなさるのでなければ――木曜日以外ならば。」

「あなたが年寄りの御婦人たちをお見捨てになるところなんて一度も見たことありませんでした

わ」とローゼター嬢は言っていた。そしてベンソン氏は鸚鵡の籠の上にかがみこみ、ペリー嬢は鈴《ベル》の方へ歩いて行った……。

火は緑色を帯びた大理石の二本の柱の間で煌々と燃え輝き、煖炉の上には、槍にもたれているブリタニア（訳注―イギリスの守護女神を象徴する像）によって守られた緑色の時計がある。絵は――大きな帽子をかぶった乙女が十八世紀風の服装をした紳士に庭の門越しに薔薇を差し出している。一頭のマスティフ犬がこわれた戸口を背にしてねそべっている。下の方の窓ガラスはすりガラスで、きっちりと輪のついたカーテンは緑色のビロードだった。

ローレットとジェイコブは並んで炉格子に爪先をのせ、緑色のビロードを張った二つの大きな椅子に腰かけていた。ローレットのスカートは短く、脚は長くほっそりしていて、透きとおった靴下をはいていた。彼女の指は足首を撫でていた。

「わたしがあの人たちを理解していないというのは正しくないわ」と彼女は考えこみながら言った。「わたし、もう一度行ってみようと思うの。」

「君は何時にそこへ着くだろう?」とジェイコブが言った。

彼女は肩をすぼめた。

「明日かい?」

いや、明日ではない。

「こんなお天気だと田舎に行ってみたい気になるわ」と彼女は言った、窓をとおして高い家々の裏側の眺めを振り返って見ながら。

「土曜日に君がぼくと一緒にいてくれたらよかったのに」とジェイコブが言った。

「わたし、よく乗馬に行ったわ」と彼女は言った。彼女は優雅に、静かに立ち上がった。ジェイコブも立ち上がった。彼女は彼に微笑みかけた。彼女がドアを閉めたとき、彼は煖炉の上にたくさんのシリング銀貨をおいた。

おしなべてじつに筋のとおった会話、見たところたいそう感じのよい部屋、聡明そうな女性だ。ただジェイコブが出て行くのを見守るマダム自身のまわりに、あの流し目、あのみだらな感じ、皮膚の表面のあの小刻みな震え(とくに眼の中にはっきり見えたが)があった。その震えは、今にもはち切れんばかりの身体という袋の中に貯めこまれた汚物を全部舗道にぶちまけそうな兆しを見せている。一言でいえば、何かが狂っているのだ。

これよりしばらく前、職人たちはマコーレイ卿（訳注―一八〇〇-五九、イギリスの政治家、歴史家、主著は『英国史』五巻）の名前の最後の「イ」の文字を金色に塗り終っていた。そしていろいろな名前が大英博物館のドームのまわりに途切れぬ列をなしてのびている。かなり下の階では何百人もの生きている人々が車輪の輻の部分に坐って、印刷された本から筆写している。時折、目録を調べに立ち上がり、そっともとの場所へ戻る。その間にも、時々黙りこくった一人の男が彼らの席を補充する。

ささやかな異変が起った。マーチモント嬢の本の山が均衡を失い、ジェイコブの席の中へ落ちてきた。こんなことがマーチモント嬢に起ったのだ。古いビロードの洋服を着て、赤葡萄酒《クラレット》色の髪のかつらをつけ、宝石を飾り、手には霜やけがあるこの女は何百万にものぼる頁に目を通していったい何を探しているというのだろう？　色彩は音である――あるいは色彩はおそらく音楽と関係があるという彼女の哲学を確かめるために、時にはあれ、時にはこれと探しまわっているのである。いっしょうけんめいやってみたけれど、彼女にはうまく表現することができなかった。そして彼女は自分の部屋に一緒に来て下さいと頼むこともできなかった、というのは部屋が「あまりきれいになっていないと思う」ので。だから彼女は廊下であなたを捕まえるかハイドパーク(訳注―ロンドンの公園)で椅子に腰かけるかして、彼女の哲学を説明しなければならないのだった。魂のリズムはそれにかかっている――(「小さい男の子たちって、なんて乱暴なんでしょう!」と彼女はよく言ったものだった)。そしてアスクィス氏のアイルランド政策(訳注―一九〇八―一六年、イギリス首相だったハーバート・ヘンリー・アスクィスは、一九一二年アイルランド自治法案を議会に上程したが、通らなかった)、それからシェイクスピアが入ってくる、「そしてアレクサンドラ女王がかつて非常に寛大にもあたくしのパンフレットを一部お贈りしたことに謝辞を述べられたんですよ」と、彼女は小さい男の子たちにあっちへ行けと威風堂々と手を振って合図しながら言ったものだ。しかし、彼女は自分の本を出版するために財源を必要としている。というのは「出版社は資本家――出版社は臆病者」だからである。そういうわけで彼女は本の山に肘をぐいと突っこみ、山が崩れたのだ。

ジェイコブはびくとも動かなかった。

しかし向う側にいる無神論者フレイザーは、一度ならず呼びかけられてリーフレットを押しつけられ、ビロードを忌み嫌っているので、場所を変えた。彼はあいまいさが大嫌いだった――

たとえばキリスト教、それから老大司祭のパーカー（訳注―一五〇四‐七五、マシュー――、カンタベリー大司教として英国国教会の確立に貢献）の宣言だ。パーカー大司祭は著書をあらわし、フレイザーは論理の力でそれらをまったく論破し、自分の子どもたちには洗礼を受けさせなかった――彼の妻は盥で秘かに洗礼をした――しかしフレイザーは彼女を無視し、神を冒瀆する者たちを支持したり、リーフレットを配ったり、大英博物館で彼のいわゆる事実究明をしたりし続けた。いつでも同じチェックの背広に真赤なネクタイをしていたが、青白くて、しみだらけで、苛々していた。まったくなんという仕業なのだろう――宗教を破壊するということは！

ジェイコブはマーロウ（訳注―一五六四‐九三、シェイクスピアに次ぐエリザベス朝の劇作家、四つの主要な戯曲を残して夭逝した）の一節全部を写した。

女権論者のジューリア・ヘッジ嬢は彼女の本がくるのを待っていた。本は来なかった。彼女はペンをインキに浸し、自分の周りを見まわした。マコーレイ卿の名前の最後の文字が彼女の注意をひいた。彼女はドームの周りにぐるりと記されている名前を読んだ――偉大な人々の名前を。それらの名前がわたしたちに思い出させるのは――「まあ、いまいましい」とジューリア・ヘッジは言った、「ジョージ・エリオットやブロンテといった人たちのためになぜ余地を残してないのかしら？」

可哀そうなジューリア！　苦々しげにペンを浸し、靴ひももほどけたままにして。本が出て来たとき、彼女はおそろしく厖大な仕事に夢中でとりかかった。しかし、彼女の苛立った神経の感受性をとおして、男性の図書利用者たちがなんと平然と無頓着に、しかもあらゆる考慮を払って、自分たちの仕事に没頭しているかを感じとった。たとえば、あの若い男。あの人は詩を写す以外に何かしなければならないことがあるのだろうか？　わたしの方は統計を勉強しなければならない。男性より女性の方が数が多いのだ。そうだ、でももし、男性が働くように女性を働かせたとしたら、女性たちの方がずっと早く死に絶えるだろう。女性たちは絶滅するだろう。こういうのが彼女の論点だった。死と苦汁と苦い埃が彼女のペン先についていた。そして昼下りの時間が経つにつれ、彼女の頬骨には赤味がさし、目には光がきらめいた。

しかし、どうしてジェイコブ・フランダースは、大英博物館に、マーロウを読みにやってきたのだろう？

若さ、若さ――何か野蛮で――何か衒学的なもの。たとえば、メイスフィールド氏（訳注―一八七八－一九六七、ジョン――、イギリスの詩人、桂冠詩人で伝統的な詩風の持主）やベネット氏（訳注―一八六七－一九三一、アーノルド――、イギリス・エドワード朝作家の代表的小説家、フランス自然主義の影響を受け写実的手法の作品を書いた）がここにいるとする。彼らをマーロウの炎の中に突っこんで、灰になるまで燃やしてみるがいい。一片も残さずに。二流のものにかかわり合ってはいけない。自分自身の時代を嫌え。もっとよい時代を建設せよ。そして、それに着手するために、マーロウについての信じ難いほど退屈な論文を友人たちに読んでやるがいい。その目的のためには、大英博物館で、いくつかの版を校合しなければならない。そういうことは自分自身でやらなくてはいけない。肝心なものを全部骨抜きにしてしまうヴィクトリア朝の人たち、あるいは単なる宣伝屋の現代人たちを信頼して仕事を任せても無駄なことだ。血肉をそなえた未来の人間はすべて六人の若者たちにかかっているのだ。そしてジェイコブもその一人なので、彼が頁をめくる時は確かに、ちょっと王者のような尊大な様子をした、そしてジューリア・ヘッジは至極当然のことながら、彼が嫌いだった。

しかしそのとき、プディングのように丸く平べったい無表情な顔の男がジェイコブの方へ走り書きの紙片を押しやった。そしてジェイコブは椅子に背をもたせて、ぎごちないひそひそ話を始め、それから二人は一緒に出て行った（ジューリア・ヘッジは二人を見ていた）。そしてホールへ出たとたんに大声を出して笑った（と彼女は思った）。

閲覧室では誰も笑わない。場所の移動、呟き声、いかにも申し訳なさそうなくしゃみ、突然の恥ずかしげもないひどい咳きこみがあった。勉強時間はほとんど終っていた。受付係が練習問題を集めていた。怠け者の子どもたちは伸びをしたがった。お利口さんたちは勤勉に走り書きをしていた――ああ、もう一日が終ってしまって、こんなに少ししか仕事をなし終えなかった！　そして時折、人類の全収集物から、重々しい溜め息が聞こえてきた。そのあとからみっともない老人が恥ずかしげもなく咳をし、マーチモント嬢は馬がいななくようなくしゃみをした。

ジェイコブは彼の本を返すのにすれすれに間に合うように戻ってきた。

本は今もとの場所に戻された。いくつかのアルファベットの文字がドームの周りにちりばめられていた。ドームの周りにはプラトン、アリストテレス、ソポクレス、シェイクスピアが互いに近づいて輪になって立っていた。ローマ、ギリシア、中国、インド、ペルシアの文学。一頁の詩は別の一頁にぴたりと押しつけられ、ぴかぴか光った一つの文字はもう一つの文字としっくり並べられ、意味を濃くしながら美の集合体を形づくっていた。

「人は自分のお茶が飲みたいのだわ」とマーチモント嬢はみすぼらしい傘を返してもらいながら言った。

マーチモント嬢は自分のお茶が飲みたかったが、エルギンの大理石彫刻（訳注―大英博物館所蔵の古代ギリシアの大理石彫刻。十九世紀初めに、エルギン伯爵がアテネで買い取って運んだもの）を最後にもう一度見たいという気持を抑えきれなかった。彼女は手を振り一言二言挨拶の言葉を呟きながら、横目でそれを見たので、その様子がジェイコブともう一人の男をふり向かせた。彼女は愛想よく微笑みかけた。それはみんな彼女の哲学に入りこんできた——色彩は音である、あるいは色彩はおそらく音楽と何か関係があるという哲学に。自分の勤めをなし終えたので、彼女は足を引きずりながらお茶を飲みに歩き去った。閉館の時間だった。一般の人々がホールに集まって傘を受け取っていた。

学生たちは大部分じつに辛抱づよく自分たちの順番を待っている。誰か人が白い円盤の型をした傘の札を調べてくれる間、立って待っているのは気持が落ち着くものだ。傘はきっと見つけられるだろう。しかし、一日中事実があなたをマコーレイや、ホッブズ（訳注—一五八八–一六七九、イギリスの哲学者、『リヴァイアサン』にその政治哲学論を著わす）、ギボン（訳注—一七三七–九四、イギリスの歴史家、『ローマ帝国衰亡史』の大著がある）の中を引っ張りまわす。八つ折判本、四つ折判本、二つ折判本の中を。象牙色の頁とモロッコ皮の装丁をとおって、この濃密な思想、この知識の集積の方へとだんだん深くもぐって行く。

ジェイコブのステッキは他のあらゆるステッキと似ていた。それはおそらく整理棚を混乱させただろう。

大英博物館には一つの巨大な精神がある。プラトンがアリストテレスと、そしてシェイクスピアがマーロウと、ぴったり接してそこにいることを考えてみるがいい。この大いなる精神とはそれぞれの個々の精神が偉大になりうる力をはるかに越えたものとなっておさめられているのだ。それにしても(ステッキを見つけるのにも、そんなに長くかかるのだから)どうやって人はノートをかかえてやって来て、机に坐り、この精神を読み通せばよいのだろうかと考えざるをえない。学識のある人は、すべての中でいちばん尊敬すべきだ——トリニティのハクスタブルのような人だ。彼はギリシア語で全部手紙を書くと言われ、その気になればベントリー(訳注—一六六二—一七四二、イギリスの古典学者・批評家。ケンブリッジの学寮長をしながら、古典の刊本を出した)との議論も立派にやってのけることができたにちがいない。そして科学、絵画、建築がある——一つの巨大な精神があるのだ。

彼らはステッキをカウンター越しに押しやった。ジェイコブは大英博物館のポーチの下に立った。雨が降っている。グレート・ラッセル・ストリート(訳注—大英博物館前の大通り)はガラスのように光っている——ここには黄色、薬屋の外側のここには赤とうす青色があった。人々は塀に寄りそって足早に急いで行った。馬車は街路をかなりあわてふためいてがたがた走って行った。さてと、でもちょっとばかりの雨は誰をも痛めつけない。ジェイコブはまるで田舎でそうするように、歩いて雨をかわかした。その夜遅く、彼は自分の部屋でパイプと本をもってテーブルについていた。

雨はどしゃ降りだった。大英博物館は彼から四分の一マイルと離れぬ所に、雨にぬれて青白く、なめらかに光って、一つの巨大な、どっしりした小山の姿をして立っていた。広大な精神は石に包まれていた。その奥深い所にあるおのおのの席は安全で乾いていた。夜警たちはカンテラでプラトンやシェイクスピアの背を越えて照らしながら、二月の二十二日には、炎も鼠も泥棒もこれらの宝物を侵害しようとはしていないことを見てとった――この哀れなたいそう品行方正な男たちはケンティッシュ・タウン（訳注―ロンドンの西北の中産下層階級が住んだ郊外住宅地）に妻子と住み、プラトンやシェイクスピアを守るために二十年間精一杯の努力を傾け、そしてハイゲイト（訳注―ロンドン北部の郊外の高台で墓地があるので有名）に埋葬されるのだ。

脳のもつ幻想と熱の上に骨が冷たくかぶさっているように、石は大英博物館の上を堅固に包んでいる。ここにおいてのみ、頭脳はプラトンの頭脳でありシェイクスピアの頭脳である。頭脳は壺や彫像を作り、大きな牡牛や小さな宝石を作ってきた、そして絶えず死の河をあちらこちらへ渡っては、岸に上がる場所を探し求め、ある時は永い眠りのために身体を念入りに包み、ある時は、目の上に一ペニー貨をのせ、ある時は爪先をきちんと東方に向けたりした。そうしている間にも、プラトンは対話を続けている。雨降りだというのに。タクシーが警笛をならしているというのに。グレート・オーモンド・ストリート（訳注―大英博物館の北東、サウサンプトン・ロウを北東に入った街路）の後ろにある厩を改造した住居に住む女が、酔っぱらって帰ってきて、夜じゅうずっと「入れて！　入れて！」と叫んでいるというのに。

ジェイコブの部屋の下の街路では、さまざまな声がかまびすしく聞こえる。

しかし彼は読みつづけた。というのは結局プラトンは少しも動じずに続いているからだ。そしてハムレットは独白する。それにあそこにはエルギンの大理石が夜じゅうずっと横たわっている。おなじみのジョンのカンテラが時にはユリシーズ、あるいは一頭の馬の頭をよみがえらせ、また時には黄金に閃き、あるいはミイラの黄色いくぼんだ頬をよみがえらせる。プラトンとシェイクスピアは続いていく。そして『パイドロス』（訳注―プラトンの対話篇の一つ。もっとも詩的だといわれ、前生、永生、霊魂の転生などが述べられている）を読んでいたジェイコブは街灯の柱のまわりでわめいている人々の声や、「入れて！」と戸をどんどん叩きながら叫んでいる女の声を聞いた。まるで石炭が火から落ちたか、天井から落ちてきた蠅が仰向けになり、力がなくて起き上がれないみたいだ。『パイドロス』はひどく難解だ。だからやっと人がひたむきに読み進み、足並をそろえて行進し、瞬間的にこのうねりのある冷静なエネルギー――それは、プラトンがアクロポリスを歩いて以来、目の前の暗闇を蹴散らしてきた――の一部となって（そう思われるのだ）行くうちに、火に気を配ることはとてもできない。

対話は終りに近づく。プラトンの議論は終った。プラトンの議論はジェイコブの心の中にしまい込まれ、五分間ジェイコブの心は暗闇の中へひとりぽっちでどんどん入って行く。立ち上がって彼がカーテンを開くと、びっくりするほどはっきりと、見えた――向い側のスプリンゲット夫妻がもう寝てしまっていることや、雨が降っていることや、街路の奥でユダヤ人たちと外国人の女がポストの傍に立って口論している様子が。


ドアが開いて新しい人々が入って来る度ごとに、すでに部屋の中にいた人々は、少しずつ移動した。立っていた人たちは肩ごしにふり返った。坐っていた人たちは話を途中で止めた。灯や酒やギターをかき鳴らす音にまじって、ドアが開くごとに何か心を興奮させることが起った。誰が入って来たのだろう？

「あれはギブスンだ」

「画家のかい?」

「でも、さっきの話を続けてくれ」

彼らはあからさまに言うにはあまりに個人的すぎることを話していた。しかし、さわがしい人声が、小柄なウィザーズ夫人の心の中では鳴子《なるこ》のような役を果たし、小鳥たちの群をびっくりさせて空に追い払う、するとまた小鳥たちは止まるだろう、そのとき彼女は怖くなって髪に片手をやり、両膝のまわりに両手をまきつけ、神経質そうにオリヴァー・スケルトンの方をじっと見上げて、こう言うのだろう。

「約束して下さい、誰にも言わないと約束して下さい」……彼はたいそう思いやりがあり、非常にやさしかった。彼女が論じていたのは、彼女の夫の性格だった。夫は冷たいと彼女は言った。

彼らのところへ、茶色の髪をし、なまめかしく、でっぷり肥ってサンダル靴の足で草をかき分けることなど滅多にない、すてきなマグダリーンが不意にやってきた。彼女の髪は乱れていた。ピンは、なびいている絹のリボンをとめているようにはほとんど思われなかった。もちろん、一条の光が彼女の足許をいつも照らしている女優だった。彼女が言ったのは「ねえ、あなた」という言葉に過ぎなかったが、声はアルプスの山路の間のヨーデルのように響いた。そして彼女は床の上で転び、何も口にすることがないので、口を丸めて「ああ」とか「おう」とか歌った。彼女の方へ近寄ってきた詩人のマーンジャンはパイプをくゆらせながら、彼女を見下ろして立っていた。踊りが始まる。

灰色の髪のキーマー夫人はディック・グレイヴズにマーンジャンはどんな人なのかを教えてくれと訊ねて、この種のことは（マグダリーンは彼の膝の上にのって、今、彼のパイプを彼女の口にくわえていた）パリで非常にたくさん見たことがあるので、衝撃は受けないと言った。「あれはどなた？」と彼女は、彼らがジェイコブの所へやってきた時、眼鏡を押さえながら言った。というのは実際彼は落ち着いた様子をし、無関心ではないが、浜辺で眺めている人のような様子をしていたからだ。

「ねえ、ちょっと、あなたによりかからせて下さいな」とヘレン・アスキューは片足で跳びながら、あえいだ。というのは、彼女の足首のまわりの銀色の紐がほどけてしまっていたものだから。キーマー夫人は向きを変え、壁にかかった絵を見つめた。

「ジェイコブをごらんなさい」とヘレンが言った（彼らは、あるゲームで目隠しをしていた）。

そしてディック・グレイヴズは、少し酔っていて、たいそう誠実でお人よしなので、ジェイコブこそ自分の知っている中でいちばん立派な男だと思うと彼女に話した。そして彼らはクッションに脚を組んで坐り、ジェイコブについて喋った。ヘレンの声はふるえた、というのは彼女には彼ら二人ともが英雄のように思われ、彼らの間の友情は女性たちの友情よりもはるかに美しく思われたからである。アンソニー・ポレットが今、彼女にダンスを申し込んだ。そしてダンスをしながら彼女はふり向いて、二人がテーブルの所に立ち、一緒に飲んでいるのをじっとみつめた。

すばらしい世界――生き生きした、健全な、活気にあふれた世界……これらの言葉は、一月の午前二時から三時にかけてのハマスミスとホルボーンの間の一筋の木れんがの道をさして言っているのだ。ジェイコブの足下のがそれだ。それは健康ですばらしかった、なぜかというと、どこか河に近い厩を改造した住居の上の一室は、五十人もの興奮したお喋り好きのなじみやすい人たちを収容していたからだ。そして歩道を大またに歩くことは（ほとんど一台のタクシーも、警官も見えなかった）それ自体、気分を浮き立たせた。ダイヤモンドで縫い飾りをつけたように光っているピカデリー（訳注―ロンドンのピカデリー街の東端にある繁華街の中心ピカデリー広場に通じる街路）の長い曲線は、人通りがない時にいちばん見映えがする。若者は何も怖いものはない。それどころか彼は何か才気あることは言わなかったかもしれないが、彼には自己の立場を保持できる自信がかなりある。彼はマーンジャンに会ったことを喜んでいた。彼は、床の上のあの若い女に感心していた。彼は彼らすべてが好きだった。ああいう種類のことが好きだった。手短に言えばあらゆるドラムとトランペットが鳴りわたっていたのである。街路掃除人夫がその時その辺にいる唯一の人々だった。ジェイコブが彼らに対してどんなに好意を感じていたかはほとんど言うまでもなかった。自分の部屋の入口で掛け金の鍵を外して入ることがどんなに彼には嬉しかったか、出て行った時は知り合いではなかった十人から十二人の人々を自分の空っぽの部屋に連れ戻ってくるみたいにどんなに思ったか、どんなふうに彼が何か読むものを探し、見つけ、それをぜんぜん読まずに眠りこんでしまったかなど、言うまでもない。

実際、ドラムとトランペットは言葉ではない。実際ピカデリーとホルボーンは、それから空っぽの居間と五十人も人がいる居間は、いついかなる時にも音楽を空中に吹き鳴らしそうになっている。女の方がきっと男よりも興奮しやすいのだろう。そういうことについて誰かが何か言うことはめったにない。そして人の群がサービトン（訳注―テムズ河南岸、ロンドンの南西にある郊外住宅地、主に金持の中産階級が住む所）行きの急行列車に間に合うようにウォータールー・ブリッジ（訳注―テムズ河にかかるこの橋を渡ると南岸にウォータールー駅がある）を渡っていくのを見て、人は理性が彼らを駆り立てているのだと思うだろう。いや、いや、そうではないのだ。それはドラムとトランペットなのだ。ただ、もしもあなたがわきへそれ、ウォータールー・ブリッジの上のあの小さな橋脚の間の窪みの一つに入って、そのことをよく考えてみるならば、おそらくあなたには、それがすべて混沌だと――すべて不可思議なことだと思えてくるだろう。

彼らは橋を絶え間なく渡っている。時折、荷車やバスのまっただ中に、荷馬車が森林の大木を鎖で結わえつけて現われるだろう。それから、おそらくは石屋の荷車が新しく刻まれた墓石を積んで現われるだろう。その墓石は、しかじかの人がパットニーに埋葬されているしかじかの人をいかに愛したかを記している。それから、前方の車ががたんと走り出した、すると、墓石はあまり早く通り過ぎるのでこれ以上読むことができない。その間ずっと、人々の流れはサリー側からストランド側（訳注―ロンドンのシティとウェストミンスターをつなぐ主要街路）へと絶えず通って行く。あるいはストランド側からサリー側へと。まるで貧しい人々がロンドンに一斉に侵入して、今、自分たちの住み家へ足をひきずりながら帰って行くみたいだつた、ちょうど自分の穴へちょこちょこ帰っていく甲虫のように。というのはあの老婆がぴかぴかの鞄をかかえ、ウォータールーの方に向ってかなり足を引きずりながら歩いていくからだ。まるで日の光の中へ出て行って、肉をこそぎ落とした鶏の骨を何本かくすねて、今、地下の住み家へ逃げて行くみたいに。また一方では、風が強くて真向うから吹きつけているけれど、あそこにいる娘たちは手をつないで、大声で歌いながら、大股に歩いて行く、寒さも恥ずかしさも感じていないらしい。帽子もかぶっていない。彼女たちは凱歌を奏しているのだ。

風は波を吹きおこしている。河はわれわれの下の方を早く流れ、はしけに立っている男たちは舵柄に全体重をかけねばならない。黒い防水帆布が盛り上がった金色の積荷の上にかぶせて縛りつけられている。なだれのように落ちる石炭が黒くきらきら光る。いつものように、ペンキ屋たちは、大きな川端のホテルを横切って渡された厚板の上につり揚げられている。そしてホテルの窓にはもう灯が点々と灯っている。向い側の町はまるで白髪の老人のように白い。セント・ポール大寺院は、その傍にある格子模様の尖った、あるいは長方形の建物の上に、白くふくれ上っている。寺院の十字架だけが薔薇色をおびた金色に光っている。しかしわれわれは何世紀に達したのだろう？　サリー側からストランド側へ向かうこの行列は永遠に続いてきたのだろうか？　あの老人はこの六百年というもの、わいわい騒ぐ悪童たちを後ろに従えて、この橋を渡りつづけていたのだろうか？　というのは彼は酔っているか、あるいはみじめな暮しで盲いて、巡礼たちが身につけたかもしれないような古い襤褸布の衣を身にまとっていたからだ。彼はよろよろと足を引きずって歩いて行く。誰もじっと立っていない。まるでわれわれは音楽の音に合わせて行進しているみたいだ。おそらくは、風と河、おそらくはこれらの同じドラムとトランペット――恍惚となった魂の叫び声――とに合わせて。ああ、不幸な人たちでさえ笑うのだ、そして警官は酔っぱらい男を裁くどころか、彼をユーモアをこめて調べる。すると悪童たちは再び駆けまわり出す。それからサマセット・ハウス（訳注―ストランド街の旧サマセット公爵邸跡にある戸籍本署、遺言検認登記本所、内国税収入局などがあった建物）からやってきた役人は酔っぱらいに対してただただ寛大で、新聞売店で『ロゼア』（訳注―ベンジャミン・ディズレリの小説、一八七〇年作）を半頁立ち読みしている男は、紙面から目をはなして、慈悲深そうにじっと眺めている。そして少女は横断歩道のところで立ち止まり、若い人のもつ輝いてはいるが、ぼんやりした視線を彼の方に向ける。

輝いてはいるが、ぼんやりしている。おそらく彼女は二十二歳だ。みすぼらしい姿をしている。彼女は道路を渡り、花屋のショーウィンドーの黄水仙と赤いチューリップを眺める。彼女はためらい、それからテンプル・バー（訳注―一八七九年に取りこわされたロンドン市の西端の門、法学院のイナー・テンプル、ミドル・テンプルが近い）の方角へ急いで去る。足早に歩いて行くが、何を見ても彼女は気が散る。今、彼女は何かを見ているようだ、が、もう今は何も見ていないらしい。

10

セント・パンクラスの教区にある使われなくなった墓地を通って、ファニー・エルマーは壁に寄りかかっているいくつもの白い墓石の間をぶらついた。墓石の名前を読もうと草地を横切り、墓守が近づいてくると足を早め、街路の方へと急ぎ、あるときは、青い陶器のあるショーウィンドーの傍で足を止め、あるときは、遅れた時間を埋め合わせるために急ぎ、不意にパン屋に入ってロール・パンを買い、ケーキを買い足し、後をつけて行く人がかなり小走りで行かねばならないように再びどんどん歩いて行く。けれども彼女はくすんだみすぼらしい身なりはしていない。彼女は絹の長靴下をはき、銀の止め金のついた靴をはき、ただ帽子の赤い羽根がぐったりし、バッグの止め金が弱っているだけだ。というのは、彼女が歩いていると、マダム・タッソー（訳注―一八三五年スイスの婦人蠟細工師タッソー夫人によりロンドンに建てられた蠟人形陳列館）の陳列物の一覧表が一部ひらりと落ちたからだ。彼女は鹿のような足首をしている。顔は陰になっている。もちろん、この夕闇の中では、すばやい身の運び、すばやい視線、天がける希望はごく自然に出てくるのだ。彼女はジェイコブの窓の真下を通る。

その家は平屋で、暗く、静まりかえっていた。ジェイコブは家にいて両膝の間のスツールに将棋盤《チェス》をのせ、チェスの出題と取り組んでいた。片方の手は後頭部の髪の毛をいじくりまわしていた。彼はゆっくりとその手を前にまわすと、白の女王《クイーン》をそれがおいてあった目から持ち上げた。それから再び同じ場所にそれを下ろした。彼はタバコをつめて、黙って考えこんだ。二つの歩《ポーン》を動かして、白い桂馬《ナイト》を進めた。それから僧侶《ビショップ》に一本の指をのせたままで考えこんだ。ちょうど今ファニー・エルマーが窓の下を通り過ぎていく。

彼女は画家のニック・ブラマムのモデルになりに行く途中だった。

彼女は手に黄色い表紙の安っぽい小説本をもって、花模様のスペイン風のショールにくるまって坐っていた。

「もうちょっと身体を低めに、もうちょっとくつろいで、そう——ずっといい、よろしい」ブラマムは呟いた。彼は彼女を描きながら同時にタバコを吸い、当然ながら口をきかなかった。彼の頭は彫刻家の作品と言ってもよかったろう。その彫刻家はこの頭像の額を四角にし、口を大きく広げ、親指の跡と指でつけた筋跡を粘土の中に残していた。しかし、眼は決して閉じられてはいなかった。眼はまるでいつもじっとものを見つめてばかりいるのでそうなったみたいに、やや突き出し、いくぶん血走っていた。そして彼が喋ると、一瞬眼はかき乱されたように見えたが、また見つめ続けた。彼女の頭上には、裸電球がぶら下がっている。

女性のもつ美しさというものは、海上の灯のようなもので、ただ一つの波だけを照らすものではない。彼女たちはみんな美しさをもち、みんなそれを失う。ある時は彼女は、豚の脂肉《ベーコン》のように鈍感でぼってりしているし、あるときは掛け鏡のように透明だ。じっと動かない顔というものは退屈なものだ。ほら、レディ・ヴェニスがやってくる。賞讃を受けるようにと展示されてはいるが、煖炉の上におかれ、決して塵を払われたことのない雪花石膏《アラバスター》で彫られた記念像のように着飾って。頭から爪先まですっかり粋なブルーネットの女性は、客間のテーブルの上に置く見本としてのみ役に立つ。街の女たちはトランプのような顔をしている。輪郭はピンクか黄色で正確に描き入れられ、そのまわりに線がきっちりと描かれている。それから最上階の窓で身をのり出し、下を見下ろしながら、あなたには美そのものが見える、あるいはバスの一隅で、あるいは溝にしゃがみこんで——美は光を発し、突然何かを表現するように見え、一瞬後には蔭に隠れてしまう。誰もそれを当てにしたり、捕まえたり、紙に包んで貰ったりはできない。店から得られるものは何もない。光った緑色や輝いている紅玉《ルビー》を店から生き生きした状態で取り出そうと望んで、厚板ガラスのショーウィンドーを見て歩くよりは、家に坐っている方がずっとましなことは神のみぞ知る。シーグラスはお茶のカップの受け皿に作れば、絹と同様、その光沢をすぐに失う。こういうわけで、もしあなたが美しい女性について語るとすれば、あなたが意味しているのは、たとえばファニー・エルマーの眼、唇、あるいは頬を通して一瞬間光を放ち、す早く逃げ去って行くもののことに過ぎないのだ。

彼女は堅苦しく坐っていたので、美しくなかった。彼女の下唇はあまりに突き出しすぎていた。鼻は大きすぎた。眼は互いにくっつきすぎていた。彼女は輝いている頬と黒っぽい髪の痩せた娘で、今はむっつりしていた。あるいはモデルとして坐ることでしゃちほこばっていたのだ。ブラマムが木炭の棒をぽきっと折ったとき、彼女はびくっとした。ブラマムは癇癪を起していた。彼はガスの火の前で手を温めながら、しゃがみこんだ。その間彼女は彼のデッサンを見つめた。彼はぶつぶつこぼした。ファニーは化粧着をはおって、やかんでお湯を沸かした。

「絶対に、それは不出来だ」とブラマムが言った。

ファニーは床にすとんと坐って、膝をかかえて彼をじっと見つめた。彼女の美しい眼——そう、部屋を通り抜けて逃げ去って行く美は、一瞬そこで光り輝く。ファニーの眼はもの問いたげで、哀れみをたたえ、一瞬愛そのものであるように見える。しかし彼女は大袈裟にしているのだ。ブラマムは何にも気づかなかった。そしてやかんが煮え立った時、恋する女というよりは子馬か子犬のように、やっとのことで立ち上った。

今ジェイコブは窓に近寄って行き、手をポケットに入れたまま立っている。向い側のスプリンゲット氏が出て来て、自分の店のショーウィンドーを見つめ、再び入って行った。子どもたちが棒についたピンクのボンボンを眺めながら、一群になって通りすぎて行った。ピックフォード（訳注―通運会社の名前）の貨物自動車が道路を威勢よく走って行った。小さな男の子が、縄飛びをしている。ジェイコブはきびすを返す。二分後に彼はフロント・ドアを開け、ホルボーンの方角へ歩き去った。

ファニー・エルマーは彼女のマントをフックから外した。ブラマムはデッサンをとめてあったピンを外して、それを巻いて小脇にかかえた。彼らは灯りを消すと街路に出て行った。道々、あらゆる人々、自動車、バス、馬車の間をぬって、自分たちの行く道を辿りながら、レスター広場《スクエア》（訳注—劇場の多いロンドンの繁華街にある広場）にジェイコブが着く五分前に着いた。というのは彼の道のりの方がわずかに長かったから。それに彼はホルボーンで国王が車でお通りになるのを見ようと待っている混雑で足止めされてしまったのだ。それだからジェイコブが回転扉を押して入り、彼らの横の席についたとき、ニックとファニーはエンパイア劇場の遊歩場の柵の上に身をのり出していた。

「こんにちは。ぜんぜん君に気がつかなかったよ」と五分たってニックが言った。

「何を言ってる」とジェイコブが言った。

「エルマーさんだ」とニックが言った。

ジェイコブはたいそうぎごちなく自分の口からパイプをはなした。

たしかに彼は非常にぎごちなかった。そして彼らがビロードのソファに腰を下し、タバコの煙を彼らと舞台の間にくゆらせ、はるか彼方の甲高い声と頃合よく割りこんでくる陽気なオーケストラの音を聞いた時、彼はまだぎごちなかった。ファニーだけがこう考えた、「なんて美しい声なのかしら！」彼はなんて口数の少ない人なんだろう、でもなんてしっかりした声なのかしらと彼女は思った。若者たちはなんて堂々とし、超然としているのだろう、彼らはなんて無意識なんだろう、そしてなんてもの静かに人はジェイコブの傍に坐り、彼を見つめていられるのだろうと彼女は考えた。そして夕暮れに飽き飽きして入ってくるなんて、彼はなんと子どもっぽいのかしらとも考え、なんて王者のような品格のある人なのかしらとも思った。おそらく、ちょっと高慢ちきのようだわ。「でもわたしはゆずらないつもりよ」と彼女は考えた。彼は立ち上り、柵の上に身をのり出した。煙が彼のまわりに漂っていた。

そして永遠に若者たちのもつ美しさは、煙の中にあるようにぼんやりとしか解らないと思われる、若者たちがどんなに活発にフットボールを追いかけたり、クリケットのボールを打ったり、ダンスをしたり、走ったり、あるいは道路を大股に歩いたりしようとも。おそらく彼らはじきに美しさを失うことになるのだわ。おそらく彼らははるか昔の英雄たちの目をのぞきこんでいて、わたしたちの間に場所を占めているのは半ば軽蔑しながらなのよ、と彼女は思った(弾《ひ》かれたり、指ではじかれたりするヴァイオリンの弦のようにふるえながら)。ともかく、彼らは沈黙を好み、美しい話し方をした。少女たちが使うようななめらかな小銭の硬貨の音のようなぺちゃくちゃ言うお喋りでなく、新しく刻まれた金貨の落ちるようなはっきりした音で一語一語を喋りながら。そして彼らはどのくらい居て、いつ立ち上って出て行くべきかを知っているみたいに、てきぱきと動いた——まあ、でもフランダースさんはプログラムを手に入れに行っただけなのよ。

「踊り子たちはいちばんお終いにくる」と彼が戻ってきて言った。

そして楽しいじゃない？　とファニーは考え続けた、若者たちがどうやってズボンのポケットからたくさんの銀貨をとり出し、それを財布に入れないで眺めているのを見るなんて。

それから、あそこにいる女が自分自身のような気がしていた、白いひだ飾りの衣裳をつけてぐるぐるまわりながら舞台を横切って行く。そして音楽は、彼女自身の魂の踊りと躍動であり、世界のすべての機構《からくり》、世界を支えている岩盤と歯車は、これらのすばやい渦巻きと瀬の中へなめらかに巻きこまれて行くのだわ、と彼女は感じながら、ジェイコブ・フランダースから二フィートの所にある柵に寄りかかって身を堅くして立っていた。

くしゃくしゃになった彼女の手袋が床に落ちた。ジェイコブがそれを彼女に渡すと、彼女はかっとして怒った。というのはこれ以上理性的でない激情はなかったからだ。そしてジェイコブは一瞬彼女を怖れた——若い女性が身を堅くして立ち、柵を握りしめ、恋におちている時は、いちじるしく激情にかられ、非常に危険なものなのだ。

二月の中旬である。ハムステッド・ガーデン・サバーブ（訳注―ロンドンの北の郊外住宅地）の家々の屋根はふるえる薄靄の中に横たわっている。歩くのには暑すぎた。犬が窪みの中で、幾度も吠えた。流れる雲の影が平野の上を過ぎて行った。

長い病気のあとの身体は、懶く、受け身で、甘美さを受け容れようとするが、それを容れておくには弱すぎる。犬が窪みの中で吠え、子どもたちが輪を追いかけて飛んで行き、田園の風景が暗くなったり、明るくなったりするにつれて、涙が湧き出し、こぼれる。それはヴェールの向うの世界のように見える。ああ、でもわたしが甘美さのあまり気を失ったりしないように、ヴェールをもっと厚くひいて下さいな、ファニー・エルマーはハムステッド・ガーデン・サバーブを見ながら、ジャッジズ・ウォークにあるベンチに腰を下ろしたとき、溜め息をついて言った。しかし、犬は吠え続けていた。自動車が道路で警笛を鳴らした。はるか彼方の雑踏とかすかなざわめきが聞こえた。彼女の心は動揺していた。彼女は立ち上り、歩いた。草は鮮やかな緑色をしていた。陽ざしは暑かった。池のまわりで子どもたちが身体をこごめて、小さなボートを水に浮べていた。あるいは大声を上げながら、乳母たちに連れ戻された。

真昼になると、若い女性たちが戸外に散歩に出かける。男たちはみな市中で忙しい。彼女たちは青い池の端に立っている。さわやかな風が子どもたちの声をあたり一帯にまき散らす。わたしの子どもたち、とファニー・エルマーは考えた。女たちは、跳ねてじゃれつく大きなむく犬を追い払いながら、池の周りに立っている。乳母車の中では赤ん坊が静かに揺られている。乳母たち、母親たち、それに散策している女たちみんなの眼が、少しぼんやりとして夢見心地になっている。小さい男の子たちがどんどん歩こうとせがみながら、彼女たちのスカートを引っ張ると、返事の代りに彼女たちはやさしくうなずく。

それからファニーは、叫び声か何か——きっと職人の口笛だろう——が中空に高く響くのを聞きながら、歩いて行った。あら、あれはつぐみだわ、木々の間で暖かい外気の中へ歓びにはためきながら囀っている、でも怖さに駆り立てられて啼いているらしいわ、とファニーは思った。まるであのつぐみも、心にあんなに歓びを抱きながら、不安を感じているみたい——まるで囀っているときに見張られて、心が騒ぐのでせき立てられて歌っているみたいに。ほら！　あの鳥は、落ち着けずに隣りの木へ飛んで行ったわ。さっきよりはずっとかすかな囀り声が聞こえた。その向うには、車と吹く風の唸るような音がしていた。

彼女は昼食に十ペンスつかった。

「もしもし、お嬢さん。あらあの人、傘を忘れて行っちゃったわ」特別乳業会社《エクスプレス・デアリー・カンパニー》の店の戸口近く、ガラスのボックスの中にいるまだら模様の服の女がぶつぶつ呟いた。

「きっとあの人に追いつくと思うわ」艶のない髪をお下げに編んだ給仕女のミリー・エドワーズが答えた。彼女は大急ぎで戸口に出て行った。

「駄目だった」少ししてから、彼女はファニーの安物の傘を持って戻って来ながら言った。彼女はお下げの髪に手をやった。

「ああ、あの戸口！」と会計係はぶつぶつ言った。

彼女の手は黒いミトンをはめられ、伝票を引っ込める指先はソーセージのようにふくらんでいた。

「野菜つきのパイ一つ。コーヒーとホットケーキ大盛り。卵のせトースト。フルーツ・ケーキ二つ」

このように給仕女の鋭い声がてきぱき飛んだ。昼食を食べている人たちは、彼らの注文が認められてくり返されるのを聞いた。隣りのテーブルに予期していた食物が出されるのを見た。彼らの卵のせトーストがとうとう運ばれてくる。彼らの目はもう辺りをきょろきょろ見ない。

パイの湿った四角い塊が三角袋のように開けられた口の中へ入って行く。

タイピストのネリー・ジェンキンソンは彼女のケーキを無頓着にぼろぼろとくずした。ドアが開くたびに彼女は目を上げた。彼女は何を見ることを予期していたのだろうか？

石炭商人が手を休めずに「テレグラフ」紙を読み、コーヒー茶碗を受け皿にのせそこなって、うわの空で手探りしてカップをテーブル・クロスの上においた。

「こんなふうな失礼なことを聞いたことがおありになって?」パーソンズ夫人は、彼女の毛皮のパン屑を払い落しながら、話を打ち切った。

「熱いミルクとスコーン一つ。紅茶。バタつきロールパン」と給仕女が叫んだ。

ドアが開いて、閉まった。


そういうのが年輩の人たちの生活なのだ。

不思議な感じだ、ボートに横たわって、波を見つめるのは。きちんと間をおいて一つ、また一つ、と三つの波がこちらにやって来つつある、みんな大体同じ大きさだ。それからあとを追って四番目の波が急いでやってくる、とても大きくて脅かすような波が。それはボートを持ち上げ、進んで行く。どうしたものか、何事もなしとげずに消え、他の波と一緒に平たく伸びてしまう。

大風の中で振りまわされている大枝、幹から上、枝のいちばん先端まで身を屈し、風の吹く方向になびき、うち震え、しかもなおだらしなく乱れ飛んだりはしない。これ以上激しいものが他にあり得ようか？

麦は身もだえし、まるで根から自由に身を引きはなす用意をしているみたいに身をかがめているが、まだ地面に縛りつけられている。

ああ、まさに窓々から、夕闇の中でさえも、街路を走る風のうねりが見える、腕を拡げて、目は欲望をたたえ、口を大きく開いているような息づかいの音も。それからわれわれは穏やかに静まりかえる。というのはもしあの狂喜が続けば、われわれは泡のように空中に吹き飛ばされてしまうだろうから。星はわれわれを射し貫いてきらきら光るだろう。われわれは塩からい一滴一滴となって、大風の中に入って行くだろう——時に起るように。というのは性急な精神はこの揺籃のような大揺れをしないだろうからだ。そういう精神にはどんな動揺もないし、または目的もなくのらくら動くこともない。何かの振りをしたり、居心地よく横になったり、誰も大同小異だとか、火は暖かいとか、酒はうまいとか、行きすぎは罪だとか、おだやかに考えることもないのだ。

「一旦人を知ると、人はとても親切よ」

「ぼくは彼女のことを悪く思えなかった。憶えているにちがいないが——」しかしおそらくニックは、あるいはファニー・エルマーは、その瞬間の真実を暗黙のうちに信じて、さっと席を立ち、頬を叩くような感じで、身を切るように冷たい霰のように行ってしまった。

「ああ」とファニーは四十五分遅れてアトリエに飛びこんできて言った。なぜかというと、彼女はジェイコブが道を歩いて来て彼の掛け金をはずし、ドアを開けるのを見たいというだけの理由で、捨子養育院の近くをぶらついていたものだから。「遅れてごめんなさい。」それに対してニックは何も言わず、ファニーはけんか腰になった。

「わたしもう二度と来ないわ!」彼女はついに叫んだ。

「それならもう来ないでくれ」ニックが答え、彼女はおやすみも言わずに走り去った。

あれはなんて優雅にできていたのかしら——シャフツベリー通り《アヴエニユー》から入った横丁にあるエヴリーナの店にあったあのドレスは! 四月初めの晴れ上った日の午後四時だった、ファニーは晴れ上った日の午後四時を家の中で過ごすような人間だったろうか? 同じ通りの他の娘たちは元帳の上にかがみこんだり、絹や紗の間に長い糸を退屈そうに引いたりしていた。あるいは、スワン・エンド・エドガーズ（訳注―ロンドンの百貨店の名）の中で、髪にリボンをつけて、娘たちは勘定書の裏にペンスとファージング（訳注―ファージングは四分の一ペニー）をすばやく計算して、一ヤール四分の三をくるくる巻いて薄い紙に包み、次の客に「何にいたしましょう？」と訊いていた。

シャフツベリー通りを入った所にあるエヴリーナの店では、女性用の品々がばらばらに展示されていた。左手にはスカートがあった。中央にある棒には羽毛のボアが巻きつけてあった。テンプル・バーに晒された悪人の頭みたいに帽子が並べられていた――エメラルドか白で、軽く花輪を巻かれるか、濃く染めた羽根の下に垂れている。そしてカーペットの上には足があった――尖った金色、あるいは緋色の切り込みの入った黒のエナメル革の靴が。

女性の目をたのしませている洋服は、四時頃にはパン屋のショーウィンドーのシュガー・ケーキのように汚れていた。ファニーもそれらを目にした。

しかしジェラード・ストリート沿いに、一人のみすぼらしい恰好をした背の高い男がやって来た。エヴリーナのショーウィンドーをひとつの影がよぎった――それはジェイコブではなかったが、ジェイコブの影だ。そしてファニーは向きを変え、ジェラード・ストリート沿いに歩いて行き、わたしももっと本を読んでおけばよかったと思った。ニックは決して本を読むことをせず、アイルランドについても上院についても話したりはしない。そして彼の指の爪ときたら！　わたしもラテン語を習い、ウェルギリウスを読みたいものだわ。彼女はその昔、大の読書家だったのだ。スコットも読んだし、デュマも読んだことがある。スレード（訳注―フェリックス・スレード〔一七九〇―一八六八〕がオクスフォード大学、その他に初めて美術講座を設けたが、その一つが発展してスレード美術学校となった）では誰も読書しなかった。でもスレードでは誰もファニーのことを知らなかったし、彼女にはどんなに空虚に思われたかを想像もしなかった、耳飾りやダンスやトンクス（訳注―ヘンリー・トンクス〔一八六二―一九三七〕、画家、ロンドン大学のスレード美術講座教授）やスティア（訳注―フィリップ・ウィルソン・スティア〔一八六〇―一九四二〕、イギリスの風景及び肖像画家、ロイヤル・アカデミーの保守的傾向に反対し、新英国美術クラブを設立）に夢中になることが――絵を描けるのはフランス人だけだとジェイコブは言ったのに。だって現代人は不毛なのだし、絵を描くことは芸術の中でいちばんお上品ではないのだわ。それになぜマーロウやシェイクスピア以外のものを読むんだい？　そしてもし小説を読まなきゃならないのなら、フィールディング以外のものをなぜ読むのかね？　とジェイコブは言っていたわ。

チェアリング・クロス・ロード（訳注―ロンドンの中央部ストランド街西端にある繁華な広場に通じる道で本屋が多い）の店員がどんな本をお求めですかと彼女に訊いたとき、「フィールディングです」とファニーは言った。

彼女は『トム・ジョーンズ』（訳注―一七四九年、ヘンリー・フィールディング作の小説、トムを主人公にし十八世紀社会を描いた傑作）を買った。

午前十時には、学校教師と共同で借りている部屋でファニー・エルマーは『トム・ジョーンズ』を読んだ――あの神秘的な本を。なぜって妙な名前のついた人々についての、この退屈なくだらぬ話（とファニーは思った）がジェイコブの好きなものなんですもの。いい人たちはそれが好きなのだわ。自分の脚の組み方など気にかけないようなやぼな女《ひと》たちが『トム・ジョーンズ』を読むんだわ――神秘的な本を。というのは本には、もしわたしが教育を受けていたら、好きになれたかもしれない何かがあるからなのよ、とファニーは考えた――耳飾りや花々よりもずっと好きになれたものが、と彼女はスレードの廊下や次の週の仮装舞踏会のことを考えながら溜め息をついた。彼女は着て行くものが何もなかったのだ。

あの人たちは現実的なのだわ、とファニーは煖炉の上に足をのせながら考えた。ある人たちは現実的なのよ。おそらくニックもそうなのよ、ただ彼はとても馬鹿なんだわ。女は決して現実的ではない――サージェント先生以外の人は。でもサージェント先生はお昼の食事の時には出かけて、気取った風をしている。あそこでは彼女たちは、毎晩静かに坐って読書していたわ、と彼女は思った。ミュージック・ホールへ行こうともせず、店のショーウィンドーをのぞこうともせず、彼女のショールをかけたロバートソンみたいに、お互いの洋服を着合ったりもせずに。わたしはあの人のチョッキを着たのだったっけ、そういうことをジェイコブはとてもぎごちなくやることしかできないのだわ。だって彼は『トム・ジョーンズ』が好きなのですもの。

二段組みで、値段は三シリング六ペンスのその本はそこで彼女の膝の上にのっていた。神秘的な本よ、この本の中でヘンリー・フィールディングはファニー・エルマーが売春を楽しんでいることをずっと昔に、完璧な散文で戒めているとジェイコブが言ったっけ。というのは、彼は現代小説など決して読まないから。彼は『トム・ジョーンズ』が好きなのだわ。

「『トム・ジョーンズ』って、大好きだわ」と、四月初旬の同じ日の五時半に、ジェイコブが向い側の肘掛椅子に坐ってパイプを取り出したとき、ファニーは言った。

悲しいかな、女というものは嘘つきだ！　でもクララ・ダラントは、そうじゃない。欠点のない心の持ち主だ。純真無垢な性格だ。（ラウンズ・スクエア（訳注―ハイド・パークの南側の上流階級の住宅地）をちょっと離れた辺りで）岩につながれている処女（訳注―ギリシア神話でアンドロメダは岩につながれて人身御供にされようとした。ここでは上流社会の自由のないお嬢さんの意味）は、白いチョッキの老人たちのために永久にお茶をつぎ、青い眼をして、人の顔をまっすぐに見つめ、バッハを弾いている。すべての女性たちの中で、ジェイコブは彼女をいちばん尊敬していた。しかしヴェルヴェットの服を着た中年の貴婦人たちと一緒に食卓について、バタつきパンを食べ、ペリー老嬢がお茶をついでいる間にベンソンが鸚鵡に向って言う言葉以上のことを、クララ・ダラントに向って言わないでいるのは、人間性の自由と品位に対する——あるいはそういう意味の言葉に対する、こらえ難い侮辱だ。というのはジェイコブは一言も言わなかったのだから。彼はただ火をじっと見つめていた。ファニーは『トム・ジョーンズ』を下においた。

ファニーは刺繍したり、編みものをしたりしていた。

「何だい、それは?」ジェイコブが訊いた。

「スレードでの舞踏会のためのものよ」

そして彼女は髪にのせる飾り、ズボン、赤い房飾りのついた靴をもってきた。何を着ればいいかしら?

「ぼくはパリに行ってるよ」とジェイコブが言った。

それでは仮装舞踏会の意味は何なのかしら? とファニーは考えた。同じ人たちに出会って、同じ洋服を着て。マーンジャンは酔っぱらう。フロリンダは彼の膝に坐る。わたしはみだりがましくいちゃつく——今のところはニック・ブラマムと。

「パリにですって?」とファニーが言った。

「ギリシアへ行く途中にね」彼は答えた。

というのは、五月のロンドンほど嫌なものはないからなんだ、と彼は言った。

この人はわたしのことを忘れてしまうわ。

一羽の雀が藁を一本引きずりながら窓をかすめて飛んだ——農家の庭の納屋の傍に立っている麦藁の山から引き抜いた一本の藁。年とった茶色のスパニエル犬が鼠を探してその山の下の辺りをくんくん嗅いでいた。楡の木の梢の枝々にはもう小鳥の巣が点々としみのようについている。マロニエはその扇をひらひら動かしている。そして蝶たちが御猟場《ザ・フォリスト》（訳注—後出のニュー・フォリストをさす）の騎馬道を横切ってひらひら飛んで行く。むらさき皇帝蝶には、モリスのいうように、樫の木の根もとの一かたまりの腐肉が御馳走なのだ。

ファニーはそういうことはみんな『トム・ジョーンズ』に出てくるのだわと思った。彼はポケットに本を入れ独りで行って、穴熊を眺めていられるのでしょうよ。八時半の汽車に乗って行って、ひと晩じゅう歩くのでしょうよ。彼はほたるを見かけて、薬の箱につちぼたるを入れて持ち帰ったわ。この人はニュー・フォリスト（訳注—イングランド南部、ハンプシャーにある森林で国立公園、王室の御猟場がある）の鹿猟犬で狩りをするのでしょう。それはみんな『トム・ジョーンズ』に出てくるのだわ。そして彼はポケットに本を一冊入れて、ギリシアへ行って、わたしのことなんか忘れてしまうんだわ。

彼女は手鏡を持ってきた。自分の顔がそこにあった。もしもジェイコブにターバンを巻きつけたとしたら？ そこに彼の顔が映った。彼女は灯りをつけた。しかし窓から昼間の光がさしこんでくるので、顔の半分だけが灯りで照らし出された。そして彼は怖そうで堂々と立派に見え、フォリストへ行くのはあきらめて、スレードへ行ってトルコ人の騎士かローマ皇帝になろうというけれど（彼は自分の唇を彼女に黒く塗らせ、歯を食いしばり、鏡の中でしかめ面《つら》をした）、それでも――『トム・ジョーンズ』がそこにあった。

11

「アーチャーは」とフランダース夫人は、世の母親がその長男に対してよく示すあの優しさをもって言った、「明日になればジブラルタルにいるでしょう。」

彼女が待っている郵便物（ドッズ・ヒルをぶらぶら上って行くと、むやみに響く教会の鐘が彼女の頭のまわりに讃美歌の一節をふりまき、その調べの輪を真直ぐつき破って時計が四時を打った。草は嵐を孕んだ雲の下で茜色になって行く。そして村の二十余の家々は、一片の雲の影の下で限りなくつつましやかに一かたまりになってちぢこまっている）、さまざまな知らせをもち、肉太の筆蹟や斜めの筆蹟で宛名が書かれた封筒、あるものにはイギリスの消印が、またあるものには植民地の消印が押され、時には黄色い横線（訳注―速達の印）が慌ててぺたんとつけられている、こういう郵便物はおびただしい数の知らせを世界中にまき散らそうとしていた。このように豊富な伝達の習慣によって、われわれが得をしているか否かは、われわれの言うべきことではない。しかし手紙を書くということが、現代では嘘を並べ立てて行われている、とりわけ外国旅行をする若者たちによってそうされていることは、非常にあり得ることに思われる。

たとえば、この光景を見てみよう。

ここに、外国へ行き、旅行を中断してパリに滞在しているジェイコブがいる。（母の従妹のバークベック老嬢が昨年六月に亡くなり、彼に百ポンドを遺してくれたのだ。）

「君はもう一度あの碌でもないことを全部くり返す必要はないよ、クラテンドン」と小柄な禿げ頭の画家、マリンソンが言った。彼は、コーヒーがはね、葡萄酒の環形のしみのついた大理石のテーブルにつき、とても早口に喋り、たしかに大分酔っぱらっていた。

ジェイコブがイギリスのスカーバラ近くのフランダース夫人宛の封書を手にもって入って来て、彼らの傍に席をしめたとき、「さあ、フランダース、君の母上に手紙を書き終ったかね？」とクラテンドンが言った。

「君はベラスケス（訳注―一五九九‐一六六〇、スペインの宮廷画家。肖像画、風景画、宗教画を描く）を認めるかね？」とクラテンドンが言った。

「必ず認めるさ」とマリンソンが言った。

「彼はいつもこんなふうになるんだ」とクラテンドンが苛々して言った。

ジェイコブはたいそう落ち着き払ってマリンソンを見つめた。

「あらゆる文学の中で、これまでに書かれたもっとも偉大な三つのものを君に教えてあげよう」とクラテンドンは突然話し出した。「『おお、わが魂よ、こうしてそこに果実のようにぶら下っておいで』（訳注―シェイクスピアの『シムベリン』五幕五場、ポステュマスの台詞）」と彼は始めた……。

「ベラスケスが嫌いな奴の言うことなんかに耳を傾けてはいけない」とマリンソンが言った。

「アドルフ、マリンソン君にはもうこれ以上葡萄酒を上げないでくれ」とクラテンドンが言った。

「公明正大に、公明正大に」とジェイコブが裁判官のように言った。「酔いたい人には酔わせておきたまえ。そりゃあ、シェイクスピアですよ、クラテンドン。その点では君と意見が一致してるんだ。シェイクスピアはこれらの碌でなしのフランス人の奴らをみんな一緒にしたよりももっと活力を持っていますよ。『おお、わが魂よ、こうしてそこに果実のようにぶら下っておいで』」と彼はワイン・グラスを振りまわしながら、音楽的な誇張した声で引用を始めた。「悪魔に呪われて真黒になるがいい、このまっ白《ちろ》い阿呆め！（訳注―シェイクスピアの『マクベス』五幕三場、マクベスの台詞）」と彼は葡萄酒が縁からこぼれると、叫んだ。

「『おお、わが魂よ、こうしてそこに果実のようにぶら下っておいで』」クラテンドンとジェイコブは二人とも同時にくり返し始めて、二人とも吹き出してしまった。

「畜生、この蝿の奴め」とマリンソンは自分の禿げ頭をぴしゃりと叩きながら言った。「俺を何だと思っていやがるんだ?」

「何かいい匂いがするものだとさ」とクラテンドンが言った。

「黙れよ、クラテンドン」とジェイコブが言った。「この男はまったく礼儀知らずでしてね」と彼はマリンソンに非常に丁寧に説明した。「人が酒を飲むのをやめさせたがっているんですね。おいおい、こっちだ。ぼくはあぶった骨つき肉がほしいんだ。あぶった骨つき肉はフランス語で何て言ったっけ? アドルフ、あぶった骨つき肉を。え、間抜け君、わからないのかね?」

「じゃあ、フランダース、文学全体の中で二番目に美しいものを教えてやろう」とクラテンドンは脚を床の方へ下ろしながら、顔がジェイコブの顔にふれそうになるほどテーブル越しに身をのり出して来て言った。

「『えっさか、ほいこら、猫とヴァイオリン』(訳注―『マザー・グース』の歌の一つ)」とマリンソンはテーブルの上で指をかき鳴らしながら割りこんだ。「文学全体の中でいちばんこよなーく美しいもの……クラテンドンはとてもいい奴さ」と彼は秘密でも打ち明けるように言った。「ただちょっぴり馬鹿だがね」そして彼は首を前に突き出した。

さてこういうことは一言もフランダース夫人には知らされなかった。また彼らが勘定書を払い、レストランを出、ブールヴァール・ラスパイユ沿いに歩いて行ったときに何が起ったかということも知らされなかった。

そこでここにもう一つ会話の断片がある。時は午前十一時頃、場所はアトリエ、そして曜日は日曜日。

「ねえ、フランダース」とクラテンドンが言った。「ぼくはシャルダンの絵を買うくらいなら、マリンソンの小さな絵を一枚手に入れるさ。で、ぼくが言うのはね……」彼は細くなったチューブの尾をしぼった……「シャルダンは非常な大家だったわけだ。なるほど彼の方は今は晩飯代を払うために、絵を売っていますよ。だが画商たちが今に買い始めるから、見ていてごらん。非常な大家——ああ、たいへんな大家になるさ。」

「おそろしくたのしい生活のようだね」とジェイコブが言った。「毎日めちゃめちゃな生活をして。それでも、それはおろかな芸術さ、クラテンドン」彼は部屋を横切ってぶらぶら歩いた。

「ほら、ここにこの人、ピエール・ルイス（訳注―一八七〇―一九二五、フランス耽美派の詩人・小説家、代表作は『ビリティスの歌』）がいる。」彼は一冊の本をとり上げた。

「さてお坊ちゃま、君はここに落ち着くおつもりかね?・」とクラテンドンが言った。

「あれはしっかりした作品だ」と画布を椅子の上に立てながら、ジェイコブが言った。

「ああ、あれはもう大昔に描いたものだよ」と、肩越しに振り返りながら、クラテンドンは言った。

「ぼくの見るところでは、君はかなり有能な画家ですよ」としばらくしてジェイコブは言った。

「さあ、もしぼくが現在やろうとしているものを見たいのなら」とクラテンドンはジェイコブの前に画布を置きながら言った。「ほら。これだよ。その方がもっとそれに近い。それは……」と彼は白塗りのランプのかさのまわりに親指をぐるりと這わせた。

「かなりしっかりした作品だね」とジェイコブはその前に足を広げて立ちながら言った。「でも君に説明してほしいと思うことは……」


青白くてそばかすがあり、病人のようなジニー・カースレイク嬢が部屋に入って来た。

「ああ、ジニー、こちらは友だちのフランダース。イギリス人だ。金持でね。親類筋には身分の高い人がいっぱいだ。続けたまえ、フランダース……」

ジェイコブは何も言わなかった。

「そこよ――そこがよくないわ」とジニー・カースレイクが言った。

「うん、そうだ」とクラテンドンがきっぱりと言った。「あそこがうまくいかない。」

彼は椅子から画布をとり、二人の方に画布の裏を向けて床に立てた。

「ご着席下さい、紳士淑女諸君。カースレイク嬢は君のお国の方から来てるんだよ、フランダース。デヴォンシャーの出身さ。ああ、たしかデヴォンシャーと言ったと思ったが。うん、よし。彼女は教会の女性信者でもあるんだ。一門の厄介者《ブラック・シープ》さ。お母さんが彼女に大した手紙を書くんだ。ねえ――いま一通持っていないか？　手紙がくるのはたいてい毎週日曜なんだ。教会の鐘みたいな効き目があるってわけさ、ね。」

「絵描きさんたちみんなにお会いになったの？」とジニーが言った。「マリンソンは酔っぱらってました？　彼のアトリエに行けば、彼の描いた絵を一枚くれるわ。ちょっと、テディ……」

「ちょっと待ってくれ」とクラテンドンが言った。「今はどんな季節なんだい？」彼は窓から外を見た。

「われわれは毎週日曜日には、休みをとるんだ、フランダース」

「この方は……」とジニーはジェイコブを見つめながら言った。「あなたは……」

「うん、彼もわれわれと一緒にくればいい」とクラテンドンが言った。

それから、ここにヴェルサイユがある。

ジニーは石の縁に立って、池の上にかがみこみ、クラテンドンの腕に抱きとめられている。そうでなかったら、彼女は落っこちてしまっただろう。「ほら！　ほら！」と彼女が叫んだ。「水面すれすれまで出て来たわ！」流線形の肩をした動きの鈍い魚が彼女のくれるパン屑を食べに深い底から浮び上って来ていた。「ごらんなさい」と彼女はとび下りながら言った。すると、まぶしいほどの白い水が、荒々しい、締めつけられるような音を立てて、空中に跳ね上った。噴水が広がった。その中をとおって、はるかかなたから軍楽隊の音が聞こえてきた。水全体に噴水からおちる水滴で皺模様がついた。水色の風船が一つ、水面に静かに落下した。なんと子守り女たちや子供たち、老人たちや若者たちみんながてんでに池の縁に集まって来て、かがみこみ、棒切れをふったことだろう！　小さな女の子は自分の風船の方へ腕をさしのべながら走ったが、それは噴水の下に沈んでしまった。

エドワード・クラテンドンとジニー・カースレイク、それにジェイコブ・フランダースは黄色の砂利道沿いに一列に並んで歩き、芝生のところまで行った。そうして木々の下を通りすぎ、マリー・アントワネットがよくそこでチョコレートを飲んだあずまやのところに出てきた。エドワードとジニーは中へ入ったが、ジェイコブはステッキの柄の上によりかかって、外で待っていた。二人はまた出てきた。

「さてと?」とクラテンドンはジェイコブに笑いかけながら言った。

ジニーは待っていた、エドワードも待っていた。そして二人ともジェイコブをじっと見つめていた。

「さてと?」とジェイコブは笑いながらステッキに両手を押しつけて、言った。

「さあ行こう」と彼は決心して、歩き出した。他の二人は笑いながら、彼について行った。

それから彼らは裏通りの小さなカフェに行った。そこでは人々がコーヒーを飲みながら坐って、軍人たちを眺めたり、もの思いに耽りながら灰皿に灰を落したりしていた。

「でもこの人、まったくちがうわ」とジニーは彼女のグラスの上に両手を組み合わせて言った。「テッドがあんなことを言うのはどういう意味なのか、あなたには判らないと思うわ」と彼女はジェイコブを見つめながら言った。「でもわたしには判るの。時々わたし自殺したくなってくるの。時によると彼は一日じゅうベッドで横になっているの――ただベッドに寝ているだけ……あらあんたはテーブルの上にのっては駄目」と彼女は両手を振り動かした。ふくらんだ玉虫色の鳩が彼らの足元でよちよち歩いている。

「あの女の帽子を見たまえ」とクラテンドンが言った。「いったいどうやって、あんなものを思いついたんだろう?……いや、フランダース、ぼくには君のような生き方はできないと思うよ。大英博物館の向い側の通りを歩いていくとき――あの通りは何ていったっけ?――そう、それがぼくの言いたいことさ。みんなあんなふうなんだ。あの肥った女たち――それから今にも発作を起さんばかりに道の真中につっ立っている男……」

「みんなが餌をやるんだわ」とジニーが鳩を手で追いながら言った。「馬鹿な老いぼれの鳩さんたち。」

「さあ、よくわからないな」とジェイコブはタバコをふかしながら言った。「あそこにはセント・ポールがありますがね。」

「事務所へ行くっていう意味で言ってるのさ」とクラテンドンが言った。

「しょうがないでしょう」とジェイコブがいさめた。

「でもあなたはものの数に入らないわ」とジニーはクラテンドンを見つめながら言った。「あなたは気ちがいよ。絵を描くことしか考えていないって意味で。」

「ああ、判ってる。でもどうにもしようがないんだ。それはそうと、ジョージ王（訳注―一八六五―一九三六、ジョージ五世のこと、在位期間は一九一〇―三六）は、上院に譲歩するだろうか？」

「そうしなければならなくなるのは確かだろう」とジェイコブが言った。

「ごらんなさい」とジニーが言った。「この人はほんとに判ってるわ。」

「ねえ、ぼくにできれば、一人前にやる気はあるんだが」とクラテンドンが言った、「でもそういうことはぼくには、ただできないんだよ。」

「わたしにはできると思うわ」とジニーが言った。「ただ、そんなことするのは嫌な人たちだけよ。故国《くに》ではね、という意味よ。人々はそれ以外のことは何も喋らないのよ。わたしの母みたいな人でもね。」

「さて、もしもぼくがここに来て住むとしたら——」とジェイコブは言った。「ぼくの払う分はいくら? クラテンドン。ああ結構。あなたの思うとおりでいい。この辺の馬鹿な鳥たち、傍にいて欲しくなるとすぐ——みんな飛び立って行っちゃうんだ。」

そして廃兵院駅《ガール・ド・アンヴァリッド》(訳注—パリの廃兵院の近くにある駅)のアーク灯の下で、とてもかすかだったが、とてもはっきりした奇妙な動作でジニーとクラテンドンは近寄った。そういう動作は心を傷つけるか気づかれずに過ぎるかだったが、ふつうはたいそう不快の念をあたえるものだ。ジェイコブは離れて立っていた。彼らは別れなければならなかった。何か口に出さなくてはいけないのに一言も言葉が出てこなかった。手押車を押していた男がジェイコブの脚すれすれに通ったので、もう少しでかすりそうになった。ジェイコブが平衡をとり戻した時、他の二人は、角を曲ろうとしていた。しかしジニーは肩越しにふり返り、クラテンドンは手を振りながら、大天才たる彼らしい様子で姿を消して行った。

いや——フランダース夫人はこういうことについては何も知らされていなかった。ジェイコブはこれ以上大切なことは少しもないと感じたといっても差しつかえないのだが。そしてクラテンドンとジニーについては、二人ともかつて出会った人々の中で、もっとも非凡な人たちだと彼は思った——もちろん、やがてどんな風にしてクラテンドンが果樹園を描くのに没頭し、そのためケント（訳注—イングランド南東端の州、森の多い田園地方で「英国の公園」と呼ばれる）に住まねばならなくなったか、わからなかったからだ。そしてクラテンドンは、今頃はもうりんごの花越しに真相を見抜いているにちがいないと人は思うだろう。というのは彼は絵を妻のために描いたのだが、その妻が、ある小説家と駆け落ちしたのである。いや、しかし彼はまだ見抜いていない。クラテンドンはまだ独りぼっちで猛烈な勢いで絵を描いていた。その頃ジニー・カースレイクはアメリカ人画家レファニューとの情事のあとで、インド人哲学者たちとしばしばつき合っていた、それから今は、道で拾ったふつうの小石の入った宝石箱を大事にしている彼女の姿がイタリアの下宿屋《ペンション》で見かけられる。しかし、彼女の言うところでは、もしそれらの小石を落ち着いて見つめるなら、多様性は一つのまとまりとなり、それがどういうわけかで人生の秘訣となるのだ、とはいってもそのことはマカロニがテーブルをまわっていくのを目で追うのを妨げはしないけれど。そして時に春の宵には、彼女は恥ずかしがりのイギリス人の若者たちに向って奇妙この上ない打ち明け話をするのだ。

ジェイコブは母親に隠しておくことは何もなかった。彼はただ自分の途方もない興奮のわけがわからなかっただけなのだ、そしてそれを書き記すことはと言えば——

「ジェイコブの手紙はとってもあの人らしいですわ」とジャーヴィス夫人は便箋を折りたたみながら言った。

「ほんとうにあの子は……」とフランダース夫人は言いかけて黙った。彼女は洋服を裁断しようとしていて、型紙をまっすぐに直さなければならなかったものだから。「……とても愉快な時を過していているらしいわ。」

ジャーヴィス夫人はパリのことを考えた。彼女の背後には窓が開け放たれている。暖かい静かな夜だったから。月のまわりには暈がかかっているように見え、りんごの木立ちは静まりかえって立っている。

「わたしは死者たちを決して憐れみませんわ」とジャーヴィス夫人はクッションを背中で移し変え、頭の後ろで両手を組み合わせながら言った。ベティ・フランダースには聞こえなかった、彼女の鋏がテーブルの上で大きな音を立てたからだ。

「あの人たちは安らかに休息しているわ」とジャーヴィス夫人が言った。「そうしてわたしたちはわけもわからずに馬鹿な無駄なことをしながら日々を過しているのよ。」

ジャーヴィス夫人は村では人に好かれていなかった。

「こんなに夜遅くあなたは散歩したりなさらないでしょう?」彼女はフランダース夫人に訊いた。

「たしかにすばらしく暖かな晩だわ」とフランダース夫人が言った。

しかし彼女が夕食のあとで果樹園の門を開け、ドッズ・ヒルを上りに出かけてから、もう何年も経っていた。

「すっかり乾いているわ」とジャーヴィス夫人は二人が果樹園の門を閉め、芝生へ足を踏み入れたときに、言った。

「わたし遠くまでは行かないわ」とベティ・フランダースが言った。「ええ、ジェイコブは水曜日にパリを発つでしょう。」

「ジェイコブは三人の中で、いつもわたしの味方でしたわ」とジャーヴィス夫人が言った。

「さてと、ね、あなた、もうこれ以上遠くへはわたし行かないわ」とフランダース夫人が言った。

二人は暗い丘を上って古代ローマ人の陣営跡まで来ていた。

城壁が彼女たちの足元からそびえ立っていた——陣営かあるいは墓かをとりまいている凸凹のない円形。なんて多くの針をベティ・フランダースはそこで失くしたことだろう！　それから柘榴石《ガーネット》のブローチも。

「時によるとこれよりずっと澄みわたっているわ」とジャーヴィス夫人は尾根に立ちながら言った。雲一つなかったが、海の上や荒野《ムーア》の上に靄があった。スカーバラの光が、まるでダイヤモンドの頸飾りをしている女性があちこちに頭をふり向けるみたいに光った。

「なんて静かなんでしょう！」とジャーヴィス夫人が言った。

フランダース夫人は柘榴石《ガーネット》のブローチのことを考えながら、爪先で芝生をこすった。

ジャーヴィス夫人は、今夜は自分自身のことは考え難いと思った。たいそう穏やかだった。風もなかった。疾走したり、飛んだり、逃げたりしているものは何もなかった。黒い影が銀色の荒野《ムーア》の上に静かにさしている。はりえにしだの繁みが静まりかえって立っている。ジャーヴィス夫人も神のことを考えたりしなかった。もちろん、彼女たちの背後には教会があった。教会の時計が十時を打った。あの音ははりえにしだの繁みに届いただろうか、あるいは、さんざしの木にはあの音が聞こえただろうか？

フランダース夫人は小石を拾おうとかがみこんでいた。時によると人は拾いものをするものね、とジャーヴィス夫人は考えた。それにしてもこの薄明るい月の光じゃ何も見えないわ、せいぜい骨やチョークの切れっぱしくらいよ。

「ジェイコブが自分のお金であのブローチを買ったんですの、それからわたし、パーカーさんをこの眺めを見にお連れして……あれは落っことしたにちがいないわ――」フランダース夫人は呟いた。

骨が動いたのだろうか、それとも錆びた刀が？　フランダース夫人の安っぽいブローチは永遠に、豊かな堆積物の一部になってしまったのだろうか？　そしてもしあらゆる霊たちがうようよと群がり集まってきて、円形の中にいるフランダース夫人と肩と肩をすり合わせたとしたら、彼女は非のうちどころなくぴったりした役柄に見えたのではなかろうか、たくましくなっていく、生きたイギリスの刀自《メイトロン》として。

時計が十時十五分を打った。

教会の時計が時を十五分刻みに分割するにつれて、その音のはかない波は、堅いはりえにしだの繁みやさんざしの小枝の間で砕けた。

荒野《ムーア》は「今十時十五分過ぎ」と告げる音をじっと動かず広い背を見せて聞いていたが、茨がこそりと動くほかには、返事を返さなかった。

しかしこのような光のもとでさえも墓石の上の墓碑銘を読むことができて、はかない声が「わたしはバーサ・ラックです」、「ぼくはトム・ゲイジだ」と告げていた。そしてそれらの墓碑銘は何月何日に彼らが死んだかを告げ、新約聖書から彼らのために、何か誇らしげなこと、際立ったこと、あるいは慰めの言葉などが引用されていた。

荒野《ムーア》はそういうものをもすべて受け入れる。

月の光は教会の壁に青白い一頁のようにさし、壁龕《へきがん》の中でひざまずく家族の像や、貧民を救け、信仰のあつかった教区の地主のために一七八〇年に建てられた銘板を照らす――それで格調の高い声がその大理石の巻き物に刻まれた銘の上に流れつづけて行く。まるで、時と戸外の空気とにその声を刻みつけることができるみたいに。

今、一匹の狐がはりえにしだの繁みの後ろからこっそり抜け出して来る。

しばしば夜でさえも教会は人でいっぱいらしい。教会の座席はすりへり、油でつるつるし、牧師の法衣が然るべき所にあり、讃美歌の本は棚の上にある。それは船員たち全員が乗船している一隻の船だ。船材は死者たちと生者たち、農夫や大工、狐狩りをする紳士《ジェントルマン》たちや泥とブランディーの匂いのする百姓たちを必死になって支えている。彼らの舌は一緒になって、はっきりした言葉を一音一音発音する、そしてその言葉が時と広い背をした荒野《ムーア》とを永久に薄く切り分けていく。嘆きと信仰と挽歌、それに絶望と勝利、しかしたいがいは良識と上機嫌な無頓着がここ五百年というもの、いつでも窓から足音をさせて出て行く。

それでも、ジャーヴィス夫人が言ったように、荒野《ムーア》に出て来ると、「なんと静かなのだろう!」真昼は静かだ、狩りの一隊が荒野に散り散りになっている時のほかは。昼下りは静かだ、あてどなく歩く羊のほかは。夜になると荒野はすっかり静まりかえる。

柘榴石《ガーネット》のブローチは荒野の草むらの中に落ちていた。一匹の狐がひっそりと歩いて行く。一枚の葉がひらひらとひるがえる。五十歳のジャーヴィス夫人はぼんやりした月明りのもと、陣営跡で休む。

「……それで」とフランダース夫人は背中を真直ぐ伸ばしながら言う、「わたしパーカーさんは好きじゃなかったですわ。」

「わたしもそうですよ」とジャーヴィス夫人が言った。二人は家に向って歩き始める。

しかし二人の声はしばらく陣営跡のあたりに漂っていた。月光は何も破壊しなかった。荒野《ムーア》はすべてのものを受け入れた。トム・ゲイジは彼の墓が続いて在る限り大声で叫んでいる。古代ローマ人たちの髑髏《されこうべ》は安全に保たれている。ベティ・フランダースのかがり針も、柘榴石のブローチも安全だ。そして時折、真昼には、陽の光を浴びて、荒野は乳母のようにこれらの小さな宝物をいくつも秘蔵しているように見える。しかし誰も喋ったり、馬を走らせたりせず、さんざしの木が静まりかえっている真夜中には、荒野に向って「何?」とか「なぜ?」とかいう質問を浴びせて悩ませるのは愚かなことだ。

教会の時計は、しかし十二時を打っている。

12

滝は鉛のように岩棚から落ちた——太い白い環のついた鎖みたいに。汽車は急勾配の緑の牧場に出、ジェイコブは縞模様のチューリップが生えているのを見、小鳥が鳴いているのを聞いた。イタリアに来たのだ。

イタリア人の将校たちをいっぱいに載せた一台の自動車が砂埃を後ろに巻き上げながら、平坦な道路を汽車と並んで走る。木々は葡萄蔓で編み合わされている——ちょうどウェルギリウスが言ったように。停車場に来た。黄色い長靴《ブーツ》を履いた女たちと横縞のソックスを履いた奇妙な青白い少年たちとの途方もない別れの挨拶が交わされていた。ウェルギリウスの蜜蜂はロンバルディアの平原を飛びまわっていた。楡の木の間に葡萄蔓を這わせるのは古代の人々の習慣であった。それからミラノでは屋根の上で旋回している明るい茶色の鋭い翼をもった鷹がいた。

これらのイタリアの汽車は、昼下りの太陽に照らされて、ひどく暑くなる、そして機関車がかたことと峡谷のいちばん高い所まで上りつく前に、がちゃがちゃ音を立てている鎖が切れてしまうかもしれない。機関車は、遊覧豆鉄道の汽車のように上へ上へとどんどん上って行く。どの峰も先のとがった木々でおおわれ、びっくりするような白い村がいくつも岩棚の上にひしめいている。頂上には必ず白い塔があり、平らな赤い襞飾りのついた屋根がのっていて、その下は崖になっている。それはお茶のあとで散歩をする国ではない。一つには草地がないせいだ。丘の斜面全体がオリーブの木々で支配されるのだろう。四月にはもう、土はオリーブの木と木の間で固まって土埃と化している。柵のそばの階段もなければ小道もなく、また木の葉の影で格子模様のついた小径もなければ、そこでハムや卵を食べる張り出し窓のある十八世紀風の宿屋もない。ああ、そうなのだ、イタリアは激しさそのもの、あらゆるものがむき出しで露わで、そして黒服の司祭たちが道をのろのろ歩いている所なのだ。どうして人が別荘《ヴィラ》から離れないのか、それも不思議なことである。

それでもやはり自分で使える百ポンドの金をもって旅行することはすばらしいことだ。そしてもし彼の金が、多分そうなるように、尽きたなら、彼は徒歩で行くつもりだ。パンと葡萄酒だけで生きていかれるだろう――藁でおおわれた瓶に入った葡萄酒だ――というのはギリシア見物の後で彼はローマを片づける予定だった。ローマ文明は、ギリシアに比べれば非常に劣ったものだったことは確かだ。しかし、それでもボナミーはたくさんのたわごとを喋った。「君はアテネに行ってみるべきだったよ」と、帰ったらボナミーに言ってやろう。「パルテノンに立ってみると」と言おう、あるいは「円形大演技場《コロシューム》の廃墟は何かすばらしく崇高な省察を促すよ」と。このことを彼は手紙の中で長々と詳しく書くつもりだ。それは文明についての一つのエッセイになることだろう。古代人と近代人の比較にアスクィス氏に対するかなり痛烈な皮肉をこめる――どこかギボン風の文体で。

逞ましい紳士が、埃まみれになって嵩ばった身体に金鎖をつるして、ようやく身を引きずるようにして乗りこんで来た、そしてジェイコブは自分がラテン民族の血を引いていないことを残念に思いながら、窓の外を見た。

二日二晩旅行すると、もうイタリアの中央部に来ているのは不思議な感じだ。オリーブの木立ちの間に偶然に出来たような別荘が姿をあらわす。それからサボテンに水をやっている下男。黒塗りのほろつき四輪馬車が石膏の盾形の紋章のついた豪華な柱の間を走ってくる。それは一瞬のことであっても、驚くほど心にしみることだ――外国人の目の前にくり広げられると。そして誰一人やって来ない淋しい丘の頂きがある。でもその丘の頂きはつい最近までピカデリーをバスに乗って走っていたぼくによって眺められているのだ。そしてぼくがしてみたいことは、野原の中へ出て行って腰を下ろし、きりぎりすの声を聞き、片手一杯の土をすくい上げることだろう――イタリアの土を。ぼくの靴の上にイタリアの土埃がたまっているように。

ジェイコブは夜通し鉄道の駅で耳なれぬ名前が叫ばれているのを聞いた。汽車が停まると、すぐ近くで蛙ががーがー鳴いているのが聞こえた。彼がそっとブラインドを上げてみると、広い、見なれぬ沼沢地が月光の下でまっ白に見えた。汽車にはタバコの煙が立ちこめ、その煙が緑色の笠のついた電球のまわりに漂っていた。イタリア人の紳士が深靴をぬぎ、チョッキのボタンを外したまま、いびきをかいて寝ていた……そしてこれらすべてのギリシアへ行く途中のことがジェイコブにはたまらなく退屈に思われた——ホテルでひとり坐ったり、記念碑を見たりすることが——ティミー・ダラントとコーンウォールへ行く方がましだったろう……「あーあ」と、彼の前で夜が明け、光がさしはじめたとき、ジェイコブは不平を鳴らした、しかし、その男は何かとるために彼の前を横切って手を伸ばしていた——シャツに胸当て《ディッキー》をつけて、髭を生やし、しわくちゃで、でっぷり肥ったイタリア人はドアを開けて、洗面をしに席を立っていった。

そこでジェイコブは坐りなおし、一人のやせたイタリア人の遊猟家が銃を抱えて、早朝の光の中を道路を歩いて行くのを見た。するとパルテノンについての考え全部がとつぜん彼に思い浮んできた。

「誓って！」と彼は考えた、「われわれはパルテノンの近くにいるにちがいない！」そして彼は窓から顔を突き出し、顔いっぱいに風をあてた。

あなたの知己二十五人がギリシアに来ていることについて非常に的を得たことを即座に言いうるのに、あなた自身にはどんなものであれ、すべての感動に歯止めがかかっているというのは、まったく腹立たしい限りだ。というのは、パトラス（訳注―ギリシア西部パトラス湾の港市）のホテルで洗面をしたあとで、ジェイコブは一マイルかそこら市街電車の線路沿いに歩いて行き、一マイルかそこらの同じ道を戻って来ただけだったからだ。彼は七面鳥のいくつかの群れに出会い、ろばの一隊にもいくつか出会った。裏通りでは道に迷った。コルセットとマギーのコンソメの広告を読んだ。子供たちが彼の爪先を踏んだ。その辺りは腐ったチーズの匂いがした。そして彼は突然に自分の泊っているホテルの向い側に出てきたのだとわかって嬉しかった。コーヒー茶碗にまじって古い日付の「デイリー・メイル」（訳注―一八九六年創刊のイギリスの保守党系の新聞）紙がおいてあり、それを読んだ。しかし、夕食のあと何をすればよいのだろう？

もし、われわれが幻想を抱くというおどろくべき才能をもっていなかったら、おそらく全体としてはわれわれは今よりもっと不幸せになることだろう。十二歳かそこらで、人形を捨て蒸気機関車をこわしてしまうと、フランスや、もっとありそうなのはイタリアだけれど、インドは必ずと言ってよいくらいあり余る想像力を引きつける。誰にもローマに行ったことがある叔母さんたちがいるものだし、ラングーンからの音信が最後になった叔父さん——可哀そうに——がいるものだ。彼は決してもう戻ってはこないだろう。しかし、ギリシア神話の手引きをするのは、女性の家庭教師たちなのだ。あの頭を見てごらんなさい（と彼女たちは言う）——鼻は投げ矢のように真直ぐでしょ、巻き毛の頭髪、眉——どれも男性的な美しさにふさわしいわね。一方、脚や腕の線は完璧な発達を示しているでしょう——ギリシア人たちは顔と同じくらい肉体を愛しているんですよ。それから、ギリシア人たちは小鳥が啄みにくるくらい果実を上手に描けたの、まずクセノフォン（訳注—紀元前五-四世紀、ギリシアの将軍、歴史家）を読みなさい、それからエウリピデスを。ある日——それはたしかに一つの好機なのだが——人々が言っていたことが意味を持っているように思われてくる。「ギリシア精神」、ギリシアのあれこれ、その他もろもろ。それにしても、どんなギリシア人でもシェイクスピアの域に迫るなどということは馬鹿げているけれど。だが、大切なことは、われわれが幻想の中で育てられてきたということだ。

ジェイコブは「デイリー・メイル」紙を手の中でくしゃくしゃにまるめながら、脚をぐったり伸ばして、おそらくこんなふうに考えごとをしていた。まさに退屈を絵に描いたようなものだった。

「しかし、これこそぼくたちの育てられてきた方法なのだ」と彼は続けた。

そして、それはすべて彼には非常に嫌に思われた。何とかしなければならない。激しくはないが憂鬱になったせいで、彼はこれから処刑されようとしている人のような気分になった。クララ・ダラントがピルチャードという名のアメリカ人に話しかけようとして、彼をパーティで置いて行ってしまったことがあった。そして、彼ははるばるギリシアへやって来て、彼女を置き去りにして来た。人々はイヴニング・ドレスを着て、たわごとを喋っていた——何ていまいましいたわごとだ——そして彼はホテルの経営者たちに無料で配られる国際的な雑誌「グローブ・トロッター」をとろうと、手を伸ばした。

その今にも崩れそうな状態にもかかわらず現代のギリシアは、市街電車の制度ではきわめて進んでいて、ジェイコブがホテルの居間に坐っている間に、何台かの電車ががちゃがちゃ音を立て、いばって何度も何度もベルを鳴らして、邪魔になっているろばや、窓の下でちょっとでも身動きするのを拒む老婆をどけさせるほどだった。文明全体が非難されていた。

給仕は、そのことにもまた、まったく無関心だった。このアリストテレスという薄よごれた男は、唯一つしかない肘掛椅子をいま占領しているたった一人の客である彼の体に肉食獣のような興味を抱いて、これ見よがしに部屋に入って来て、何かを下におき、何かをまっすぐになおして、ジェイコブがまだそこにいるのを見とどけるのである。

「明日の朝早く起してもらいたいんだ」と、ジェイコブは肩ごしに言った。「オリンピアへ行く予定だから。」

この憂鬱、われわれのまわりをおおうこの暗い水に身をゆだねることは、現代の発明である。おそらく、クラテンドンが言ったように、われわれは充分信じていないのだ。われわれの父には、ともかくも破壊すべき何かがあった。実にわれわれにも破壊しなくてはならないことがある、とジェイコブは「デイリー・メイル」を手の中でくしゃくしゃにしながら、考えた。ぼくは議会へ行ってすばらしい演説をしてやろう――しかし、いったん暗い水に一インチでも身をゆだねてしまえば、すばらしい演説や議会がなんの役に立とうか？　実際、われわれの気分の潮の干満については――幸・不幸については――かつていかなる説明もされたことはない。世間体や人が正装しなければいけない夜会《イヴニングパーティ》やグレイズ・インの裏側にあるみじめなスラム街――確固として動かしがたい、グロテスクな何か――がその背後にあることはありそうなことだとジェイコブは考えた。しかしそれなら、彼に疑問を抱かせはじめた大英帝国というものがあった。あるいは又、アイルランドの自治法案にはまったく彼は賛成ではなかった。「デイリー・メイル」紙は、そのことについてどう言ったかしら？

というのは、彼は一人前の男になり、まさにものごとに巻きこまれようとしていたからだ――ちょうど寝室係の女中が二階で彼の洗面器を空《から》にしながら化粧台の上にまき散らされている鍵やカフスボタン、鉛筆や錠剤のびんを指でいじりながら気がついたように。

彼が一人前の男になろうとしていたことは、フロリンダがすべてのものを知る場合と同様に、本能的に知っていたことであった。

そして、ベティ・フランダースはミラノで投函された手紙を読んで、今そうしたことをうすうす感づいて、ジャーヴィス夫人にこぼした、「わたしが知りたいことは、ほんとうに何も書いてくれていないわ。」しかし、彼女はそれについてじっと考えこんだ。

ファニー・エルマーは絶望的になるほどそのことを感じとっていた。というのは、彼はステッキと帽子をもって窓辺に歩いて行き、まったく放心状態でありながらしかも厳しい顔つきをすると思ったからだ。

「ぼくはボナミーの食事にたかりに行ってこよう」と彼は言うだろう。

「ともかく、わたしはテムズ河に飛びこんで溺れ死ぬことができるわ」とファニーは捨子養育院の前を急ぎ足で通りすぎるときに、叫んだ。

「しかし、『デイリー・メイル』は信用できない」とジェイコブは、なにか他に読むものを探しながら、ひとりごとを言った。そして彼は非常に深い憂鬱を感じたので、もう一度溜め息をついた、憂鬱な気分はどんな時でも彼に憂いの影をもたらすように、彼の心にずっと宿っていたにちがいないと思われるくらいだった、それはあんなにものごとを楽しんでいた男、あまり分析癖もなく、もちろんおそろしくロマンチックな男にしては奇妙なことだなと、ボナミーはリンカーンズ・インの自分の部屋で考えた。

「彼は恋におちるだろう」とボナミーは思った、「鼻筋のとおったギリシアの女と。」

ジェイコブがパトラスから手紙を書いたのはボナミーに宛ててだった——女を愛することができず、決して馬鹿げた本を読まないボナミーに宛てて。

とどのつまり、よい本はとても少ないのだ、というのはわれわれはおびただしい歴史や、ナイル河の水源を発見するためにらばのひく車に乗ってゆく旅行記や饒舌な物語《フイクション》を数に入れることはできないのだから。

ぼくは、その美点が一頁か二頁にすべておさめられているような本が好きだ。軍隊が横切ろうとも動じないような文章が好きだ。硬質な言葉が好きだ――こういうのがボナミーの見方だった、その見方で彼は朝の新鮮な草木が大好きな人々の敵意をまねいた。窓を開け放ち、太陽の光をうけて罌粟の花が一面に咲いているのを見つけ、イギリス文学のおどろくべき豊かさを見てこらえ切れず歓喜の叫びを上げる人々の敵意を。そういうのは全くボナミーの流儀ではなかった。彼の文学上の趣味が彼の友だちづき合いに影響し、彼を寡黙で隠し立てをする気むずかしい人間にしている、彼自身の考え方と同じ考え方をする一人か二人の若者としか心をゆるさないということが、彼に対する非難として言われていた。

しかし、それならジェイコブ・フランダースは彼の考え方とまるっきりちがっていた――ちがっているどころじゃない、とボナミーは、テーブルに薄い便箋を一枚おき、ジェイコブの性格について考えこみながら、一度ならず溜め息をついた。

面倒なのは、彼の本質にあるこのロマンチックな気分だった。「しかし、こういう馬鹿げた状態に彼を至らせるあの愚かさと混じって」と、ボナミーは考えた、「何か――何かがある」――

彼は溜め息をついた、というのは彼は世界中の誰よりもジェイコブが好きだったからだ。

ジェイコブは窓辺へ行って、手をポケットに入れたまま立った。そこからはキルトを着た三人のギリシア人が見えた。船のマスト。怠け者のあるいは忙しげな庶民階級の人々、彼らはぶらぶら歩いたり、きびきびした足どりで歩いたり、群をなしたり、手ぶりを交じえて話したりしている。その人々が彼に対して無関心であることが彼の憂鬱の原因なのではない。原因はもっと深い確信——彼自身がたまたま孤独なのではなく、あらゆる人々が孤独だという確信である。

しかし次の日、汽車がオリンピアへの途中でゆっくりと丘をまわった頃、ギリシア人の百姓女が葡萄畑に出ていた。年とったギリシア人の男たちが、駅でおいしい葡萄酒をちびちび飲みながら腰を下ろしていた。そしてジェイコブは憂鬱な気分のままではあったが、ひとりでいることがどんなに途方もなく楽しいことか、これまで思いもかけなかった。イギリスをはなれて、あらゆることから切りはなされて、すべてを自分自身で切りまわしていることが。オリンピアへ行く途中には嶮しい草木の生えていない丘がいくつもある。そして、それらの丘の間の三角形の空間に青い海がある。ちょっと、コーンウォール地方の海岸に似ている。さあ、これから一日じゅうひとりで歩いて行こう――あの踏みならされた道を辿って、藪と藪の間をあれに沿って上って行こう――藪ではなくて小さい木立ちだろうか？――古代の国々の半ばが見わたせるあの山の頂上まで――

「そうだ」とジェイコブは、彼の車輛が空っぽだったので口に出して言った、「地図を見てみよう。」

それを咎めようが讃めようが、われわれの心の中に野生の馬がいることは否定できない。途方もなく走ったり、疲れ果てて砂の上に倒れたり、大地がぐるぐるまわると感じたり、まるで人間性がなくなったみたいに石や草に対して急激な友情を――積極的に――感じて、人間の男女についてはくたばれと思う――こういう欲望がわれわれをかなり頻繁に捉えるという事実を打ち消すことはできない。

オリンピアのホテルの窓辺では、汚いカーテンを夕べの微風がかすかに揺り動かしていた。

「わたしは、あらゆる人に対する愛情でいっぱいなんだわ」とウェントワース・ウィリアムズ夫人は考えた。「——とくに貧しい人たちに対する愛情——重い荷をもって夕方帰ってくる小作人たちに対する愛情で。そして何もかも穏やかでぼんやりしていて、とても悲しい。それは悲しいことだわ、悲しいことだわ。でもどんなものにも意味がある」とサンドラ・ウェントワース・ウィリアムズはちょっと頭をもたげて、たいそう美しい悲劇的な気高い表情をしながら考えた。「人は何でも愛さなければいけないんだわ。」

ヴェールをかぶって白ずくめの装いでオリンピアのホテルの窓辺に立ったとき、彼女は旅行に便利な小型の本を一冊手にしていた——チェホフ短篇集だ。その夕暮れは何と美しかっただろう！　そして、彼女の美しさはその夕べの美しさだった。ギリシアの悲劇はあらゆる高貴な魂の悲劇だった。避けられない妥協。彼女は何かを摑んだらしかった。それを書き留めておこう。そして、夫が本を読みながら坐っているテーブルの方へ行きながら、彼女は両手にあごをもたせかけて小作人たちのことや苦しみ、自分自身の美貌、避けられぬ妥協のことを、そしてどうやってそれを書き留めておこうかということなどを考えた。エヴァン・ウィリアムズも本を閉じ、今二人の前におかれようとしているスープの皿の場所を作ろうとして、その本をどけながら、乱暴なことも月並みなことも馬鹿げたことも言わなかった。ただ彼の警察犬めいた瞼の垂れ下った眼と重たく血色のわるい頬は、彼の憂鬱な寛大さを表わしていた。つまり自分は細心の注意と熟慮をめぐらせながら生きるよう強いられているが、追求する価値があるとわかっている目的のどれも達成する見込みはおそらくあるまいという彼の確信を表わしていたのだ。彼の思慮は完璧で、彼の沈黙は破られなかった。

「あらゆるものごとは、とても多くの意味をもっているようだわ」とサンドラは言った。しかし、彼女自身の声で呪縛がとけた。彼女は小作人たちのことを忘れた。ただ自分は美貌の持ち主だという感覚だけが残り、幸い目の前に鏡があった。

「わたし、とてもきれいだわ」と彼女は思う。

彼女は帽子をちょっとかぶりなおす。夫は彼女が鏡を覗いているのを見ている。美貌は大切なものだということには同感だ。それは親から受け継ぐ遺産だ。無視することはできない。しかし、美貌は隔壁だ。それは実際にはむしろうんざりするものである。そこで彼はスープを飲んで、窓をじっと見つめ続けた。

「うずらだわ」とウェントワース・ウィリアムズ夫人が懶げに言った。「それから山羊だと思うけど。それから……」

「カラメル・カスタードだろうよ、きっと」と夫が同じような調子で、もうつま楊子をとりだして言った。

彼女は皿の上にスプーンをおき、スープは半分済ませたところで、持ち去られた。彼女は何をやっても必ず威厳がある。というのは、彼女のようなタイプは、村人たちがそれに対して帽子に手をふれて敬意を表し、牧師館もそれに敬意を払うということを除けば、非常にギリシア人風のイギリス人タイプだった。日曜日の朝、彼女が広いテラスにおりてきて石造の壺のところで首相と薔薇の花を摘もうとぶらぶらしていると、上の庭師と下の庭師たちはうやうやしく背中をのばす——このことをおそらく彼女は忘れようと努めていたのだろう、オリンピアの宿屋の食堂で、彼女が辺りをぐるりと見まわし、自分が本を置いたあの窓、二、三分前にそこで何かを——愛と悲しみと小作人について非常に深遠な何かを——発見したばかりのあの窓はどこだったかしらと探しながら。

しかし、溜め息をついたのはエヴァンの方だった。絶望したわけでも、反抗しようとしたわけでもぜんぜんなかった。しかし、非常に野心的でありながら性質は非常にものぐさなので、彼は何ごとも達成しなかった。イギリスの政治史をよく知っていて、チャタム、ピット、バーク、チャールズ・ジェイムス・フォックス（訳注—いずれもイギリス十八世紀の偉大な政治家）としょっちゅうつき合って暮しているので、自分自身と自分の時代を、彼らと彼らの時代と比べざるをえなかった。「けれども、偉大な人間が今ほど必要とされる時はない」と彼は溜め息をつきながら、独り言をいう癖がついた。ここオリンピアの宿屋で、彼は歯をほじっている。彼は食事を済ませていた。しかし、サンドラの眼は辺りを眺めまわしていた。

「こういうピンクのメロンは確かに危い」と彼は憂鬱そうに言った。そして彼が喋ったとき、ドアが開き、灰色の格子縞の背広を着た一人の若者が入ってきた。

「きれいだけど、危いわ」とサンドラは、第三者のいるところで、夫に向って直接話しかけながら言った。（「ああ、観光旅行中のイギリスの青年ね」と彼女は心の中でひとり思った。）

そして、エヴァンもすべてを知っていた。

そうだ、彼はすべてを知っていたのだ、そうして彼女に感心していた。恋愛沙汰をおこすのは、さぞ楽しかろうと彼は思った。しかし、彼自身としては背丈（ナポレオンは五フィート四だったと憶えているが）、体格、押し出しの悪さ（それでも今ほど偉大な人間が必要とされる時はない、と彼は溜め息をついた）などのせいで、それは無駄だった。彼はタバコを捨てて、ジェイコブの方へ行って、ジェイコブの好きな単純な誠実さを帯びた声で、イギリスから真直ぐやって来たのかどうかと尋ねた。

「なんてイギリス人らしいんでしょう！」翌朝、給仕がその若者は山へ登るため、五時に発ちましたと二人に話したとき、サンドラは笑った。「きっと、彼はお風呂を浴びさしてくれと頼んだのでしょう?」それを聞いて、給仕は頭をふり、支配人に聞いてみましょうと言った。

「あなたにはわかってないわ」とサンドラは笑った。「いいのよ」


まったくひとりぼっちだ。山の頂上に寝ころんで、ジェイコブはたいそう楽しんでいた。おそらく彼の全生涯でこれほど楽しかったことは今までにない。

しかしその晩、夕食のとき、ウィリアムズ氏が彼に新聞を読みたいかと訊いた。それからウィリアムズ夫人が彼に（彼らがタバコを喫いながらテラスをぶらぶら歩いていたとき——あの男のタバコをいったいどうすれば自分は断わることができるだろう?）月明りの劇場を見たことがあるかと訊いた。エヴァラード・シャーボーンを知っているかとか、ギリシア語が読めるかとか（エヴァンは黙って立ち上がり入っていった)、もし一つを犠牲にしなければならないとしたら、フランス文学かロシア文学かと訊いた。

「そして今」とジェイコブはボナミー宛の手紙に書いた、「ぼくは、彼女のいまいましい本を読まなくてはならないだろう」——チェホフのことだった。彼女がそれを貸してくれたのである。

その意見は人には容れられないけれど、草木の生えていない土地、石が多すぎて耕せない荒野、イギリスとアメリカの間にある波立ちさわぐ海原の方が、都会よりずっとわれわれにふさわしいということは非常にありそうなことだ。

われわれの中には限定を軽蔑するような絶対的な何ものかがある。社会の中で嬲られ、ゆがめられるのは、これなのだ。人々は一つの部屋に集まってくる。「お会いできて、とても嬉しい」と誰かが言う、そしてそれは嘘なのだ。それから、こんなことも言う、「今では秋より春の方がずっと楽しいです。人は年とるにつれて、そうなるようですが。」それというのも女性たちはいつも年がら年中、くりかえし自分が感じていることについて喋り、もし彼女たちが「年とるにつれて」と言うならば、彼らは相手がまったく的外れなことを答えてくれるつもりでいるのだから。ジェイコブはギリシア人が劇場のために大理石を切り出した石切場に腰を下ろした。真昼にギリシアの丘を上っていくのはたいへんなことだ。野生の赤いシクラメンが咲いている。彼は小さな亀が藪から藪へと足を引きずって歩いているのを見ていた。空気がひどく臭く、それから突然よい香りがして、太陽は大理石のぎざぎざのある破片にあたって、たいそう眩しかった。そこで彼は落ち着いてあたりを見渡しながら、傲然と、少し憂いをおびて、一種の威厳のある倦怠感で退屈しながら、パイプをふかして坐っていた。

ボナミーなら、これは彼を不安にするたぐいのことだと言ったことだろう——ジェイコブがふさぎこんで、マーゲイト（訳注—イングランドのケント州の海岸保養地）の失業中の漁夫か英国海軍大将のような様子をしたときに。彼がこんなふうな気分でいる時は、彼にものをわからせることはできない。ひとり放っておく方がよい。彼はわかりが悪かった。彼にはむっつりする傾向があった。

彼はベデカーを手引きにして、いくつもの彫像を眺めながら、非常に朝早く上って来た。

サンドラ・ウエントワース・ウィリアムズは、朝食前に白ずくめの服装で、おそらくそれほど背丈もないのだが、ひどく背筋をまっすぐに伸ばして、冒険とか、ものの見方を求めて世界を捜しまわりながら——プラクシテレス（訳注—紀元前四世紀のアテネの彫刻家）のヘルメスの頭像とちょうど同じ高さに、ジェイコブの頭を見た。比較すれば、ジェイコブの方がずっとまさっていた。しかし、彼女が一言も喋らないうちに、彼は美術館から出て、彼女を置き去りにして行ってしまった。

それでも社交界の婦人は、ドレスを何着かもって旅行していて、午前中には白がふさわしいとすれば、夕方には紫色の水玉模様の薄茶がかった黄色に黒い帽子をかぶり、バルザックの一巻をもつのがふさわしいだろう。こういう装いで彼女がテラスに立ったとき、ジェイコブが入ってきたが、彼女は実に美しく見えた。両手を組み合わせて、もの思いに耽り、夫の言葉に耳を傾けているふうで、背中に粗朶を背負って下りてくる農夫たちを眺めたり、丘の上がどんなふうに青から黒に変ったかに注目したり、虚実を見分けたりしているようだなとジェイコブは思った。そして、自分のズボンがとてもみすぼらしいことに気づき、急に脚を組み合わせた。

「でも、彼はひときわ目立つ顔立ちをしているわ」とサンドラは心の中できっぱりと思った。

それからエヴァン・ウィリアムズは膝に新聞をのせたまま椅子の背にもたれて、二人を妬ましく思った。自分にできる最上のことは、チャタムの外交政策についての研究論文をマクミランから出版することだろう。しかしいまいましい、この身体中にはびこる胸がむかむかするような感情め――この不安、感情のたかまり、熱っぽさ――それは嫉妬だ！　嫉妬だ！　嫉妬だ！　嫉妬なんぞ二度と感じないと誓っていたのに。

「ぼくたちと一緒にコリントへ来たまえ、フランダース」と彼はジェイコブの椅子の傍に立ち止って、ふつうの時以上に熱をこめて言った。彼はジェイコブの返事でほっとした、というよりはむしろ、ジェイコブが彼らと一緒にコリントへ是非行きたいと言った時の、恥ずかしそうだが誠意のこもった率直な言い方に安心したのだ。

「ここに」とエヴァン・ウィリアムズは思った、「政界でのし上れるかもしれない青年がいる。」

「ぼくは、生きているかぎり毎年ギリシアに来ようと思っている」とジェイコブはボナミーに書き送った。「ギリシアへ来ることは、ぼくの見る限りでは文明から自分を守る唯一の機会なのです。」

「何を彼が言っているのか、さっぱりわからない」と、ボナミーは溜め息をついた。というのは、彼は自分では舌足らずなことは決して言わなかったので、ジェイコブのこれらの曖昧な言葉は彼を不安にしたが、それでもどういうわけか感銘を受けた。彼自身ははっきりした、具体的な、合理的なものを好むたちだったからだ。

コリントスの城砦《アクロ・コリントス》を小径に沿って下って行きながら、サンドラが話したことは、この上なく単純なことだった、それを聞きながらジェイコブは、彼女と並んでごつごつした所を大股に歩いて行った。彼女は四歳の時、母に先立たれた。邸《パーク》の敷地は広大なものだった。

「絶対にそこから出られないような気がしましたの」と彼女は笑った。もちろん、書庫《ライブラリー》があったし、親切なジョーンズさんや、ものごとについての空想的な考えがあった。「よく台所へ迷いこんで行って、執事の膝に坐ったものだったわ」と彼女は、悲しそうにだったが、笑いながら言った。

ジェイコブはもし自分がそこにいたら、彼女を救い出してやっただろうにと思った。というのは、彼女は大きな危険にさらされていたのだ、と彼は感じたからで、心の中でこう言った、「彼女みたいな話し方をする女性は、他人からわかってもらえないんだ。」

彼女はでこぼこの丘をものともせず、短いスカートの下に半ズボンをはいているのがわかった。

「ファニー・エルマーのような女たちはこんな話はしないな」と彼は思った。「何とかカースレイクという名の女もしなかった。彼女たちはとりつくろって……」

ウィリアムズ夫人は率直にものを言った。彼は行儀作法についての自分自身の知識に驚いていていた。つまり、人が思ったことをどのくらい上まわって言えるかとか、女性に対してはどんなに率直でいられるかとか、以前は自分で自分をいかに知らなかったかというようなことだ。

　エヴァンは道で二人に落ち合った。そして彼らが丘を上ったり下りたりしてドライブしていたとき（というのはギリシアは活気にみちた状態にある、しかし驚くほど輪郭のはっきりした、木の生えていない土地で、草の葉の間に土が見え、どの丘もしばしばきらきら光る深い青い海を背景にくっきりと形どられ、輪郭を刻まれている。砂のように白い島が水平線に浮び、谷あいにはところどころにしゅろの木立ちが立っている、その谷あいは黒い山羊たちが散らばり、小さなオリーブの木々が点在し、時折、その斜面の白いくぼみに木洩れ陽が射していた）、彼は車の隅で顔をしかめ、こぶしをたいそうきつく握りしめていたので、指の関節と関節の間の皮膚が張りつめ、わずかな毛がまっすぐ立った。サンドラは、今にも空中へ飛び立とうとする勝利の女神のように、向い側の席にあたりを払うような堂々とした姿で乗っていた。

「薄情な！」とエヴァンは思った（それはほんとうではなかった）。

「おろかな！」と彼は邪推した（それもまたほんとうではなかった）。「でもやっぱり……！」彼は彼女に嫉妬した。

　寝る時刻がやって来たとき、ジェイコブはボナミーに手紙を書くのはむずかしいことだとわかった。それでも彼はサラミス（訳注―ギリシア南東の島、この付近の海戦で紀元前五世紀にギリシア軍がペルシア軍を破った）を見てきたし、遠くからマラトン（訳注―ギリシアのアッティカにある平原、紀元前五世紀にギリシア軍がペルシア軍を破った古戦場）も見てきたのだ。ボナミーの奴、手紙を待ってるだろうな！　いや、あれについては何か変なところがある。彼はボナミーに手紙が書けなかったのだ。

「ぼくは、やっぱりアテネへ行こう」と彼は断固とした顔つきで、脇腹にくいこんで彼を引っ張っているこの鉤があるにもかかわらず、決心した。

ウィリアムズの一行はすでにアテネには行ったことがあった。

アテネは今もなお若者に、きわめて奇妙な組み合わせ、この上なく不調和な取り合わせという印象を与えることができる。アテネは場末じみているかと思うと不滅でもある。ある時は大陸風の安っぽい宝石細工がビロードの盆にのせられているかと思うと、ある時は堂々たる女性が膝の上の方に波うつような絹布をかけているだけで、あとは裸で立っているという風情なのだ。ある灼けつくような昼下り、パリ風の並木道に沿ってぶらぶら歩き、王朝風のランドー馬車の通り路をよけてとびのいたりするとき、彼は自分の感動にどんな形であれ表現を与えることができない。そのランドー馬車は言葉では言えないほど、がたぴしした様子で、でこぼこ道に沿って走り、山高帽子をかぶったり、大陸風の装いをした安っぽい恰好の男女の市民たちに挨拶される。もっともキルトをつけ、帽子をかぶり、ゲートルをまいた一人の羊飼いが山羊の群れを馬車の車輪の間にもう少しで追いこみそうになったりすることもあるが。そしてどんな時でも、アクロポリスは空中に波のようにうねり、そこにしっかりとすえられたパルテノンの黄色い柱で静止した大波のように町の上にそびえている。

パルテノンの黄色い柱が一日中いつでもアクロポリスの上にしっかりすえつけられているのが見える。夕暮れにはピーラエウス（訳注—ギリシア南東部、アテネの海港）の船が号砲をうち、鐘が鳴り、制服を着た男が（チョッキのボタンを外したまま）姿をあらわす。女たちは、柱のかげで編んでいた黒い靴下をくるくると巻き上げ、子供たちを呼び、急いで丘を下り、家路につく。

朝、雨戸をあけ、身をのり出して下の街路の騒々しい音や人々の叫び声、ぴしゃりと鳴る笞の音を聞くとすぐに、あそこにはたしかに再びあれらのものが見える——柱やペジメント（訳注—古典建築の三角の切妻）、勝利の神殿やエレクテウム（訳注—アテネの王エレクテウスが紀元前五世紀に建てた神殿、ギリシア建築の代表として今日ものこっている）が、影で裂かれた黄褐色の岩の上に立っている。たしかにあそこに在るのだ。

それらの建物はあるときは白く輝き、または黄色く、それからある光の中では赤く立っている、その非常にはっきりした輪郭が持続力という観念を、よそでは優雅な些細なものにちりぢりに費やされたある精神的な力が大地をとおしてあらわれたのだという観念を押しつけてくる。しかし、この持続力はわれわれの讃嘆の念とはまったく無関係に存在している。その美しさは、われわれの心を弱め、深く沈殿した泥——記憶、あきらめ、後悔、感傷的な献身——をかき立てるのにじゅうぶん情がこめられているけれど、パルテノンはそういうことすべてと離れて立っている。そして、もしそれがどのようにして何世紀もの間、あらゆる夜に抗して持ちこたえてきたかと考えるならば、炎のような輝き（真昼にはぎらぎらする光がまぶしく、小壁《フリーズ》はほとんど見えない）とおそらく不滅なのは美だけだという観念とが結びつけられ始める。

これに加えて、水ぶくれになった化粧しっくい細工やギターを下手にかき鳴らす音や蓄音機に合わせて耳ざわりな声でうたわれる新しい恋歌、また街路の表情豊かだがとるにたりない顔と比べてみると、パルテノンは実際おどろくほど泰然と静まりかえっている。その様子はたいそう生気にあふれているので、朽ちるどころか逆にパルテノンは全世界より後まで残りそうに見える。

「そしてギリシア人たちは、賢い人間らしく、彼らの彫像の裏側をわざわざ仕上げなかったのだ」とジェイコブは眼に手をかざして、彫像の見えなくされている側が荒削りのまま残されているのを観察しながら、言った。

彼は、彫像の足もとの線が少し不規則であるのに気づいた。そういう不規則性の方を、「ギリシア人の芸術的感覚は数学的正確さよりも好んだ」と、案内書で彼は読んだ。

アテーナの女神の大きな彫像がかつて立っていたまさにその場所に彼は立ち、下の方の景色のよく知られた目印となるものを見分けた。

つまり、彼は、正確で勤勉なのだが、心の底では不機嫌だった。その上、彼は案内人たちに悩まされた。これは月曜日のことである。

しかし、水曜日には、彼はボナミー宛に、すぐ来いという電文を書いた。それからそれを手の中でしわくちゃにまるめて、溝の中に投げた。

「まず第一に彼は来ないだろう」と彼は思った。「それにきっとこの種のことはだんだん消えていってしまう。」「この種のこと」というのは、あの不安な痛切な感情、自分本位みたいなもので——そんなことはおしまいになってくれればいいとほとんど人は思うのだ——それは可能なものの埒をどんどん越えていく——「もし、その種のことがもっと長く続くのだったら、ぼくはそれに太刀打ちできなくなるだろう——しかし、もし誰か他の人が同時にこれを見てくれていたとしたら——ボナミーはリンカーンズ・インの彼の部屋に押しこまれている——ああ、まったくいまいましい」——片側にヒュメットス（訳注—アテネ郊外にある山）、ペンテリコス（訳注—アテネの近くの山、大理石の産地）、リュカベットス（訳注—アテネ東部の山、赤い岩の色をしている）が見え、もう片側には海が見え、日の沈む頃パルテノンに立つと、ピンクの羽毛を漂わせたような空や、さまざまの色に変る平野、茶褐色の大理石が目にとびこんで来て、じつに威圧を覚える。幸いなことにジェイコブは個人的な連想をする感覚をほとんどもっていない。生身のプラトンあるいはソクラテスのことを彼はめったに考えなかった。もう一方では、彼の建築に対する感受性は人一倍強かった。彼は絵より彫像の方を好んだ。そして、彼は文明の問題についてあれこれと考え始めていた。もちろん、その問題は古代ギリシア人によって、たいそう見事に解かれたのだ、彼らの解決がわれわれには役立たないということはあるにしても。それから水曜日の夜、彼がベッドに入ったとき、あの鉤が彼の脇腹をぐいと引っ張った。そして彼は必死に寝返りをうち、彼が恋心を感じているサンドラ・ウエントワース・ウィリアムズを思い出していた。

翌日彼はペンテリコスへ上った。

その翌日は、アクロポリスに上って行った。早朝で、ほとんどそこには人気《ひとけ》がなかった。そしてきっと空中には雷気が漂っているのだろう。しかし太陽は、アクロポリスの上にじりじりと照りつけている。

ジェイコブの意図したのは、腰を下ろして本を読むことだった。マラトンが見え、しかも日蔭の都合のよい所におかれた太鼓形の大理石を見つけて、エレクテウムが正面に白く輝くのを見ながら、そこに腰を下ろした。そして一頁読んだあとで、本に親指をはさんだ。いったい、なぜ国をしかるべき理想的なやり方で治めないのだろう？　そして彼はまた本を読んだ。

確かにマラトンを見渡すその場所はなぜか彼の精神を昂揚させた。あるいは、ゆるやかな包容力の大きい知力が花開く時が来たのだったかもしれない。それとも、外国にいる間に気づかぬうちに政治について考える癖がついてしまったのかもしれない。

それから目をあげて、くっきりした輪郭を見ていると、彼の瞑想は異常なほどの鋭さを帯びてきた。ギリシアは死んだのだ、パルテノンは廃墟になっている。それなのに自分はここにいるのだ。

（緑色や白の傘をもった婦人たちが中庭を通りすぎる――コンスタンチノープルで夫と落ち合いに行く途中のフランス人の婦人たちだ。）

ジェイコブは、また読みつづけた。そして地面に本をおきながら、彼はまるで読んだ内容に啓発されたように歴史の重要性――民主主義の重要性――についての短い手紙を書き始めた。一生の仕事の基礎ともなりうるような走り書きであった。そうでもしなければ二十年後にはそれは本から抜け落ちて、その一言も思い出されないだろう。そういうことは少々痛ましい。それなら燃やしてしまった方がましだ。

ジェイコブは書き終え、まっすぐな鼻を描きはじめた。その時、彼の真下にいる傘を開いたり閉じたりしているフランス人の婦人たちがみな空を見ながら、どんな雲行きになるか――雨になるか晴れ上がるか見当がつかないわ、と叫んだ。

ジェイコブは立ち上がり、エレクテウムの方へぶらぶら歩いて行った。ここには、まだ頭で屋根を支えてそこに立っている数人の女性がいる。ジェイコブはかすかに姿勢を正した。というのは、安定と平衡《バランス》とはまず身体に影響を及ぼすからだ。これらの像たちは、ものをすっかり無に帰してしまうのだ。彼女たちをじっと見つめてからふり向くと、マダム・リュシャン・グラヴェが大理石の一つにのってコダックで彼の頭部を写そうと焦点を合わせていた。もちろん、彼女は年齢《とし》や恰好やきっちりした深靴《ブーツ》などをものともせずに跳び下りた――娘を嫁がせた今、彼女はそれなりに壮大で豪奢な暴飲暴食に耽っていて、グロテスクな肉塊になり下がっていたのだ。彼女は跳び下りたが、ジェイコブが見てしまった後だった。

「こういう婦人たちときたら――いまいましい！」と彼は思った。それから、パルテノンの地面においてきた自分の本をとりに行った。

「彼女たちはものをなんて台なしにしてしまうんだ」と彼は一本の柱に寄りかかって、本を腕と脇の間にぴったりとはさんで呟いた。（天候はというと、きっともうじき嵐になるだろう。アテネは雲におおわれている。）

「あのいまいましい女たちのせいだ」とジェイコブは、ちっとも苦々しそうにではなく、むしろありえたかもしれないことが絶対そうならないという悲しみと失望とを感じながら言った。

（このはげしい幻滅感は心身とも健全で、もうじき一家の父親、銀行の重役になるような、人生の盛りにいる若者たちにはふつう予期されることなのだ。）

それから、フランス人の女たちが行ってしまったのを確かめ、まわりを慎重に見まわして、ジェイコブはエレクテウムの方へぶらぶら歩いて行って、左側で頭上に屋根を支えている女神を、やや人目をはばかるように見つめた。女神は、サンドラ・ウェントワース・ウィリアムズのことを彼に思い出させた。彼は彼女の方を見つめては目をそらし、見つめては目をそらした。彼はひどく感動し、それからギリシア人型のとがった鼻を思い浮べ、サンドラのこと、その他あらゆる種類のことを思い浮べて、暑さの中をひとりでヒュメットス山の頂上をめざして歩きだした。

ちょうどその昼下り、ボナミーはことさらジェイコブについて話すためにスローン・ストリート（訳注—ロンドン南西の高級住宅地付近を通る街路、ラウンズ・スクエアに近い）の後ろにある広場のクララ・ダラントの家のお茶の会に行った。ダラント邸では暖かい春の日には正面の窓の上に縞の日除けがあり、一人乗り用の馬が入口の外の砕石をしきつめた道路をひづめでかき、黄色いチョッキの年配の紳士たちがベルを鳴らし、女中がダラント夫人は御在宅ですと気取って答えると、非常に礼儀正しく中に入っていくのだ。

ボナミーは、外で手回し風琴がいい音を立てているのを聞きながら、陽あたりのよい居間でクララと一緒に坐った。撒水車が舗道に沿ってゆっくりと水をまきながら行く。りんりんとベルを鳴らしながら行く馬車、あらゆる銀の食器と更紗、茶色と青の絨毯、緑の枝をたくさん活けた花瓶には黄色い波形の横縞模様が入っている。

話の内容の退屈さは例をあげるまでもない——ボナミーは言葉少なに返事をおだやかにくり返して、白い繻子の靴をはいてしめつけられ活気を失った存在に対する驚きをつみ重ねていた（その間にダラント夫人はサー誰それと奥の部屋で耳ざわりな声で政見を述べたてていた）、そしてついにはクララの魂の純潔が彼には包み隠しのないものに見えた。その魂の奥は底知れぬところがあるけれど、クララはジェイコブを愛している——そして何をすることもできないでいるということを彼がはっきりと確信しはじめていなかったら、彼はジェイコブの名前を出していたことだろう。

「何もできないって！」ドアが閉まった時、彼は叫んだ、そして公園を通り抜けたとき、彼のような性格の人間としては、否応なく走る車にたいそう奇妙な感じを抱いた。またきっちりと幾何学模様にこしらえてある花壇や、世にもばかげたやり方で幾何学模様のまわりを突進していく生命力などについても奇妙な感じを抱いた。「クララは」と彼は立ち止まってサーペンタイン池（訳注―ハイド・パークにある蛇形の池）で水浴びしている少年たちを眺めながら、思った、「無口なほうなんだろうか？――ジェイコブは彼女と結婚する気があるんだろうか？」

しかし、陽の光のふりそそぐアテネ、午後のお茶を手に入れるのはほとんど不可能で、政治を語る年配の紳士たちがすっかりあべこべに話すアテネでは、サンドラ・ウェントワース・ウィリアムズがヴェールをかぶり、白い服装で脚を前につき出し、片肘を竹の椅子の腕木にのせ、タバコの青い煙をくゆらせながら坐っていた。

立憲広場にしげっているオレンジの木立ち、楽隊、足を引きずって歩く人々、空、家々、色のついたレモンや薔薇――こういうもののすべてはウェントワース・ウィリアムズ夫人には二杯目のコーヒーを飲んだあとでは非常に深い意味をもつように思われたので、彼女はミュケーナイでアメリカの老婦人（ダガン夫人）に貴族的で衝動的なイギリス婦人が自分の車にお乗りなさいとすすめた話を芝居がかりに脚色しはじめていた――それはまったく嘘の話というわけではない、この女性たちがお喋りをやめるのを待ちながら、エヴァンが初め片足で立ち、次に足をかえて立つていたことについては何も述べていなかったにしても。

「わたしはダミアン神父（訳注―一八四〇‐八九、ハンセン病患者の福祉に生涯を捧げたベルギー人の神父）の生涯を詩にしているところですの」とダガン夫人が言った。というのは彼女はあらゆるものを失ってしまったからである――世界中のあらゆるもの、夫も子供も何もかも。ただ、信仰だけは残っていた。

特殊から普遍へと漂いながら、サンドラはうっとりとして後ろにもたれた。そんなにも悲劇的にわれわれをせき立てる時の飛翔。永遠にあくせく働く人とのらくら暮す人が、緑の葉かげのあの黄色い短命な球体（彼女はオレンジの木立ちを眺めているのだ）のように、今ぱっと燃え上がる。死にかけている人の唇へのくちづけ。世界は熱と音との迷路の中でぐるぐるまわっている――もっともたしかに美しく青ざめた静かな夕暮れもあり、サンドラは「わたしは世界のあらゆる面に対して敏感なのだから」と考え、「ダガン夫人はこれから先、ずっとわたしに手紙をよこすでしょうし、わたしも手紙に返事を出すわ」と思ったのだけれど。今、国旗をもって行進している王室づきの楽隊が興奮をまきちらし、感動の輪を広げ、人生は勇敢な人々が馬にまたがり、海へ駆り出していくものになった――髪の毛を後ろになびかせ（彼女はそう心に描いてみた、そしてそよ風がオレンジの木立ちの間でかすかにそよいだ）、それから彼女は銀色のしぶきの中から姿を現わす——そのとき、彼女はジェイコブを見た。彼は小脇に一冊の本をかかえて、自分のまわりをぼんやりと眺めながら立憲広場に立っている。彼がどっしりした体格をしていて、やがてたくましくなるだろうということは確かだった。

しかし、彼女は彼がただの木偶《でく》の坊なのではないかしらとも思う。

「あそこにあの若者がいるわ」と彼女はタバコを投げすてながら、気むずかしそうに言った、「あのフランダース氏が。」

「どこだい?」とエヴァンが言った。「ぼくには見えないが。」

「ほら、向うへ歩いて行くわ——今、木立ちの蔭よ。いえ、見えないわ。でも、わたしたちはきっとぱったり出会うわ。」もちろん、二人は彼に出会った。

しかし、彼はどの程度の木偶の坊だったのか? 二十六歳のジェイコブ・フランダースはどの程度のばかな男だったのか? 人々を要約してみようとしたところで何の役にも立つまい。必ずしも口に出して言われたり、行われたりすることをではなくて、暗示を追求していかなければならない。ある人々が即座に性格についての消しがたい印象をもつことは事実だ。またある人々はぐずぐずし、ぶらぶら手間どり、あっちこっちへと吹き流される。親切な老婦人たちが保証してくれたところでは、猫はしばしば性格についての最高のめききだという。猫はいつでも善良な人間の所へ行こうとするという。しかし、それならばジェイコブの宿のおかみさんのホワイト・ホーン夫人は猫ぎらいだ。

今日では性格を浮身をやつしてあげつらうことが行きすぎになっているという、たいそうご立派な意見もある。とどのつまり、どうだというのだろう——ファニー・エルマーが感情と感動のかたまりであり、ダラント夫人が鉄のように無情だということが？　クララは大部分は母親の影響のせいで（と、性格亡者たちは言った）、独力で何かをやる機会がまだなかった、そしてすぐれた観察者の目にだけはっきりと不安な感情の奥底を見せていたということが何だというのだろう？　それからクララに少しでも彼女の母親の火花のような気概がないならば（と性格亡者は言った）——彼女が英雄的でないならば——そのうちに彼女にふさわしくない人にきっと身をまかせて人生を棒にふることになるだろうということが。しかし、クララについていうにしては何という言葉だろう！　彼女は少々単純だと、他の人々は彼女のことを思っていた。まさにそのせいで彼女はウェリントン風の鼻の青年ディック・ボナミーに魅力があるのだ、と人々は言っていた。今や、もしそう呼びたければ、彼がダーク・ホースだ。そしてそこまででこういう噂話はとつぜん止む。人々が長らく噂にのぼっていた彼の特別な性癖をそれとなくほのめかすつもりだったことは明らかだ。

「でも時々ああいう気質の男性に必要なのは、まさにクララのような女性なのよ……」とジュリア・エリオットはほのめかしたようだった。

「さてと」バウリー氏は返事したものだ、「そうかもしれないな。」

というのは、いかに長い間こういう噂話が続こうが、またいかに彼らが犠牲《いけにえ》の性格を肴にし、たらふく腹につめこみ、ついにはあつい火にあぶられたがちょうの臓物のようにふくれあがり、やわらかくなってしまっても、彼らは決して結論に辿りつきはしない。

「あの若者、ジェイコブ・フランダースは」と人々は言うだろう、「とてもひいでた顔つきをして——でも非常にぎごちない。」それから彼らはジェイコブに没頭し、二つの極の間で永遠にぐらぐらする。彼は猟犬の一群をつれて馬で狩りをするよ——曲りなりにもといったところだが、というのは彼には金がありそうもないからね。

「彼の父親のことは誰か聞いたことがおあり?」とジュリア・エリオットが訊いた。

「母親はロックスビアー家とどこかで縁つづきだそうだね」とバウリー氏が答えた。

「彼はともかく決してやり過ぎたりしないわ。」

「友だちからとても人望があつい。」

「ディック・ボナミーのこと？」

「いや、そのことを言ったのじゃない。ジェイコブは明らかに逆だ。彼はまさにむやみに惚れこんで、のこりの生涯をそのことを後悔して過す若者なんだよ。」

「まあ、バウリーさん」とダラント夫人が尊大な態度で、彼らに襲いかかるような調子で言った、「アダムス夫人のこと憶えていらっしゃるでしょ？　ええ、あの方は彼女の姪ですわ。」するとバウリー氏は立ち上がって、ていねいにお辞儀をし、行って、いちごをとって来た。

　そんなふうだからわれわれは、向う側の意見が何を意味しているのかを見るように駆り立てられるのだ――つまり、クラブや内閣にいる男たちが性格描写というものはくだらない炉辺のすさび、重箱のすみをほじくるような営みのこと、空虚さを包みこむ精緻きわまりない輪郭、美辞麗句、落書きなのだというときに何を意味しているのかを。

　戦艦は、正確に距離をはなしてそれぞれの位置を守りながら、北海の上へ艦体をきらめかせて発進した。合図を受けると、すべての大砲は一つの標的に向けられ（掌砲長は時計を手に秒を数える――六秒たつと彼は目を上げる）、標的はこっぱみじんに炎を上げて粉砕される。同じように無頓着に、人生の盛りにある十二人の若者たちは海の奥底へと落ち着いた表情で降りていく。そして海底で平静に（機械を完璧にあやつってではあるが）苦情も言わずに一緒に窒息する。おもちゃの兵隊の一団のように軍隊は麦畑をおおい、丘の斜面を上がり、足を停め、あっちこっちと少したじろぎ、うつ伏せになる。ただし双眼鏡ごしに、一人か二人が折れたマッチ棒のきれはしのように、まだ立ったり坐ったり、騒いでいるのが見えたけれども。

こういう行為が、銀行、実験室、法廷や事務所の絶えまのない交渉と共に、オールをこぐようにして世界を押し進めていく一漕ぎ一漕ぎなのだ、と人々は言う。そしてこれらのものはラドゲイト・円形広場《サーカス》の感情を表にあらわさない警官のように、端然と彫像さながらな人々によってとり扱われている。しかし、彼の顔は丸々と肥るにはほど遠く、意志の力のためにこわばり、努力してそういう顔をし続けるため痩せていることに人は気づくだろう。彼の右手が上がると、血管の中のあらゆる力が肩から指先に向けてまっすぐ流れる。突然の衝動や感傷的な後悔、細か過ぎる区別の方へは少しもそれて流れたりしない。バスはぴったりと停車する。

われわれが生きているのは、こういうふうにして捉えがたい力に駆り立てられているせいだと人々は言う。そういう力を小説家は決して捉えていない、その力は小説家の網にぶつかって通り抜け、網をずたずたに引き裂いて行ってしまうと彼らは言う。われわれはこういうものによって

――この捉えがたい力によって生きているというのだ。

「その人たちはどこだね?」と老ギボンズ将軍は、日曜日の午後の例にもれず正装をした人々であふれんばかりの客間を見まわしながら言った。「銃はどこだい?」

ダラント夫人も目をこらした。

クララは母親が自分を探しているのだと思いながら入ってきて、また出て行った。

ダラント家では、人々はドイツのことを話していた。ジェイコブは(捉えがたい力に駆り立てられて)ヘルムズ・ストリートを足早に歩いてウィリアムズ夫妻にすぐに出会った。

「まあ!」サンドラはとつぜん暖かい友情を感じて叫んだ。そしてエヴァンがつけ加えた、「なんて幸運なめぐり合わせだ!」

立憲広場を見下ろすホテルで、彼らがジェイコブに御馳走してくれた夕食《ディナー》はすばらしかった。めっきの籠にはできたてのロールパンが入っていた。ほんもののバターがあった。肉はソースのかかったたくさんの赤や緑の野菜でごまかす必要がほとんどないものだった。

しかし、なんだか奇妙だった。黄色く造ったギリシア王の組み合わせ文字のある緋色の床には小テーブルが所々にしつらえてあった。サンドラはいつものようにヴェールをかけ、帽子をかぶったままで食事をした。エヴァンは肩ごしにあちこちを見ていた、落ち着いて、しかも柔順に。そしてときどき、溜め息をついた。なんだか奇妙だった。というのは、彼らは五月の夕べ、アテネに集まったイギリス人だったからだ。ジェイコブはあれこれと自分で手をのばして食べながら、聡明な、しかもよく通る声で返事をしていた。

ウィリアムズ夫妻は、翌朝早くにコンスタンチノープルに行く予定だ、と言った。

「あなたがお起きになる前に」とサンドラが言った。

それでは彼らはジェイコブをひとり残して行くつもりなのだ。ほんの少しふり向いて、エヴァンは何かを注文した――葡萄酒一本だ――その葡萄酒を彼は気づかわしそうに、もしそういうことが可能なら、父親のような気づかいを示しながら、ジェイコブに注いでくれた。一人残されること――それは若者にとってはよいことだ。国が今以上に男たちを必要としている時は、かつてなかったのだ。彼は溜め息をついた。

「で、アクロポリスへは行っていらした?」とサンドラが訊いた。

「ええ」とジェイコブは言った。それからエヴァンが朝早く起してもらうように給仕頭に話している間に、二人は一緒に窓ぎわへ行った。

「アクロポリスは驚くべきものです」とジェイコブは、しわがれ声で言った。

サンドラはかすかに眼を見開いた。おそらく鼻孔も少し広がっただろう。

「じゃ、六時半に」とエヴァンが言って、二人の方へ来ながら、窓を背にして立っている妻とジェイコブに向き合ったとき、何かに対決するみたいに見えた。

サンドラは彼に微笑みかけた。

それから、彼が窓ぎわへ行って黙っていたので、彼女は中途半端な言いまわしで、こうつけ加えた。

「ねえ、でも何て美しい——そうじゃなくて？ アクロポリスは、エヴァン——あなた疲れ過ぎていなくて？」

それを聞いてエヴァンは不機嫌にむっつりと、しかも苦痛を感じているような様子で、二人を、あるいはジェイコブが前方を見つめていたので、妻の方をじっと見つめた——彼女に哀れんでくれというわけではなかったけれども。なだめ難い愛の精神は、彼が何をしてみても、その拷問を止めはしないだろう。

二人はエヴァンを置いて去り、彼は喫煙室に坐った。その部屋は立憲広場に面している。

「エヴァンは一人でいる方が嬉しいの」とサンドラが言った。「わたしたちはずっと新聞から遠ざかっていますの。まあ、やりたいことをやるのがいいようね……お会いしてからあとで、あなたはこういうすばらしいものをたくさん見ていらしたのね……どんな印象を……あなたお変りになったと思うわ。」

「アクロポリスへいらっしゃりたいんでしょう」とジェイコブが言った。「それなら、この上から上ればいいですよ。」

「一生涯それを思い出すことでしょうね」サンドラが言った。

「ええ」ジェイコブが言った。「昼間おいでになれたらよかったですね。」

「この方がずっとすばらしいわ」とサンドラは手をふりながら言った。

ジェイコブはぼんやりと見ていた。

「しかし、パルテノンは昼間見るべきですよ」彼が言った。「明日はいらっしゃれないでしょう――朝あまり早すぎるでしょうし？」

「あなたはひとりでそこに何時間も坐っていらしたの?」

「今朝は、ひどくいやな女の人たちが何人かいましてね。」

「ひどくいやな女の人たちって?」サンドラはくり返した。

「フランス人の女たちですよ。」

「でも何かとてもすばらしいことが起ったんでしょう」サンドラが言った。十分、十五分、三十分――それだけが彼女に残されたすべての時間だった。

「そうです」と彼は言った。

「人はあなたくらいの年頃には――若い頃には。あなたはどうなさるかしら? きっと恋に陥るでしょう――ええ、確かに! でもあまり急ぎすぎないで。わたしはずっと年とっていますのよ。」

彼女は列をなして歩いてくる男たちにすれちがって歩道を踏みはずした。

「行きましょうか?」ジェイコブが訊いた。

「さあ行きましょう」彼女がつよく言った。

というのは、彼女はジェイコブに話してしまうまでは――あるいは彼が言うのを聞いてしまうまでは――止まれなかったから。それとも、彼女が必要としていたのは、彼の方からの行動だったのだろうか？　地平線のはるかかなたに、彼女はそれを認め、休むことができなかった。

「イギリス人たちをこんなふうに遅くまで外で坐らせるようなことは決してできないでしょう」とジェイコブが言った。

「ええ――決して。イギリスに帰ったら、これを忘れないで――さもなければ、わたしたちと一緒にコンスタンチノープルにいらっしゃって！」と彼女は突然、叫んだ。

「でも、それじゃ……」

サンドラは溜め息をついた。

「もちろん、あなたはデルフォイに行かなくてはいけないわ」と彼女が言った。「でも」彼女は心の中で自問した。「わたしは、彼の何を欲しいのだろう？　きっとそれは、わたしが手に入れそこなった何かなのだわ……」

「夕方六時頃デルフォイにお着きになるわ」と彼女が言った、「鷲が見えるでしょうよ。」

ジェイコブは街角の灯に照らされて、決意は堅いように、必死であるようにさえ見えた。それでも落ち着いた様子をしていた。おそらく彼は苦しんでいたのだ。彼は信じやすかった。しかしどこかきびしいところがあった。彼の心の中には、中年の女性たちがもとで起る極端な幻滅の種があるのだ。おそらくもし丘の頂上に到達するくらいけんめいに努力するならば、彼にはそんなことが起る必要はないだろう——中年の女性たちへのこの幻滅は。

「あのホテルはひどいの」と彼女は言った。「前の泊り客が洗面槽を汚い水でいっぱいにしたままなのですもの。いつでもそんなふうなのよ」と彼女は笑った。

「ここで会う人たちはひどい人たちですよ」とジェイコブが言った。

彼が興奮していることは非常に明らかだった。

「デルフォイのこと手紙で知らせて下さいね」彼女が言った。「どんな感じがし、どう思うか知らせて下さいね。何でもみんな知らせて。」

その夜は暗かった。アクロポリスはぎざぎざのある丘だった。

「ぼくも是非そうしたいと思います」と彼は言った。

「ロンドンに帰ったら、お会いしましょう……」

「ええ」

「門は開け放しなんでしょう?」と彼が訊いた。

「門を登れるわ!」彼女は奔放に答えた。

雲が東から西へ、月をおおい隠しアクロポリスを真暗にして、通りすぎて行く。雲が厚くなり霧が濃くなる。たなびく霧のヴェールはとどまり重なって行った。

街路の走っている薄もやがかった赤い縞をのぞけば、アテネのあるあたりは今暗かった。宮殿の正面が電灯の光で死骸のように青ざめている。海には突堤が突き出し、はなればなれの点々がしるされている。波は見えず、岬や島はいくつかの灯のともった暗い丘だった。

「できれば弟を連れて来てやりたかった」とジェイコブは呟いた。

「それじゃ、あなたのお母様がロンドンにいらしたとき——」とサンドラが言った。

ギリシア本土は暗かった。エウボイアを外れたあたりで、雲が波に接し、雨がぱらついているにちがいない——いるかは、海の底へ底へとまわりながらもぐっていく。ギリシアとトロイの平野の間にあるマーマラ海を激しい風がどうっと吹いていた。

ギリシアや、アルバニアやトルコの高地地方では、風は砂と塵を一掃し、乾いた砂塵をひっきりなしにまき散らす。それから風は回教寺院《モスク》のなめらかなドームに吹きつけ、回教徒のターバンをつけた墓石のそばでぎごちなく立っている糸杉をきしきしときしらせ、枝を逆立てる。

サンドラのヴェールは彼女のまわりで渦をまくように揺れた。

「ぼくの本を差し上げましょう」とジェイコブが言った。「これです。とっておいて下さいますか?」

(その本はダン(訳注—一五七二ー一六三一、ジョン——、イギリスの宗教詩人、形而上詩人)の詩集だった。）

ある時は空気のかく乱が動いている星をあらわに見せたかと思うと、ある時は暗くなった。そうかと思うと一つまた一つと灯が消された。今や、大都市――パリ――コンスタンチノープル――ロンドン――はばら撒かれた岩のように黒かった。航路ははっきり見分けられたろう。イギリスでは木々はうっとうしく葉が茂っていた。おそらく、この南の森では、乾いたしだに老人が火をつけると、鳥たちがびっくりしただろう。羊が咳をした。一つの花がもう一つの花の方へかすかに傾いた。イギリスの空は東方の空よりぼんやりと白っぽかった。おだやかな何かが、草でおおわれたまるみのある丘からイギリスの空へ移って行く、何か湿ったものが。塩気をふくんだ強風がベティ・フランダースの寝室の窓に吹きこんだ、未亡人は肘をついてかすかに身体を起し、永遠の暴虐を悟っているが、もう少しの間――ああ、ほんのもう少しの間――快く受け流そうという人のように溜め息をついた。

しかし、ジェイコブとサンドラの方へ戻ろう。

二人は姿を消していた。アクロポリスはそこにあった。しかし、二人はたどり着いたのだろうか？　石柱や神殿はそのままだ。生きている者の感動は、くる年もくる年もそれらの建物にあたって新たに砕け散る。そしてそういうもののうち、何が残るのだろう？

アクロポリスにたどり着くことについては、われわれがそうしたと、いったい誰が言うだろうか？　あるいは翌朝ジェイコブが目を覚ましたときに、彼は永遠に続く確固とした持続性のある何かを見出したと、誰がいったい言うだろうか？　それでも、彼はコンスタンチノープルヘウィリアムズ夫妻と一緒に行ったのだ。

サンドラ・ウェントワース・ウィリアムズが目を覚まして化粧台の上にダンの詩集を一冊見つけたのは確かだ。そしてその本はイギリスの別荘の棚に並べられるだろう、その棚にはサリー・ダガンが韻文で書いた『ダミアン神父伝』がもうじき並んで置かれることになるだろう。もうすでに十冊か十二冊、小型の本があった。黄昏時にぶらっと入って来て、サンドラは本を開き、彼女の眼は輝くだろう（しかし、印刷したものを見てではない）、それから肘掛椅子に深く坐りこんで、彼女はあの瞬間の魂を再び吸い戻すだろう。あるいは、しばらく彼女は落ち着かず、本を一冊また一冊と抜き出しては、棒から棒へとび移る曲芸師のように彼女の人生の全空間をよこぎって、揺れうごくだろう。彼女にもいくつかのよい瞬間があった。そうしている間に、踊り場の時計がかちかちと音を立てて時を刻み、サンドラは時が累積していくのを聞き、自分に問いかけるだろう、「何のために？　いったい何のために？」と。

「何のために？　いったい何のために？」サンドラは本を戻しながら、鏡の方に歩いて行き、髪をなでつけながら、言うだろう。そしてエドワーズ嬢は、夕食の席でロースト・マトンを口に入れようと口を開いた時、サンドラの突然の心づかいにびっくりさせられるだろう。「あなた、お幸せ? エドワーズさん?」――シシー・エドワーズは何年間もそんなことを考えたことがなかった。「何のために? いったい何のために?」深靴《ブーツ》のひもの結び方や髭の剃り方から判断すると、そういう問いをジェイコブは決して自らに問わなかった。風がよろい戸をがたごと言わせ、何匹も蚊が耳もとでうなっているのに、その夜の彼の眠りの深さから判断すると、そういう問いを問わなかった。彼は若く――男だった。そしてサンドラが彼はまだ信じやすいと判断したのは正しかった。四十歳になると、ちがってくるだろう。すでに彼はダンの詩の中で好きなものにしるしをつけており、それらはたいそう激しいものだった。しかしながら、それらの詩のそばにシェイクスピアのいちばん純粋な詩の何節かを並べてもよかったろう。

しかし、風はアテネの街並に闇をころがしていた、そのころがし方はどしんどしんと踏みつけるような活気のある気分をともなっていて、どんな個人の感情もあまり精密に分析したり、顔つきを仔細にしらべたりするのを禁じていると思われそうだ。あらゆる顔――ギリシア人、レバント人、トルコ人、イギリス人――は闇の中でほとんど同じように見えただろう。ついに石柱と神殿は白っぽくなり、黄色になり、それから薔薇色になる。そして、ピラミッドや聖ペテロ(訳注

―ローマの聖ペテロ大寺院、ルネサンス建築の粋といわれる）が姿をあらわし、ついにゆっくりしているセント・ポールがぼんやりと見えてくる。

キリスト教徒には、その日の意味を解釈することで、たいがいの都市の目を覚めさせる権利がある。それから、それほど音楽的ではないが、異なる宗派の非国教徒たちがつむじ曲りの修正を出す。汽船は、巨大な音叉のように鳴りひびきながら、古い古い事実を述べる――どんな風にして冷たく緑色で、海上で揺れている海があるかを。しかし、今日では、大ぜいの群衆を集めるのは、煙突のてっぺんから白い一筋の糸となって笛を吹くような音を出して命令している、か細い義務の声であり、夜はハンマーの槌音と槌音の間の大きな溜め息、深い吐息に過ぎない――その溜め息は、ロンドンの中心部でさえも開け放たれた窓から聞こえてくる。

しかし、神経の疲れた眠れない人々、あるいは群衆の頭上のけわしい岩山の上で目に手をかざして立っている思想家たちをのぞいて、いったい誰が、このように肉をはがれた骨格だけの輪郭でものごとを見るだろうか。サービトンでは骨格は肉に包まれている。

「晴れ上がった朝は、やかんのお湯があまりよく沸かないわ」とグランデージ夫人は煖炉の上の時計をちらっと見ながら言う。すると灰色のペルシア猫が窓下腰かけの上でのびをし、やわらかい丸っこい前脚で蛾を打つ。そして朝食がなかば済む前に（今日は遅かった）、赤ん坊が彼女の膝におかれる。トム・グランデージが「タイムズ」のゴルフ記事を読み、コーヒーをすすって、髭を拭き、事務所へ出かけるまで、彼女は砂糖壷の番をしていなくてはならない。彼は事務所では外国為替のいちばんの権威者で、昇進を予定されている。

骨格は肉によく包まれている。ロンバード・ストリート（訳注―ロンドンの金融街にある街路）やフェター・レイン（訳注―フリート・ストリートからホルボーンに通じる街路）、ベッドフォード・スクエア（訳注―大英博物館の西側の広場）をとおって風が闇をころがしていく暗い今夜でさえも、風はそよぎ（というのは、時は夏、夏の真盛りなので）、すずかけの木が電灯の光でぴかぴか光り、カーテンはまだ夜明けから部屋を守っている。人々は階段で言われた別れぎわの一言についてまださささやき、あるいは、夢の中で、目覚まし時計の鳴る音を聞こうとして、緊張している。そして風が森の中を吹きぬける時、数知れぬ小枝がざわざわさわぐ。蜂の巣は吹き払われ、虫は草の葉の上で揺れる。蜘蛛は木の皮のしわをすばやく這い上る。あたりの空気全体が息づいてうちふるえ、さまざまの花糸でしなやかだ。

ただ、ここだけでは――ロンバード・ストリートやフェター・レイン、ベッドフォード・ストリートでは――虫はみんな頭の中に世界を描いてある地球儀を持っている。森の蜘蛛の巣は事業の円滑な経営のためにくりひろげられた組織だ。蜜はあれこれの種類の財貨だ。そして空気中のざわめきは、生命の何ともいえない動揺なのだ。

しかし、色は戻ってきて、草の茎をかけ上り、チューリップやクロッカスにぱっと花を開かせる。木の幹には切れ目なく縞目をつけ、大気の靄や草や水たまりに色が満ちあふれる。

イングランド銀行が現われる。それから黄金色の髪をした頭を奮然ともたげている記念塔（訳注―シティにあるロンドン大火記念円塔、一六七一‐七年にレンが建立した）も。ロンドン橋を渡っている荷馬車馬は灰色といちご色と鉄色で現われる。郊外電車が終着駅に走りこんでくるとき、鳥が羽ばたいて飛び立つ。そして方々の窓のない高い家々の正面の上に陽の光があたり、裂け目をとおしてすべりこんで、つやのあるふくらんだ深紅のカーテン、緑色のワイングラス、コーヒー茶碗、斜めに立っている椅子を彩る。

陽の光が髭剃り用の鏡や、光を照りかえす真ちゅうの缶の上にさしこむ。昼間のすてきな装飾にも、さしこむ。その昼間というのは、混沌にとうの昔に打ち勝った、明るい、もの問いたげな、きらきら輝く夏の日で、憂鬱な中世の靄など、すっかり干上らせ、沼地の水をはけさせ、その上にガラスと石を建てた。そしてわれわれの頭脳や肉体に非常な武器庫を装備してくれたので、日常生活の運営に従事している手足の閃きや力強い動きを単に見るのは、平原で戦闘隊形を整えて長々とくりひろげられる軍の古い観兵式よりはよほどましなのだ。

13

「夏もたけなわ」とボナミーが言った。

太陽はハイド・パークにある緑色の腰掛の背のペンキにすでに泡を生じさせ、プラタナスの木々から樹皮を剝ぎ、大地を土埃となめらかな黄色い小石とに変えていた。ハイド・パークは自動車の回転する車輪によって絶え間なくとり巻かれていた。

「夏もたけなわ」とボナミーは皮肉っぽく言った。

彼はクララ・ダラントのために皮肉っぽくなっているのだ。なぜかというと、ジェイコブがギリシアからすっかり日焼けし痩せて、ポケットをギリシア紙幣でいっぱいにして帰って来たからだった。その紙幣をジェイコブは係りの男が椅子の料金をとりに来たとき、ポケットから引っ張り出したのだ。それにジェイコブがおし黙っていたからでもある。

「彼はぼくに会えて喜んでいるのが判るような言葉を一言も言わなかったな」とボナミーは苦々しく考えた。

自動車がサーペンタイン池の橋の上を絶えず通っていた。上流階級の人々は、まっすぐ背を伸ばして歩くか、優雅に柵の上に身をかがめていた。下層の人々は膝を立てて仰向けに寝ころんでいた。羊はとがった木のような脚で立って、草を食んでいた。小さい子どもたちが草地の斜面を駆け下り、両腕を伸ばして、倒れる。

「きわめて洗練されている」とジェイコブが口に出して言った。

ジェイコブが口にすると、「洗練されている」という言葉は、不思議にもジェイコブという人物のもつあらゆる端正さを帯びていた。この人物をボナミーは日毎にますます堂々とすぐれて、圧倒的で、すばらしくなってきたと思っていたのだ。自分自身は今もって洗練されず、はっきりわかりもせず、おそらくは将来もずっとそうなのだろうが。

何という最上級の言葉、何という形容詞を使うのだろう！　どうやったらボナミーのきわめて粗雑な種類の感傷癖をやめさせられるのだろう？　波間に漂うコルクのように動揺し、性格に対する着実な洞察力がなく、理性に支えられていず、古典の作品からいかなる慰めも引き出せないのをどうやったらなおせるのだろう？

「文明もたけなわ」とジェイコブが言った。

彼はラテン系の言葉を使うのが好きだった。

寛大さ《マグナニミテイ》、美徳《ヴアーチユー》（訳注—いずれもラテン語系の英語）——そういう言葉は、ジェイコブがボナミーと話し合う時に使うと、彼がその場を支配していることを意味していた。ボナミーは愛情濃やかなスパニエル犬のように彼のまわりで跳ねまわり、（おそらくは）彼らはついには床にころげてしまうだろうということを意味していた。

「で、ギリシアは？」とボナミーが言った。「パルテノンやそういうものすべては？」

「こういうヨーロッパ風の神秘主義なんて全然ないんだ」とジェイコブが言った。

「それは雰囲気だと思うがね」とボナミーが言った。「それからコンスタンチノープルへ行ったのかい？」

「うん」とジェイコブが言った。

ボナミーはちょっとためらって、小石を動かした。それから蜥蜴の舌のようなすばやさと確信をもって、さっと切り込んだ。

「君は恋しているね！」と彼は叫んだ。

ジェイコブは顔を赤らめた。

いちばん鋭いナイフでもってさえも、それほど深くは切り込めなかったろう。

応答するか、あるいは少しなりとそれを考慮に入れることについていえば、ジェイコブは前方をまっすぐ見つめ、毅然とした顔つきをしていただけだ――ああ、とってもきれいだ！――英国海軍の提督みたいだ、とボナミーは叫んだ。ジェイコブはかっとなって腰掛から立ち上り、歩き去る。何かの音を待っているが、何も聞こえて来ない。振り返るにはあまりに誇り高く、だんだん足をはやめ、ついにはいつの間にか自分が自動車の中をのぞきこんだり、女たちを罵っているのに気づく。あのきれいな女性の顔はどこにあるのか？　クララの――ファニーの――フロリンダの顔は？　あの可愛い人は誰なんだろう？

クララ・ダラントではなかった。

アバディーン・テリア犬は運動させなければならない、そしてバウリー氏がまさにその時出かけようとしていたので――散歩ほど好きなものはないのだろう――クララと親切な小柄なバウリーは一緒に出かけた――オルバニーに部屋をもっているバウリー、外国のホテルと北極光についてひょうきんな調子で「タイムズ」紙に何度か投稿したバウリー――若者たちが好きで、右腕を背中の突起にのせて、ピカデリーを歩いて行ったバウリー。

「いたずらっ子ちゃん！」とクララが叫んで、トロイを鎖につないだ。

バウリーは打ち明け話を予期していた――聞きたいと望んでいた。クララは母親を熱愛していて、母は、そう、ちょっと、自信を持ち過ぎているので、他の人たちが（クララは投げ出すように言ったが）、「わたしみたいにばかばかしい」のだ——確かにそうなのだ——ということがわからないのだわ、と時折感じていた（犬が彼女を前へ前へと引っ張って行く）。そしてバウリーは、クララは女の狩人みたいだなと思い、どんなふうになるのかなあと心の中で思いめぐらしていた——髪に一片の三日月をさした青白い処女《おとめ》（訳注—ギリシア神話のアルテミス、ローマ神話のディアナーはうら若い処女の狩人で、しばしば月の女神セレネーと同一視され、髪に三日月を飾っている）——それはバウリーにとっては想像力の飛躍だった。

彼女の頬は色づいていた。自分の母親についてむき出しに喋るなんて——でもそれはわたしを可愛がってくれるバウリーさんに対してだけだわ。誰でも可愛がってくれるにちがいないけれど。たしかに喋ることは彼女には不自然なことだけれど、それでも誰かに話さなくてはならないいと感じるのは、ひどくいやなことだわ、彼女は一日じゅうそう感じていたのだけれど。

「わたしたちが道路を渡るまで、待って」彼女はかがみこみながら犬に向って言った。

幸いにもその時までに彼女は平静をとり戻していた。

「母はイギリスのことをとてもよく考えているんです」と彼女は言った。「母はたいそう心配していますわ——」

バウリーはいつものように欺かれた。クララは決して誰にも打ち明けないのだ。「なぜ若い人たちは決心しないんだ、え?・」と彼は訊いてやりたかった。「イギリス人についてのこの騒ぎは、いったい何だというのだ?・」――こう訊かれても可哀そうなクララは答えられなかったことだろう。なぜならダラント夫人がサー・エドガーとエドワード・グレイ(訳注―一八六二―一九三三、第一次大戦前の外務大臣をつとめ、平和の維持に努力した自由主義の政治家)の政策を論じていたとき、クララはなぜ用箪笥《キャビネット》(訳注―内閣(キャビネット)をまちがえている)はそんなに埃だらけに見えるのか、なぜジェイコブはやって来なかったのか、疑問に思っただけだった。あ、カウリー・ジョンソン夫人がいらっしゃるわ……

そしてクララはきれいな陶器の紅茶茶碗を手渡し、お世辞を――ロンドン中であなたほどおいしくお茶をいれた方はいませんわ、というお世辞を聞いて微笑むのだ。

「わたしたちはカーシター街《ストリート》のブロクルバンクの店でそれを手に入れましたの」と彼女が言った。彼女はありがたいと思うべきではないかしら? 彼女はうれしく思うべきではないのかしら? とりわけ母がそんなに元気そうな様子をし、サー・エドガーにモロッコやヴェネズエラや、そんなふうな場所のことをとても喜んで話していたのだから。

「ジェイコブ! ジェイコブ!」とクララは考えた。そして老婦人たちにいつも非常にやさしい親切なバウリーは目を止めて立ち止った。そしてエリザベスは娘にあまり厳しすぎたのではないかなと思った。ボナミー、ジェイコブ――あれはどっちの若者だったかな？――のことを思い、クララがトロイを運動させなくてはならないと言ったとたんに飛び上るように立ち上った。

彼らは昔の博覧会の跡に着いたところだった。二人はチューリップを眺めた。かたく巻いて、蠟のようになめらかな小さい茎が地面から生え、養分は行きわたっているが、はびこらず、緋色と珊瑚色にあふれていた。それぞれが影をひいている。それぞれが庭師が計画したとおりにダイヤモンドの形をしたくさび形にきちんと整って育っていた。

「バーンズはとてもあんなふうに育てることはできないわ」とクララはつくづくと眺め、溜め息をついた。

「君の友だちに知らん顔しているよ」とバウリーは誰かが反対方向へ行きながら帽子を上げたときに言った。彼女はびっくりして、ライオネル・パリー氏の会釈を認め、ジェイコブのために湧き出して溜まっていたものをパリーに使ってしまった。

（「ジェイコブ！　ジェイコブ！」と彼女は思った。）

「でも、もしおまえを放したら、きっと轢かれちゃうわ」と犬に向って彼女は言った。

「イギリスはうまくいっているらしいね」とバウリー氏が言った。

アキレスの銅像の下の柵の輪は、パラソルやチョッキ、首飾りや腕輪でいっぱいだった。そぞろ眺めながら、優雅にぶらついている紳士淑女でいっぱいだった。

「『この銅像はイギリスの女性たちにより建てられた』」とクララが馬鹿げた声でちょっと笑いながら、声に出して読んだ。「まあ、バウリーさん！　まあ！」ぱかっ――ぱかっ――ぱかっ――一頭の馬が乗り手もなくギャロップで駆けながら通りすぎた。あぶみが揺れ、小石がとんだ。

「まあ、止めて！　あれを止めて、バウリーさん！」彼女は叫んだ。蒼白になり、ふるえながら彼の腕を握りしめ、まったく無意識で、涙があふれてきた。


「ちぇっ！」一時間後にバウリー氏は化粧室で言った。「ちぇっ！」――これは召使いがシャツのカフス・ボタンを渡しているところだったので、はっきりしない言い方ではあったが、非常に意味深長な批評《コメント》だった。

ジュリア・エリオットも馬が逃げるのを見て、事件の結末を見届けようと椅子から立ち上った。彼女は狩りの好きな一族の出だったので、その結末は彼女に少し滑稽に思われた。案のじょう小柄な男がズボンを埃まみれにしながら足音を立てて追いかけてくる。すっかり困っている様子だ。そしてジュリア・エリオットが皮肉な笑みを浮べて、慈善の用向きでマーブル・アーチ（訳注―ハイド・パークの北東入口の門）の方へ向って行ったとき、その男は一人の警官に助けられて馬にまたがるところだった。その用向きというのは、彼女の母親やおそらくウエリントン公爵のことも知っていた病気の老婦人を訪ねるだけのことだった。というのはジュリアも困っている人に対して女性らしい愛情をもち合わせていたからである。臨終の床を訪れるのを好んだし、結婚式にはスリッパを投げだし、多くの人の打ち明け話にも耳を傾け、学者が年月日を知っている以上に家系に詳しかった。そして女性たちの中でももっとも親切で、もっとも寛大で、もっとも自制心の少ない一人だったのである。

それでも、アキレス像を通りすぎてから五分後には、彼女は、夏の昼下りに人の群をかすめて通ってくる人の顔に浮ぶ、あのうっとりした表情をしていた。そういう夏の昼下りには木々がさやさや音を立て、車輪は黄色にまわり、現在のざわめきは過ぎ去った青春、過ぎ去った夏への挽歌のように思われてくる。まるで時と永遠とがスカートやチョッキの間からのぞいていたみたいに、彼女の心には奇妙な悲しみが湧き上り、彼女は人々が破滅に向って悲劇的に通り過ぎて行くのを見た。しかしジュリアは確かに馬鹿ではなかった。買物に対して彼女ほど賢い女性はいなかった。彼女はつねに時間をぴったり守った。腕時計はブルトン・ストリートに到着するまでに十二分三十秒あることを示していた。レディ・コングリーヴが五時に彼女を待っているのだ。

ヴェリーの店にある金メッキの柱時計が五時を打った。

フロリンダは動物のように鈍い表情でそれを見つめた。時計を見、ドアを見、向い側の長い鏡を見て、マントを置き、テーブルにもっと近寄った。というのは彼女は妊娠していたのである——間違いなしとステュアート母さんが言って、友だちに訊いて、薬を勧めてくれた。あんなに軽やかに水面を歩いていたのに、踵をひっかけられて沈んでしまって（訳注―キリストが海の上を歩いたという奇蹟を使った比喩）。

給仕が薄いピンクの甘い飲み物の入ったコップをおいて行った。彼女は鏡に、ドアにじっと目を注いだまま、ストローで飲み、その甘い味わいに今なぐさめられた。ニック・ブラマムが入って来たとき、二人の間に約束があったことは、若いスイス人の給仕にさえも明らかだった。ニックは不器用に洋服をかき合わせ、髪の毛に指をかき入れ、神経質そうに、試練に向って腰をおろした。彼女は彼を見つめ、それから笑い出し、笑って――笑って――笑いころげた。柱のそばで脚を交叉して立っている若いスイス人の給仕も笑い出した。

ドアが開き、リージェント・ストリート（訳注―ピカデリー広場に通じているロンドンの繁華街の一つ）のざわめき、非人情な、冷淡な交通の喧騒が聞こえてきた。そして陽の光には、埃がしみこんでいた。スイス人の給仕は、新しい客に気を配っているにちがいない。ブラマムはコップをあげる。

「あの人はジェイコブみたいだわ」とフロリンダは新しい客を見ながら言った。

「あの見つめ方が」彼女は笑うのを止めた。

ジェイコブは前かがみになって、ハイド・パークの土にパルテノンの図面を描いていた。それは少なくとも指先で描いた線の網の目で、パルテノンかあるいはまた数学的図形だったのかもしれない。いったいなぜ、その小石は隅のところがそのように目立って、すりへっていたのか？　彼が巻いた紙の束をとり出したのは、紙幣を数えるためではなかった。彼は長い流暢な手紙を読み出した。その手紙は二日前にサンドラがミルトン・寡婦用住居《ダウワー・ハウス》で、彼の本を目の前において書いたもので、アクロポリスへ行く道の暗がりで、ある瞬間に口に出されたこと、あるいは言ってみようとされたことを、心に思い浮べながら書いたものだった。そういうことは（彼女の信じるところでは）永遠に重大な問題なのである。

「彼はモリエールに出てくるあの男みたいだわ」と彼女は思った。

彼女はアルセスト（訳注―モリエールの代表的喜劇『人間ぎらい』（一六六六）に登場する、高潔ではあるがつむじまがりの主人公）のことを言っていたのだ。彼がきびしいということを意味していたのだ。彼女は彼を騙すことができるという意味だったのだ。

「あるいは騙したりなどできないかしら？・」彼女はダンの詩集を書棚に戻しながら考えた。

「ジェイコブ」と彼女は続け、窓際へ行って、草地の向うの点々と花が咲いている花壇を眺めていた。その草地ではぶなの木立ちの下で白黒まだらの牝牛が草を食んでいた。「ジェイコブはショックを受けるでしょう。」

乳母車が柵についている小さな門を通って行った。彼女は手でキスを投げた。乳母に教えられてジミーは手を振った。

「彼は、まるで子供ね」と彼女はジェイコブのことを思いながら言った。

「それでも――アルセストかしら?」

「君は何とまあうるさいんだ!」ジェイコブは、初めに片脚を、次にもう片方の脚を伸ばし、ズボンのどのポケットの中にも座席の切符がないかと手探りしてみながら、ぶつぶつ言った。

「羊が切符を食べてしまったんだと思うよ」と彼は言った。「なぜ羊を飼っているんだい?」

「お邪魔して済みません」と公園の椅子の料金を集める男が手を金《ペンス》の入った大きな袋に深く突っ込んで、言った。

「さあ、切符を弁償してくれるといいんだが」とジェイコブが言った。「ほら、ここだ。いや、とっておきたまえ。行って一杯ひっかけて来いよ。」

彼はこういう種類の連中に対してかなりの軽蔑を抱きながら、寛大な気持で同情し、半クラウン銀貨を手放した。

今でさえ気の毒なファニー・エルマーはストランド街に沿って歩きながら、彼女なりのおぼつかないやり方で、ジェイコブが鉄道の車掌か赤帽かに話しかける、このたいそう無頓着な冷淡なお高くとまっている態度をどうすればいいのだろうと考えていた。あるいはホワイトホーン夫人が、学校の先生にぶたれた小さい息子のことで彼に相談したときに、ジェイコブが示したような態度のことを。

過去二ヵ月間というものすっかり絵葉書に力づけられて、ジェイコブについてのファニーの見方は、前にもまして彫像のようになり、気品をたたえ、ギリシア彫刻のように眼がなかった。自分の目に映じる姿を裏づけるために、彼女は大英博物館を訪れることが好きになった。そこでは彼女はこわれたユリシーズの横に来るまで伏せ目がちに進んで来て、目をぱっと見開き、ジェイコブの面前にいる新鮮なショックを味わって、半日はその感じが保つようにした。しかしこれはだんだん新鮮味を失っていった。そして今は彼女は書いていた――詩や、決して投函されない手紙を。広告掲示板に貼ってある広告の中に彼の顔を見、道路を渡って、手回し風琴が彼女のもの思いを狂想曲に変えて奏でるにまかせた。しかし朝食のとき（彼女は学校教師と部屋を共同で借りていた）、バターが皿のまわりになすりつけられ、フォークの股が古い卵の黄味でべとべとにされたとき、彼女はこれらの幻の姿をはげしく修正した。実際のところ、非常に不機嫌になった。マージャリー・ジャクソンがすべてを常識と卑俗さと感傷のレベルにまで引き下ろしながら彼女に話してくれたとき（彼女が丈夫なブーツのひもを結んでいたときに）、顔色を失くしていった。というのはマージャリーも恋をしたのだったし、馬鹿な目にあったからだった。

「名づけ親たちが話しておくべきだったんだわ」とファニーはストランド街の地図屋のベーコンの窓をのぞきこみながら、言った――やきもきしたところで無駄だと話しておくべきだったのよ、これが人生なんだと言っておくべきなんだわ。ファニーが汽船の航路の線をしるされた黄色い大きな地球儀を見ながら、今しがた言ったように。

「これが人生だわ。これが人生なんだわ」とファニーが言った。

「とてもきびしい顔つきをしている」とバレット嬢は、ガラスの向う側で、シリアの砂漠の地図を買おうとして、注文を聞かれるのを苛々して待ちながら、考えた。「この頃は女の子たちがとても早く老けて見えるのね。」

赤道が涙の向うに浮んで見えた。

「ピカデリーに行きますか?」とファニーはバスの車掌に訊いて、二階に上った。結局のところ、彼は彼女のところに帰ってくるだろう、帰って来るにちがいないわ。

しかし、ジェイコブはローマのこと、建築のこと、法制のことを考えつづけていたのかもしれない、ハイド・パークのプラタナスの木蔭に坐っていたときに。

バスはチェアリング・クロスの手前で停った。後ろにはバスや貨物自動車や乗用車が滞っていた。というのは旗を立てた行列がホワイトホール(訳注―トラファルガー広場から国会議事堂に及ぶ目抜きの街路で、諸官庁が立ち並ぶ)を通りすぎようとしているからだ。年輩の人々がつるつる光ったライオンの脚(訳注―トラファルガー広場にあるライオンの彫刻)の間から、体をこわばらせて階段を降りてくる。彼らはそこで自分たちの信条を公言したり、元気に歌ったり、歌から目を上げて空を見上げたりしていたのだ。そして彼らの信条を金文字で書き入れた旗の後ろを行進して行くときも、まだ彼らの目は空を見上げていた。

交通は停った、そしてもはや微風に吹きちらされない陽の光が、暑すぎるくらいだった。しかし行列は通り過ぎて行った。旗はホワイトホールのはるか彼方で、きらきら輝いていた。交通は渋滞から解放され、不意に動き出し、よどみのない絶え間ない騒音を吐き出した。コックスパー街の曲線に沿って曲って行き、官庁やホワイトホールの下の馬にまたがった彫像を通り過ぎて、とげの出ているような尖塔、つなぎとめられている石造の灰色の艦隊のように見えるホワイトホール、それからウエストミンスター大寺院の白い大時計の方へ進んで行く。

ビッグ・ベンが五時を単調な節で告げた。ネルソン像がその挨拶を受けとった。海軍本部の電信が、どこか遠くからの通信でふるえた。声が、首相と太守たちがドイツの連邦議会下院で演説したこと、ラホールに侵入したことを言いつづけ、皇帝が旅行したことやミラノで暴動が起ったことを伝え、ウィーンでは噂があったと言い、コンスタンチノープルで大使がサルタンと会見した、艦隊はジブラルタルにいると伝えた。また続けて、その声はホワイトホールの役人たち(ティモシー・ダラントもその一人だった)が耳を傾け、解読し、紙に書きつけたときに、彼らの顔に動かすべからざる重大性をもった何かを刻みつけていった。カイザーの発表したこと、水田の統計、幾百人の労働者の不満、裏町での反乱の陰謀、カルカッタの市場《バザール》での集会、砂色の丘があり、骨は埋められもせず横たわっているアルバニアの高地地方における軍隊の集結などが記録され、書類がうず高く積まれて行く。

その声は、どっしりしたテーブルのある四角い静かな部屋ではっきりと喋っていた。そこでは一人の年輩の男が彼の銀の柄のついた傘を本棚にたてかけたまま、タイプの打ってある紙片の余白に、ノートをとっていた。

彼の頭——禿げて、赤い血管が浮き出し、空っぽのように見える——はこの建物の中のすべての頭を代表していた。彼の頭は、ものやわらかな青白い眼と共に、知識の重荷を運んで道路を渡って行き、同じように重荷をもって来ている同僚たちの目の前に、それをおいた。それから十六人の紳士（訳注—内閣の閣僚をさす）たちは、ペンをとり上げたり、おそらくは退屈して椅子に坐って向きを変えたりしながら、歴史の進路はこういう方向、ああいう方向に向うべきだと定めた。彼らはラージャ（訳注—インドの土侯のこと）やカイザー、市場での不平、ホワイトホールではっきり見えているアルバニア高地地方のキルトを着た小作農たちの秘密集会に、ある一貫性を与えよう、さまざまな事件の進む方向を支配しようと、彼らの顔つきが示しているように、男らしく決心していたのだ。
ピットやチャタム、バークやグラッドストーン（訳注―いずれも十八世紀から十九世紀にかけてのイギリスの偉大な政治家、ホワイトホールの近くに彼らの大理石像がある）は、行列がホワイトホールを通りすぎたときに、あたりが口笛や震動でいっぱいになったので、大理石の目を凝らして、おそらく生きている者が羨ましがるような神のような静けさをたたえた態度で、端から端まで眺めわたした。その上、ある人たちは消化不良で悩まされていた。一人はまさにその時に、眼鏡のガラスにひびを入らせた。もう一人は、翌日グラスゴー（訳注―スコットランド南西部の海港、英本国第二の大都市で、労働党の勢力の強い所）で演説することになっていた。全体としてみると、彼らは大理石に刻まれた頭が扱ってきたように歴史の進路を扱うには、あまりに赤らみすぎているか、肥りすぎるか、青白すぎるか、痩せすぎるかしていた。

海軍本部の彼の小部屋にいるティミー・ダラントは、青書（訳注―イギリスの議会または枢密院の報告書）を見て調べようとしながら、一瞬窓ぎわで立ちどまって、街灯の柱のまわりにプラカードが結びつけられているのに気づいた。

タイピストの一人、トマス嬢が、もし閣議があまり長びくようなら、ゲイエティ座の外で会う約束の恋人に会えないだろうと友だちに言った。

ティミー・ダラントは青書を小脇にかかえて戻って来ながら、街角のひとかたまりの人々に気づいた。まるで彼らの一人が何かを知っているみたいに丸くかたまっていた。そして他の人々は、その一人のまわりに押しかけながら上を見たり下を見たり、街路に沿ってきょろきょろ見たりしていた。彼が知っていることは何なのだろう?

前に青書をおきながら、ティモシーは大蔵省の一部門によって参考のためにまわされて来た書類を調べていた。同僚の事務官クローリー氏は手紙を書類さしに刺した。

ジェイコブはハイド・パークで椅子から立ち上り、切符をびりびりに引き裂いて、歩き去った。

「すばらしい夕焼け」とフランダース夫人はシンガポールにいるアーチャー宛の手紙に書いた。「家の中に入る決心がつきかねました」と彼女は書いた、「一瞬間でも無駄にするのは間違ったことみたいに思われました。」

ケンジングトン宮殿の長い窓は、ジェイコブが歩き去って行くときに、火のような薔薇色にぱっと輝いていた。一群の野鴨がサーペンタイン池の上を飛んだ。そして木々が空を背景にして黒々とおごそかに立っていた。

「ジェイコブは」とフランダース夫人はあかあかとした光をあびて、便箋に書いた、「楽しかった旅行のあとで、一生けんめい勉強しています……」

「カイザーは」とホワイトホールの中ではるか彼方の声が述べた、「わたくしと会見してくれました。」


「そうだ、わたしはあの顔を知っている――」アンドルー・フロイド師はピカデリーにあるカーターの店から出てくると言った。「しかしいったい誰だったろう――?」それで彼はジェイコブを見守り、ふりかえって彼を見つめたが、確信を持てなかった――

「ああ、ジェイコブ・フランダースだ!」彼は瞬間閃くように思い出した。

しかし、彼はたいそう背が高くなっていて、まったく周りを意識していなかった。すばらしい若者だ。

「わたしはバイロンの本を彼にやったっけ。」アンドルー・フロイドはもの思いに耽り、ジェイコブが道路を渡ったとき、とび出した。しかし、ためらって、その瞬間をやりすごし、好機を逸してしまった。

旗を立てていないもう一つの行列がロング・エイカー（訳注―コヴェント・ガーデンを通る繁華街の道路）をふさいでいた。紫色《アメシスト》の洋服を着た金持の未亡人とカーネーションをつけた紳士が乗っている馬車が、逆方向に曲っていた辻馬車と自動車の道をふさいだ。そういう自動車には、白いチョッキを着た疲れきった男たちがだらりと寄りかかって乗っていて、パットニーやウィンブルドン（訳注―いずれもロンドン南西部の郊外住宅地区）にある木の下道や玉突き室のある家へ帰る途中であった。

二台の手回し風琴が歩道の縁石のそばで鳴り、オルドリッジの店から出て来た尻に白いラベルを貼った馬は、道路をまたいで、さっと引き返した。

ダラント夫人は自動車の中にワートリー氏と坐り、序曲を聞き逃さないようにと苛々していた。しかし、いつでも洗練されていて、いつでも序曲にきちっと間に合うワートリー氏は手袋のボタンをかけ、クララ嬢に見とれていた。

「こんなすばらしい夜を劇場で過すなんて、恥だわ！」とダラント夫人は、ロング・エイカーにある馬車作り屋のすべての窓が燃えるように輝いているのを見ながら言った。

「あなたの荒野《ムーア》のことを思い浮べてごらんなさい！」とワートリー氏がクララに言った。

「まあ！　でもクララはこちらの方が好きなんですよ」ダラント夫人は笑った。

「わからないわ――ほんとうに」とクララは燃え立つような窓を眺めながら、言った。彼女は驚いて、どきっとした。

彼女はジェイコブを見かけたのだ。

「誰？」とダラント夫人が身をのり出して、鋭く訊いた。

しかし、彼女には誰も見えなかった。

オペラハウスのアーチの下で、大きな顔や細い顔、お白粉をつけた顔や毛深い顔がみな同じように夕焼けの中で赤かった。そして淡い黄色のおさえられた光を放つ天井から下っている大きなランプによってせき立てられ、靴音や緋色の制服やはなやかな儀式によって駆り立てられて、幾人かの婦人たちは一瞬、近くの蒸し暑い寝室をのぞきこんだ、そこでは髪をほどいた女たちが窓から上体をのり出している、そこでは少女たちが――子供たちが――（長い鏡が婦人たちの足を止めさせる）、でも人のあとについて歩かねばならないわ、道をふさいではいけないのだわ。

クララの荒野《ムーア》はじゅうぶんすばらしかった。フェニキア人たちは積み重なった灰色の岩の下で眠っていた。古い鉱山の煙突がぬっと立っていた。はやめの蛾が、ベル・ヒースをぼうっとかすませた。荷車の車輪がはるか下の方の道路をぎいぎいとこすっているのが聞かれた。波が寄せては吐息のように返す音が静かに、絶え間なく、永遠に響いていた。

パスコー夫人は目に手をかざして、海の方を見ながらキャベツ畑に立っていた。二隻の蒸汽船と一隻の帆船が互いに行き交い、互いのそばを通りぬけた。湾では鷗たちが一本の丸太の上にとまり、高く舞い上ってはまた丸太に戻ってきた、一方では何羽かの鷗が波に乗り、月があらゆるものを白くさらしてしまうまで、波の縁にとまっていた。

パスコー夫人はずっと前に家の中へ入ってしまった。

しかし赤い光はパルテノンの石柱にあたり、長靴下を編みながら、時々、子供に来なさい、そうして頭についている虫をとらせなさいと呼びかけているギリシアの女たちは、日盛りのしょうどうつばめと同じくらい陽気で、ピーリーアスの港にいる船が大砲をうつまで、けんかしたり叱ったり、赤ん坊に乳をやったりしていた。

大砲の音はあたりに拡がり、それから断続的な爆音をとどろかせながら、島々の海峡を通りぬけて行った。
暗闇が、ナイフのようにギリシアに落ちかかる。

「大砲?」ベティ・フランダースは半ば眠ったままでベッドから出て窓ぎわへ行って、呟いた。その窓は暗がりの葉の縁どりで飾られていた。「こんなに遠く離れていて聞こえる筈がないわ」と彼女は思った。「海の音よ」
彼女は再びはるか彼方に、まるで夜の女たちが大きな絨毯を打つような、鈍い音を聞いた。モーティは行方不明だし、シーブルックは死んだ。息子たちは祖国のために戦っている。でもひよっ子たちは大丈夫だったかしら? あれは誰かが階下で動いた音かしら? レベッカの歯が痛むのかしら? ちがうわ。夜の女たちが、大きな絨毯を打っているのだわ。彼女のめんどりたちが、止まり木の上でかすかに身うごきした。

14

「彼はすべてのものを、そのままに残して行った」ボナミーは感嘆した。「何も整理されていない。手紙は全部、誰にでも読めるように散らばっている。彼は何を予期していたのだろう？帰って来ると思っていたのだろうか？」彼はジェイコブの部屋の真中に立って、もの思いに沈んだ。

十八世紀はすぐれていた。これらの家々は百五十年ばかり前に建てられた。部屋は天井が高く、形よくできている。戸口の上には薔薇か牡羊の頭蓋骨が木に彫られている。きいちご色に塗ってある羽目板でさえも、立派だった。

ボナミーは狩猟用の笞の勘定書をとりあげた。

「この支払いは済んでいるらしい」と彼は言った。

サンドラの手紙が何通かあった。

ダラント夫人がグリーニッチに一行を連れていこうとしていた。

レディ・ロックスビアーはいらしていただくのを楽しみに……と書いていた。

空っぽの部屋の中では、微風もものの憂げで、ただカーテンをふくらませていた。壺の花が動く。

誰も坐っていないのに、やなぎ細工の肘掛椅子のやなぎ皮がきしむ。

ボナミーは窓ぎわへ歩いて行った。ピックフォードの貨物自動車が街の通りを威勢よく走って行った。バスが数台ミューディの角で道をふさがれて立ち往生していた。エンジンは鼓動し、運送人たちはブレーキをかけたまま、馬を止めた。耳ざわりなつらそうな声が何かわからぬことを叫んだ。すると突然、あたり一帯の木の葉がそよぎ立つように思われた。

「ジェイコブ！　ジェイコブ！」ボナミーは窓ぎわに立ったまま叫んだ。木の葉は再びしずまりかえった。

「あっちもこっちも、めちゃめちゃにちらかしっ放し！」とベティ・フランダースは寝室のドアをぱっと開けると叫んだ。

ボナミーが窓辺から戻って来た。

「これはいったいどうしたらいいのでしょうね？　ボナミーさん。」

彼女はジェイコブの古靴を一足さし出した。

解説

『ジェイコブの部屋』が出版された一九二二年という年は、イギリス文学にとって画期的な年であった。それは『ユリシーズ』の年であり、『荒地』の年であった。ウルフは六月に、T・S・エリオットがウルフ夫妻のホガース・ハウスにやって来て『荒地』を朗読するのを聞いて感動し、九月には、ジェイムズ・ジョイスの『ユリシーズ』を読了し、「これには天才がある」が、「価値の低いものだ」と日記に感想を記している。そして十月に『ジェイコブの部屋』が出版されたのだ。言わば、イギリス文学が実験の時代に入ったことを告げる暁鐘が、大きく三つ鳴り響いたわけである。時を同じくして、このようなモダニズムの文学が次々と生み出された背景には、ウェルズ、ベネット、ゴールズワージーなど三人のエドワード朝作家を批判したウルフの「現代小説論」(一九一九)をはじめ、エズラ・パウンド等のイマジズムの運動(一九一四—一七頃)、T・S・エリオットの『プルーフロックとその他の観察』(一九一七)などにより、徐々に準備されて来た実験の文学を胚胎する土壌があり、さらにさかのぼっては、一九一〇年にブルームズベリー・グループのロジャー・フライを中心に開かれた「第一回後期印象派展」があろう。またウルフ自身の作家歴の中で考えても処女作『船出』(一九一五)以来、『夜と昼』(一九一九)、短篇集『キュー・ガーデンズ』(同年)や『月曜か火曜』(一九二一)を通じて、伝統的小説の形式をとりながらも、部分的に自分の殻を破ろうとして進んできたのが、『ジェイコブの部屋』において一挙にほとばしり出たことになる。この作品が出たとき、T・S・エリオットは「あなたは伝統的小説とあなた独特の才能との間で妥協することから、自分を解き放った」と書いた。

つまり個人的にも時代的にも、これはウルフのメルクマールであり、この実験的作品について考えることは、後のウルフの出発点を考えることであると同時に、同時代の文学のおかれていた状況を考えることでもある。その意味で、ウルフの文学を多少とも詳しく探ろうとする者にとって見逃せない作品といえよう。

一九二二年七月二十六日の日記に、ウルフは次のように書き記す。

「日曜日にレナードが『ジェイコブの部屋』を通読した。彼はこれが私のいちばんいい作品だと思うと言った。しかし彼の最初の感想はこれがおどろくばかりによく書けている、ということだった、私たちはそれについて議論した。彼はこれを天才的作品と呼ぶ。他のどんな小説にも似ていないと思う、と言う。人物たちは幽霊だ、と。とても奇妙なものだ、と。私は人生哲学を全然持っていない、と彼は言う。私の人物たちはあやつり人形で、運命によってあちこちに動かされている、と。運命というものがこんな具合に動くとは自分は思わない、と言う。私の『方法』をこの次は一人か二人の人物に使うべきだと思う、と彼は考える。この作品をたいへん興味ぶかく、美しいものと思ったと言い、(もしかするとパーティを除いては)少しも失敗がなく、とてもわかりやすいと思う、と言った。……でも全体としていえば、私はよろこんでいる。私たち二人とも読者たちが何と思うかは知らない。私の心の中では、自分自身の声で何かを言い始める方法を（やっと四〇歳になって）発見したと信じてうたがわない。このことが私にとても興味があるので、賞讃をうけなくても前進することができるように感じる。」（神谷美恵子氏訳による）

ヴァージニアの作品をつねによく理解し、作品の出来ばえとその評判にいつも神経をとがらせていた妻の適切な批評家であり、助言者でもあったレナードのここに記されている言葉は、なかなか含蓄が深い。もちろん彼はヴァージニアが『ジェイコブ』を書きながら、「毎日の仕事を、馬でとびこえなくてはならない柵のように感じ」（一九二〇年八月五日の日記）、幾度か行き詰まりながら、長い間、苦心して書きあげたことをつぶさに見ていた（正確には一九二〇年四月十六日から二十一年十一月四日まで書き、途中『月曜か火曜』と病気のために六ヵ月間のあいだがあったとして」、約一年かけて第一稿を書きあげた。）レナードは、この「他のどんな小説にも似ていない」作品が、小説家としてのヴァージニア・ウルフの生涯に新天地を切り拓くものであることを直感して、励まし、的《まと》を射た批評と助言をしている。ウルフ自ら「自分自身の声で何かを言い始める方法」を見いだしたと感じたものは、結局は何であったか。自分は何かを摑んだとウルフに感じさせ、それをめざして「前進」できると思わせたものは、この作品のどういう点だろうか。これらの疑問を糸口に、われわれ「普通の読者」には「とてもわかりやすい」とは思われないこの作品を、いくらかでも解きほぐしてみよう。

『ジェイコブの部屋』という題名は、ウルフの他の小説と同様に、作者のこの作品にこめた意図を端的にもの語っている。「部屋」は単にジェイコブが住んだ居室を意味するのみでなく、ジェイコブの子供時代から少年期青年期を経て成人し、戦争に行って死ぬまでに、彼の周囲をとりまいていたあらゆる環境を指している。それは空間的には、彼が幼少時代を過したコーンウォールの美しい海辺にはじまり、スカーバラ郊外の家、蝶を捕えるのに夢中になった森、学生時代を過したケンブリッジのトリニティ・カレッジの自室や庭、昼食に招かれて行った教授の家や、舟遊びをしたキャム川、古典文学を学んだ教室や議論にうつつをぬかした友達の部屋、夜更けて足音の響く廊下と十二時を打つ時計の音、シリー群島へと航海する船とダラント家でのパーティ、大英博物館の図書室、コヴェント・ガーデンのオペラハウス、パリのレストラン、ギリシア……これらすべてがジェイコブの「部屋」であった。またそれは当然この「部屋」に出入りするさまざまな階層のさまざまな性格の人々をも意味している。或る者はジェイコブの肉親、友達、恋人として、彼と深くかかわり強烈な印象を残し、或る者は一瞬目の前を通りすぎて彼の注意をひいたに過ぎない。固有名詞としてあげられているだけでも百人を上まわるこの人々すべてが、ジェイコブの生活を形づくっている。この「部屋」は時間的には、ジェイコブが死ぬまでの二十六年のあいだ存在したわけであるが、その背後には厖大な時間が、人類の歴史を織りなしてきた過去として存在している。言いかえれば、人間が「憂鬱な中世の靄など、すっかり干上らせ、沼地の水をはけさせ、その上にガラスと石を建て」築いてきた文明の歴史がそこにある。この文明のうちでとりわけジェイコブにとって、あるいはウルフにとって深い意味をもったものは、ギリシアの文明であり、イギリス十八世紀の文明であった。

このように時間的空間的にジェイコブをとりまく「部屋」——それは「意識のはじめから終りまでわれわれをとり巻く半透明の包被」とウルフが「現代小説論」の中で呼んだものでもある——の「中心に人を引きつける磁石のような存在として」、ジェイコブ・フランダースが生きている。しかしウルフはジェイコブ自身の姿を描くのでなく、ジェイコブのまわりにある「部屋」をこと細かに描くことによって、多くの面から光をあて、逆にジェイコブの姿を全体的に多面的に浮き彫りにしようとした。そこにウルフの「方法」と実験があったわけである。したがってこの作品が書かれるにあたっては、先ず内容よりも方法が先行していたことが、うなずかれる。（この小説執筆の三ヵ月前、一月二十六日の日記に、「新しい小説のための新しい形」についてウルフが模索したことが記されている。）

さてそれでは、いわゆる筋《プロット》などないこの小説の「新しい形」とは、どんなものなのか。作者はジェイコブをとりまき「包んでいたもの」すべてを、断片的に、しかし出来事が起った順《クロノロジカル》に、そして絵画でいえば印象的な手法でしばしば視覚的に描きだし、そういうものをとおして、ジェイコブの意識の内側に入って行こうとしているように見える。これは一九二〇年代頃から、ヨーロッパ文学に新しく登場したモンタージュ手法の一つと見ることができる。ちょうど映画がさまざまな情景の断片を並置あるいは重置することによって、それらの映像をとおしてある思想を伝えるように、ジェイコブの思想や心象風景は、彼が目にしたものの印象、そういうものから起る連想や回想される過去の情景などを提出することによって、読者に伝えられる。それらは断片的で、一見したところ何の脈絡もなく思われるが、実は作者の周到な配慮によって相互にかかわり合い、ある意味をかもし出すようにつくられている。単純な例をあげれば、この小説の冒頭がそれである。コーンウォールの海辺で姿の見えないジェイコブを呼ぶアーチャーの声が響く。

「ジェ——イコ——ブ！　ジェ——イコ——ブ！」「その声は妙な悲しさを帯びていた。すべての肉体とも無縁のまま、すべての情熱とも無縁のまま、世に生まれ出て、ひとりぽっちで返事もしてもらえず、岩につき当って砕ける——そんなふうに、その声は響いた。」蟹をとっていたジェイコブは「すばらしく大きな男と女が並んで横に」なっている姿を見、顎のはずれた羊の頭蓋骨を拾って、燃えるような海辺の夕焼けに照らされて帰途につく。

この情景は、こののち経験されるジェイコブの生と死を、成人の男女、頭蓋骨、夕焼けというジェイコブの目に映じたものによって端的にあらわしている。成人の男女は、ジェイコブと娼婦フロリンダや、ファニー・エルマーとの性体験を暗示し、頭蓋骨のイメージは小説の中で幾度かあらわれ互いに呼応し合って、ジェイコブの死を描いた最終章で彼の部屋の戸口の上に彫られている牡羊の頭蓋骨まで続き、生を限っている時間と死を暗示している。この章でも彼の友人ボナミーが彼を呼ぶ声が響く。


空っぽの部屋の中では、微風ももの憂げで、ただカーテンをふくらませていた。壺の花が動く。誰も坐っていないのに、やなぎ細工の肘掛椅子のやなぎ皮がきしむ。

ボナミーは窓ぎわへ歩いて行った。ピックフォードの貨物自動車が街の通りを威勢よく走って行った。バスが数台ミューディの角で道をふさがれて立ち往生していた。エンジンは鼓動し、運送人たちはブレーキをかけたまま、馬を止めた。耳ざわりなつらそうな声が何かわからぬことを叫んだ。すると突然、あたり一帯の木の葉がそよぎ立つように思われた。

「ジェイコブ！　ジェイコブ！」ボナミーは窓ぎわに立ったまま叫んだ。木の葉は再びしずまりかえった。

そしてベティ・フランダースがさし出す一足の古靴……ジェイコブのいなくなった部屋の空虚さが、こうしてペーソスをともなってわれわれの心の眼にやきつけられる。瞬間、読者は十三章の終りでベティ・フランダースが聞いた「夜の女たちが大きな絨毯を打つよう」な鈍い大砲の音、ホワイトホールの役人たちの顔つきや慌しい動き、カイザーの発表、海軍本部の電信、反戦運動のデモ行進、「すばらしい夕焼け」とフランダース夫人が書いたシンガポールにいるアーチャー宛の手紙などをフィルムが巻き戻されるように思い出し、第一次大戦でジェイコブが戦死したのだということ、そういえばフランドル地方で遺骸を烏に啄ばまれているジミーも第一次大戦の犠牲者だったと思い、戦争がジェイコブの部屋をめぐる若者たちを残酷にもぎとって行ったことに思いを馳せる。さらには戦艦に乗って不平も言わずに死んで行った若者たち、麦畑をおおう軍隊を思い出す。

こうして断片的に提出されたおのおのの情景を「編集」したり解釈したりするのは、作者であると同時に、読者——読者の印象にやきつけられたものの回想や連想をとおしてであり、われわれは、この作品のあちこちにちりばめられたイメージという鍵を見つけて、ジェイコブの部屋の扉を開き、中心へ入って行くよう求められているのだ。その意味で、これは読者が作品世界の再現《リプロダクション》に参加することを求める度合の大きい作品といえよう。

そしてまさにこの方法は、十九世紀風のリアリズムとははっきり一線を劃すものであり、ジョイスの小説や現代詩に近いものでもある。この作品を書きながら、ウルフは「でも私は私のやっているしごとをジョイス氏がもっとうまくやっているのだろうと考えた」と日記（一九二〇年九月二十六日）に書いているが、『ジェイコブの部屋』によって新しい実験的な文学をつくり出したウルフは、奇しくも同年生まれのジョイスをつねに意識していたらしい。ジェイコブが歩くロンドンの街は、ジョイスにとってのダブリンが、T・S・エリオットにとっての『荒地』の都会が意味したものと一脈あい通じるところがある。いわばこの作品は雑多なものを包括した都会の生活の叙事詩とも言える側面をもっている。街路の実名がいちいち書かれ、必要に応じてその街並が浮き彫りにされる。街並にはそこ独特の個性がある。ピカデリーのような繁華街、ホワイトホールの官庁街、ナイツブリッジの高級住宅街、中流の勤め人の住むアクトン、ホロウェイ、大英博物館のあるグレート・ラッセル・ストリート……しかし、これらは二〇年代のロンドンを知っている者には、われわれよりもっと親密な感じをもって、目に浮んだことだろう。（こういうロンドンは再び『ダロウェイ夫人』の中で描かれることになる。）

またジョイスは新聞が世界の動きを同時に全体的に捉えることに強い関心を抱いて、『ユリシーズ』には新聞社の場面も描かれるが、ウルフもこの作品の中でよく新聞、雑誌を使っている。そうすることによってジェイコブが社会から孤絶した存在でなく、世界は彼のまわりで絶えず鼓動し彼に信号を送っていることを暗示したかったのだろう。

彼は「グローブ」紙を読みながら、テーブルについていた。薄桃色の頁が彼の前に平たく拡げられてあった……（人々は半時間のうちに何と経験をするのだろう！　しかし、何もかも避けられない。これらの事件はわれわれの風景の特徴なのだ……）彼は人生を判断した。それらの薄桃色と薄緑色の新聞は世界の頭脳と心臓の上に毎夜押しつけられた薄いゼラチンの紙だ。それらは世界全体を写しとっている。ジェイコブはその上に視線を投げかけた。ストライキ、殺人、フットボール、発見された死体。イギリス各地からの怒りの声。……

首相の演説はおよそ五段以上のぶち抜きで報道されている。……首相はアイルランドに自治を与える法案を上程していた。ジェイコブはパイプの灰を叩きおとした。彼は確かにアイルランドの自治のことを考えていた——非常に難しい問題だ。たいそう寒い晩だ。

このあとまるでカメラが回転《パン》するように場面が変わり、ジェイコブの部屋の外の吹雪の情景が抒情的な筆致で、散文詩のように描かれる。

ひと晩じゅう降りつづいた雪は、午後三時には野や丘に降り積った。枯れ草の藪が丘の頂上に突き出していた。はりえにしだの繁みは黒く、ときどき風がその繁みの前に凍った雪片を吹きつけると黒く揺れ動くものが雪を横切った。その音は箒で掃いているような音だった——さぁーっと掃いているような。

長くなるので全文の引用は避けるが、白い野と黒い木々、カンテラを下げて野原を横切って行く一人の男、カメラがクローズ・アップするように小枝の筏が突然流れ出すさま、暗闇を押しのけてやってくる一台の自動車などが人間世界から一転して自然の世界が静謐にモノクロームのように映し出され、たとえばウォレス・スティーヴンズの「黒鳥を見る十三の方法」にある水墨画のような点描の美しさを思わせるところがある。新聞と戸外の吹雪——つまり、ジェイコブをとりまいている自然と文明の空間的なモンタージュである。この方法は作者ウルフのヨーロッパあるいは世界を同時的に映し出そうという意図と根本でつながっている。作者は一瞬、パリ——コンスタンチノープル——ロンドン、あるいはギリシア——アルバニア——トルコ——モスクワを眺望するのだ（これは『荒地』の第五部「雷神の言葉」の中の「イエルサレム、アテネ、アレクサンドリア／ウィーン、ロンドン／非現実の」という一節にも通じる）。

ジェイコブの背後にある伝統は、ケンブリッジと大英博物館によって代表される。つまりジェイコブが生きる現代という時代の背後には、これまでに人類が築き上げてきたギリシアの文明、イギリスの文明――とりわけマーロウとシェイクスピアを生みだしたエリザベス朝の文化と十八世紀の文明があり、それはケンブリッジの学問と大英博物館によって貯えられ継承されてきているはずなのだ。しかし、ジェイコブが訪れたギリシアはジェイコブが幻として描いていたギリシアとはあまりにも異なり、交通機関が発達し、他民族の植民地的になり、誇りを忘れた群衆の行き交うところになっている。「ギリシアは死んだ」と彼は感じる。また人類の過去の遺産の宝庫である大英博物館で、彼がマーロウを読みながら目にするのは、見当外れの研究テーマに取り組んでいるエクセントリックな女性や、宗教を破壊しようと資料を漁っている男である。ケンブリッジではどうであろうか。ここにも昼食会に学生を招きはするが、新鮮な感受性を失っていてジェイコブの共感を呼ばない教授や、貨幣の研究に没頭するソップウィズ、ウェルギリウスを「まるで言葉が唇についた酒みたいに」朗誦する葡萄酒好きのコーアン、何ごとも個人的次元に還元して考えるアンフェルビー女史、博識のハクスタブルなどの教授がいる。（ウルフはこれらのエクセントリックでどこか愛嬌のある教授たちを親しみをこめて、しかも諷刺的な眼で眺めながら描き出しているが、このかげには父親レズリー・スティーヴンとその友人たちの学者・文人たちの生活を身近に見ていた事実の反映があろう。）ハクスタブルについて、ウルフはこう書いている。

地下鉄の車輛の全座席からその頭を取り外したとしても、それらを全部老いたハクスタブルの頭は容れるだろう。今、彼が活字に目をおとすと、彼の頭脳の中の廊下を、なんと堂々とした行列がきちんと足早に足を踏み鳴らして通り過ぎて行くことだろう、そして行進が進むにつれて、行列は新しい流れによってもっと幅広くなり、ついには、ホール全体、丸天井《ドーム》全体（それがどう名づけられようとも）が観念でいっぱいになってしまうのだ。他の人のどんな頭脳の中でも、このようにたくさんの観念が集まって来たりはしない。

ジェイコブのケンブリッジ生活の描写にはこのほか諷刺的な描写がたくさんある、しかしジェイコブにとって、あるいはウルフにとって、ケンブリッジは、「さかまく波の海上はるかで……灯のともされた都」であり、学問の灯を燃やし、燈台のように闇を照らしている。そこは「何世代もの学者たちが」過去からの贈物を手渡す場所であり、世の中から隔絶されて学問の伝統の灯を燃やす場所でもある。

ジェイコブは、このような伝統の重みを感じ尊敬の念をおぼえながらも、それに若者らしい反撥を感じている。そしてギリシア文明を学び、肉体と精神を濶達にはたらかせて生きることのできたイギリス十八世紀の文明に憧憬を抱いている。「十八世紀はすぐれていた」という言葉は、ライトモティーフのようにくり返され、読者に印象づけられる。十九世紀的なものからの脱出は、ウルフの課題でもあり、彼女をとりかこむブルームズベリー・グループのめざした方向でもあったが、グループのメンバーであるE・M・フォースターやリトン・ストレイチーと同様にウルフも十八世紀文明の精神を評価することによって、それを成し遂げようとしたのだ。

この小説におけるウルフの新しい試みが成功したか否かは、ジェイコブの「部屋」を構成する時間的空間的なさまざまなもの、が、どこまでエリオットのいわゆる客観的相関物になりえているかどうかにかかっていよう。ジェイコブにはウルフが敬愛し、ほとんど英雄的な存在だった夭逝した兄トウビーの面影があるとはよく言われることだが、おそらく兄の思い出からくるジェイコブに対するウルフの個人的な感情移入は、この作品を客観的に構成することを妨げているようだ。一方、初めに引用したようにレナードは、人物たちは「幽霊だ」と言った。ジェイコブの姿は周囲の光の反射によって描き出され、彼自身の意識の流れはまだほとんど描かれていない。その姿を「幽霊」と呼ぶかどうかは、小説の「人物」に対する読者の受け取り方にかかっているが、この作品の手法は、次作『ダロウェイ夫人』や『燈台へ』において完成される意識の流れの手法の始まりを示すと同時に、それとは異なる独自性をもつものとして、未熟ながらこれら後の傑作を超えて、たとえばナタリー・サロートの諸作品を予告するような新しい萌芽をもっているのではないかと思われる。

この訳書を完成するまでに多くの方々のお世話になった。御協力下さった方々に心から感謝している。とりわけ、日本女子大学客員教授のデニス・キーン先生、編集の黒沢茂先生には、乏しい私の知識を補って頂いた。またいろいろご鞭撻を頂いたみすず書房編集部の辻井忠雄氏、浄書を手伝って頂いた渡辺洋子さん、これらの方々にここで心からお礼を申し上げたい。

一九七七年四月

出淵敬子

※解説は一九七七年のみすず書房版より転載しました。

訳者略歴

出淵敬子

1937年、東京生まれ。1961年、日本女子大学英文学科卒業。1968年、コロンビア大学大学院修士課程修了。1970年、東京大学大学院博士課程満期退了。日本女子大学文学部名誉教授。訳書にヴァージニア・ウルフ『三ギニー　戦争と女性』『女性にとっての職業』(共訳)(以上、みすず書房)『フラッシュ　或る伝記』(白水社)など。

＊今日の人権意識に照らして不適切と思われる語句や表現については、
時代的背景と作品の価値をかんがみ、そのままとしました。

ジェイコブの部屋

2021年8月31日初版第一刷発行

著者：ヴァージニア・ウルフ

訳者：出淵敬子

発行所：株式会社文遊社

東京都文京区本郷4-9-1-402　〒113-0033

TEL: 03-3815-7740　FAX: 03-3815-8716

郵便振替：00170-6-173020

装幀：黒洲零

印刷・製本：中央精版印刷株式会社

乱丁本、落丁本は、お取り替えいたします。

定価は、カバーに表示してあります。

Jacob's Room by Virginia Woolf

Originally published by The Hogarth Press, 1922

Printed in Japan.　ISBN 978-4-89257-137-4

歳月

ヴァージニア・ウルフ
大澤實 訳

十九世紀末から戦争の時代にかけて、とある英国中流家庭の人々の生活を、半世紀という長い歳月にわたって悠然と描いた、晩年の重要作。

解説・野島秀勝　改訂・大石健太郎

書容設計・羽良多平吉　ISBN 978-4-89257-101-5

草地は緑に輝いて

アンナ・カヴァン
安野玲 訳

破壊を糧に蔓延る、無数の草の刃。氷の嵐、炎に縁取られた塔、雲の海に浮かぶ〈高楼都市《ハイシティ》〉――近未来ＳＦから随想的作品まで珠玉の十三篇を収録した中期傑作短篇集、待望の本邦初訳。

書容設計・羽良多平吉　ISBN 978-4-89257-129-9

漂泊者

ジム・トンプスン
土屋晃 訳

恐慌後のアメリカで、職を転々としながら出会った風変わりな人々、巻き起こる騒動――ノワールの鬼才が作家になるまでの日々を描く自伝的小説。本邦初訳。解説・牧眞司

装幀・黒洲零　ISBN 978-4-89257-149-7

あなたは誰？

アンナ・カヴァン
佐田 千織 訳

「あなたは誰？《フー・アー・ユー》」と、無数の鳥が啼く——望まない結婚をした娘が、「白人の墓場」といわれた、英領ビルマで見た、熱帯の幻と憂鬱。カヴァンの自伝的小説、待望の本邦初訳。

書容設計・羽良多平吉　ISBN 978-4-89257-109-1

われはラザロ

アンナ・カヴァン
細美 遙子 訳

強制的な昏睡、恐怖に満ちた記憶、敵機のサーチライト……。ロンドンに轟く爆撃音、そして透徹した悲しみ。アンナ・カヴァンによる二作目の短篇集。全十五篇、待望の本邦初訳。

書容設計・羽良多平吉　ISBN 978-4-89257-105-3

ジュリアとバズーカ

アンナ・カヴァン
千葉 薫 訳

「大地をおおい、人間が作り出したあらゆる混乱も醜悪もその穏やかで、厳粛な純白の下に隠してしまったときの雪は何と美しいのだろう——。」カヴァン珠玉の短篇集。解説・青山南

書容設計・羽良多平吉　ISBN 978-4-89257-083-4

店員

バーナード・マラマッド
加島 祥造 訳

ニューヨークの貧しい食料品店を営むユダヤ人店主とその家族、そこに流れついた孤児のイタリア系青年の交流を描いたマラマッドの傑作長篇に、訳者による改訂、改題を経た新版。

書容設計・羽良多平吉

ISBN 978-4-89257-077-3

軍帽

コレット
弓削 三男 訳

「これからある女性の生涯でただ一度の恋の物語をしようと思う」人生に倦んだ四十代半ばの女性を不意打ちした遅ればせの恋の行方を綴った表題作、晩年の傑作短篇を収録。エッセイ・白石かずこ

装幀・黒洲零

ISBN 978-4-89257-111-4

物の時代 小さなバイク

ジョルジュ・ペレック
弓削 三男 訳

パリ、60年代——物への欲望に取り憑かれた若いカップルの幸福への憧憬と失望を描き、ルノドー賞を受賞した長篇第一作『物の時代』、徴兵拒否をファルスとして描いた第二作を併録。

書容設計・羽良多平吉

ISBN 978-4-89257-082-7